TOMBES OUBLIÉES

DES MÊMES AUTEURS
CHEZ LE MÊME ÉDITEUR

Rivière maudite, 2020.
Offrande funèbre, 2019.
T comme tombeau, 2018.
Nuit sans fin, 2018.
Noir sanctuaire, 2017.
A comme apocalypse, 2016.
Mortel Sabbat, 2016.
Labyrinthe fatal, 2015.
S comme survivre, 2014.
Tempête blanche, 2014.
Descente en enfer, 2013.
C comme cadavre, 2013.
R pour revanche, 2012.
Vengeance à froid, 2012.
Les Sortilèges de la cité perdue, 2012.
Fièvre mutante, 2011.
Cauchemar génétique, rééd. 2011.
Valse macabre, 2010.
Le Piège de l'architecte, rééd. 2010.
Croisière maudite, 2009.
Le Grenier des enfers, rééd. 2009.
Le Livre des trépassés, 2008.
Relic, rééd. 2008.
Danse de mort, 2007.
Le Violon du diable, 2006.
Les Croassements de la nuit, 2005.
La Chambre des curiosités, 2003.
Ice Limit, 2002.

DE DOUGLAS PRESTON

Jennie, rééd. 2017.
Le Projet K, 2015.
Impact, 2011.
Credo, le dernier secret, 2009.
T-Rex, 2008.
Le Codex, 2007.

DE DOUGLAS PRESTON
& MARIO SPEZI

Le Monstre de Florence, 2010.

DOUGLAS PRESTON
& LINCOLN CHILD

TOMBES OUBLIÉES

traduit de l'américain
par Sebastian Danchin

l'Archipel

Ce livre a été publié sous le titre
Old Bones
par Grand Central, New York.

Notre catalogue est consultable à l'adresse suivante :
www.editionsarchipel.com

Éditions de l'Archipel
34, rue des Bourdonnais
75001 Paris

ISBN 978-2-8098-3964-7

1

13 octobre

À une heure cette nuit-là, Paris ne méritait guère son nom de Ville Lumière alors que d'épais nuages voilaient la face de la lune. Les quais de Seine, plongés dans l'obscurité, étaient déserts. L'heure était trop tardive pour y attirer les habitants du quartier un soir de semaine, le climat trop froid pour séduire les touristes épris de romantisme. À l'exception d'un passant qui avançait d'un pas rapide, la tête rentrée dans le col de son manteau, et d'un bateau-mouche vide glissant silencieusement sur la Seine tel un fantôme, sa dernière croisière de la journée achevée, l'inconnu disposait du port pour lui seul.

Le *port* en question était une simple allée de pavés que les eaux du fleuve venaient lécher. La vue n'en était pas moins saisissante puisque l'on apercevait l'île de la Cité en face, la masse sombre du Louvre au loin et les tours de Notre-Dame, partiellement dissimulées par le pont au Double, sur la rive opposée.

L'inconnu était assis sur un banc étroit près des échafaudages en bois destinés aux réparations du vieux pont. Derrière lui, au sommet d'un contrefort de pierre, quelques véhicules circulaient sur le quai de Montebello. À intervalles réguliers, des escaliers aux marches usées permettaient d'accéder au bord de Seine. En haut du mur, de rares éclairages publics dessinaient des taches de lumière jaune sur les pavés mouillés, mais le réverbère le plus proche de l'inconnu avait disparu, démonté pendant les travaux.

Un îlotier vêtu d'un ciré apparut au loin, qui s'approcha en sifflotant une vieille rengaine de Joe Dassin. Il adressa un sourire à l'homme sur son banc qui répondit à son signe de tête sur le même mode. L'homme alluma une cigarette et regarda le policier disparaître de l'autre côté du pont alors que la mélodie de *Et si tu n'existais pas* se perdait dans la nuit.

Il tira longuement sur sa cigarette avant d'en contempler l'extrémité incandescente. Vêtu d'un costume de laine de bonne coupe, il approchait de la quarantaine. Un épais sac Gladstone au cuir fatigué était posé entre ses deux pieds, chaussés de souliers italiens fin, lui donnant l'allure d'un avocat ou d'un médecin. Une trottinette toute neuve était posée contre le banc. Rien n'aurait pu distinguer l'inconnu de n'importe quel Parisien prospère si son visage n'avait pas présenté des traits d'un exotisme difficilement identifiable. L'homme était turc, peut-être, ou bien kazakh ?

Un chuintement de roues de vélo vint troubler la rumeur nocturne. L'inconnu releva la tête et vit se profiler une silhouette en haut des marches de l'escalier le plus proche. Le cycliste, vêtu d'un short en nylon noir et d'un maillot moulant sombre, portait un sac à dos strié de bandes réfléchissantes qui allumèrent des reflets dans la nuit au passage d'une voiture. Il attacha son vélo à un garde-corps du quai, descendit les marches et se dirigea vers l'homme en costume de laine.

— Ça va ? s'enquit-il dans la langue de Molière en prenant place à côté de lui sur le banc.

L'homme en costume de laine se contenta de hausser les épaules en tirant sur sa cigarette.

— C'est quoi, cette trottinette ? poursuivit le cycliste en se débarrassant de son sac à dos taché de boue.

— C'est celle de mon gamin.

— Je ne savais pas que vous étiez marié.

— Qui vous dit que je le suis ?

— Ça m'apprendra à me mêler de ce qui ne me regarde pas, rit le cycliste.

Son interlocuteur envoya d'une pichenette son mégot dans la Seine.

— Tout s'est bien passé ?

— J'ai eu du pot, c'était au pied du mur de la rue Froidevaux. Un peu plus loin, et on aurait pu me voir depuis les immeubles d'en face.

— Pas de difficulté particulière ?

— Pas vraiment, j'ai veillé à ne pas faire de bruit. Sans parler de cette vacherie de pluie. Regardez !

Il désigna ses chaussures de sport, plus sales encore que son sac à dos.

— J'aimerais jeter un œil à l'objet.

Le cycliste tira la fermeture Éclair du sac à dos et fit apparaître un paquet enrobé dans du plastique, protégé par du papier bulle et une peau de chamois. Une odeur fétide s'échappa du sac. L'inconnu en costume tira de sa poche une minitorche et examina longuement le contenu du paquet avant de pousser un grognement d'approbation.

— Bien joué. Inutile de s'éterniser ici, décida l'homme en costume en soulevant le rabat de la sacoche en cuir posée à ses pieds.

Un reflet métallique brilla brièvement dans la nuit.

— C'est quoi, ce truc ? s'étonna le cycliste. Au cas où vous auriez pas compris, je ne prends pas la carte, ni les métaux précieux.

— Pas de souci. J'ai votre argent ici, le rassura l'homme.

Soudain, il se figea.

— Attention ! murmura-t-il en se penchant vers son compagnon. Voilà quelqu'un.

Le cycliste se rapprocha de lui instinctivement et l'inconnu le prit par l'épaule, tête contre tête, de façon à ce que personne ne puisse distinguer leurs visages. Mais le quai était désert et l'inconnu en profita pour sortir d'un geste souple un poignard de combat dont la lame crantée et recourbée n'avait qu'une seule véritable utilité.

En l'espace d'un éclair, celle-ci se logea entre la deuxième et la troisième côte du cycliste et trancha les artères situées au-dessus du cœur avant de ressortir. L'homme en costume essuya l'arme sur le short de sa victime et la rempocha. En tout, l'opération avait duré moins de deux secondes.

Le cycliste resta tétanisé par la surprise. Des flots de sang envahissaient sa cage thoracique, mais c'est à peine si quelques gouttes s'échappèrent de la déchirure de son maillot. L'inconnu sortit de sa sacoche une lourde chaîne munie d'un cadenas. Après s'être assuré d'un coup d'œil que personne ne pouvait le voir, il replia la trottinette, la coinça contre la poitrine du cycliste qu'il saucissonna à l'aide de la chaîne avant de sécuriser celle-ci avec le cadenas. Le temps d'un dernier regard à droite et à gauche, il tira le cadavre du cycliste à l'abri du pont et le poussa doucement dans les eaux de la Seine.

Le souffle court à cause de l'effort, il regarda le corps disparaître dans les profondeurs du fleuve, entraîné par le poids de la trottinette et de la chaîne. Il regagna le banc, transféra le paquet du sac à dos à sa sacoche en cuir, redressa sa cravate, lissa machinalement sa veste et remonta vivement les marches jusqu'au quai de Montebello où il se débarrassa du sac à dos dans la poubelle la plus proche.

Il alluma une nouvelle cigarette et s'éloigna en direction de la place Saint-Michel où il héla un taxi.

2

Le même jour

Clive Benton appuya sur la pédale de frein de sa vieille Ford Falcon et quitta Wild Irish Road afin de remonter le petit chemin sur quelques centaines de mètres avant de s'arrêter, invisible depuis la route.

Il descendit de l'auto dont il remonta la capote avant d'enfiler les bretelles d'un petit sac à dos. Il sortit son téléphone, fit apparaître à l'écran une application de randonnée, se repéra sur la carte et s'enfonça au milieu de la forêt de sapins majestueux. Le temps n'était pas froid pour la saison, il flottait même dans l'air une tiédeur paresseuse.

À travers les arbres, on distinguait les contreforts de la Sierra Nevada, dont les pics acérés dessinaient des dentelures grises dans un ciel azur. Ils seraient bientôt recouverts de neige.

Benton, historien de métier, connaissait mieux que quiconque le passé de cette région californienne qui s'était trouvée au cœur de la ruée vers l'or de 1849. On distinguait encore les trouées provoquées par l'extraction hydraulique. Les puissants jets d'eau avaient remodelé le paysage en transportant d'énormes quantités de graviers à travers des écluses conçues pour retenir les paillettes d'or. Cette époque était révolue depuis longtemps et les collines qui s'étendaient au pied de la Sierra, à soixante-dix kilomètres de Sacramento, étaient largement dépeuplées.

Les anciennes petites villes minières du cru, Dutch Flat, Gold Run, Monte Vista, You Bet, Red Dog, s'étaient lentement éteintes. Quelques cabanes de mineur, grossièrement restaurées, s'étaient métamorphosées en gîtes destinés aux touristes l'été, mais le boum longtemps annoncé ne s'était jamais vraiment produit et la mode commençait à s'éroder. Quant aux vastes demeures des rares chanceux qui s'étaient enrichis au moment de la ruée vers l'or, elles se délabraient lentement.

Benton fit halte, le temps de s'assurer qu'il avançait dans la bonne direction. Il n'était plus très loin de la maison en ruine qui l'intéressait. À en croire son GPS, elle se trouvait à un kilomètre à l'est de sa position, de l'autre côté d'une petite crête. La maison Donner, ainsi que l'indiquait son nom, avait appartenu autrefois à la fille de Jacob Donner, dont le patronyme restait associé à une expédition tristement célèbre.

Benton se remit en marche. Il marchait silencieusement en veillant à rester à l'abri des arbres. Il rejoignit la crête, guidé par les taches jaunes des deux énormes bulldozers garés sur l'ancien chemin minier, prêts à transformer la maison Donner en un amas de briques, de plâtre et de poutres, en attendant de laisser place à un lotissement luxueux agrémenté d'un terrain de golf longeant la Bear River.

Les silhouettes des engins et du poids lourd qui les avait transportés jusque-là se précisèrent à mesure qu'il approchait de la maison. Le moteur du camion tournait au ralenti et des vapeurs de diesel chatouillèrent ses narines, auxquelles se mêlait une odeur de fumée de cigarette. Benton effectua un large détour afin de ne pas être vu par les ouvriers occupés à discuter. La maison, une vieille demeure de style colonial espagnol, se matérialisa dans un repli de terrain. Benton s'accroupit à l'abri du mur d'enceinte et prit le temps de l'examiner.

La villa avait été très belle, avec son immense véranda peinte en blanc d'un côté, sa coupole mauresque et sa tourelle. La toiture de tuiles ocre avait fini par s'affaisser et les fenêtres avaient été arrachées. Le jardin et son arboretum avaient succombé aux assauts du temps jusqu'à devenir une jungle quasiment impénétrable.

Le bâtiment lui-même était envahi par des vagues de lierre qui escaladaient les murs et s'enfonçaient à l'intérieur du bâtiment à travers le toit crevé. *Sic transit gloria mundi...* Benton y vit le signe de la nature éphémère du monde. À la même heure le lendemain, la maison ne serait plus qu'un champ de ruines. Les amateurs de vieilles pierres avaient bien tenté de sauver la propriété, mais les nombreux descendants du clan Donner, à défaut de se mettre d'accord entre eux, avaient décidé de vendre, à la grande satisfaction de promoteurs immobiliers sourds aux injonctions des défenseurs du patrimoine.

Benton jeta un coup d'œil par-dessus son épaule. Les ouvriers avaient achevé de décharger les bulldozers et le chauffeur du camion fit rugir son moteur avant de repartir dans un nuage d'échappement noir. Ses quatre collègues n'avaient pas l'air décidés à le suivre, leurs véhicules personnels garés un peu plus bas.

Benton, pressé par le temps, franchit le mur d'enceinte et traversa le jardin en friche avant de se réfugier sous la véranda. S'assurant que la voie était libre, il se glissa dans un hall d'entrée qui sentait la poussière et le vieux bois.

La maison avait été vidée de ses objets de valeur, mais il y restait encore quelques meubles en piteux état. Il procéda à une fouille rapide du rez-de-chaussée en commençant par le salon, puis la cuisine, le patio, la salle à manger, le quartier réservé aux domestiques, les placards et l'office, sans rien y découvrir d'intéressant.

Il gravit rapidement les marches du vieil escalier de pierre menant à l'étage et jeta un coup d'œil par la fenêtre.

Il sursauta en voyant les quatre ouvriers se diriger vers la maison. Il allait devoir redoubler de prudence.

Une fouille en règle du premier étage, menée silencieusement, ne donna aucun résultat. Les placards étaient vides, les portes des bahuts s'effritaient entre ses doigts, les commodes à moitié moisies ne contenaient guère que des couvertures et de vieux vêtements attaqués par les rongeurs. Quelques chromos ornaient encore les murs ou gisaient à même le sol, en piteux état.

Il interrompit ses recherches en entendant un bruit de voix et des rires gras au rez-de-chaussée. Il lui fallait trouver au plus vite l'escalier menant au grenier. Il longea lentement le couloir central dont il examina soigneusement les murs. Les vieilles haciendas de ce genre comportaient souvent des portes secrètes. Il ne tarda pas à trouver ce qu'il cherchait, dissimulé derrière un pan de bibliothèque. Les rayonnages vides laissaient apparaître des gonds. Il donna un coup d'épaule au pan de bibliothèque qui pivota en découvrant une volée de marches. Il se glissa à travers l'entrebâillement et tira la bibliothèque à lui dans l'espoir que les ouvriers ne remarquent rien.

Il gravit l'escalier en colimaçon, faisant fuir une souris qui laissa échapper un couinement de surprise, et se retrouva coincé sur un palier au-dessus duquel s'ouvrait une trappe. Il la souleva dans un grincement de charnières rouillées et se figea, tous les sens aux aguets. Les rires des ouvriers en contrebas lui indiquèrent qu'ils n'avaient rien entendu.

Le grenier, de dimension modeste, contenait un fouillis innommable de meubles, de coffres, de penderies, de miroirs brisés et de malles cabine. Benton aperçut même une vieille table de poker octogonale au milieu du bric-à-brac. Il se hissa à l'intérieur de la pièce dont il entama l'exploration en faisant fuir dans de grands battements d'ailes une nichée de pigeons. À l'évidence, ce grenier caché avait échappé aux déménageurs, à en juger par l'abondance de son contenu. Benton allait devoir l'explorer, mais le mieux était d'attendre que les ouvriers quittent le chantier car le bruit risquait d'attirer leur attention.

Les voix résonnaient à présent à l'étage, accompagnées de pas lourds et d'une odeur de cigarette. Jamais ils ne découvriraient cette porte dérobée.

Benton se figea en entendant grincer le pan de bibliothèque.

Le cœur battant, il chercha désespérément des yeux une cachette. Il y avait bien une vieille armoire dans laquelle il tiendrait sans difficulté, mais les ouvriers ne manqueraient pas de l'ouvrir. Il souleva le couvercle d'une malle qu'il trouva pleine à ras bord. Il était fait.

Les voix résonnèrent au pied de l'escalier en colimaçon.

Ils étaient quatre et il était seul. Son regard affolé se posa sur un coffre voisin de la trappe. Mais oui, bien sûr ! Il s'arc-bouta contre la lourde caisse qu'il positionna bruyamment au-dessus des planches.

Sous ses pieds, les voix se turent.

Et si le coffre n'était pas assez lourd ? Il empila par-dessus tous les meubles qu'il put trouver. Le silence qui régnait au premier lui confirma que les hommes suivaient à l'oreille ses faits et gestes.

Sa barricade achevée, Benton recula de quelques pas et attendit.

— Hé ! appela l'un des ouvriers. Qui est là ?

Benton retint son souffle.

— Qui est là, nom de Dieu ? répéta l'homme. Descendez tout de suite !

Silence.

— On n'a pas l'intention de bouger d'ici.

Benton ne répondit pas, transformé en statue.

— Hé, espèce de connard ! Si tu refuses de descendre, on va venir te chercher par la peau du cul !

Il entendit les hommes cogner contre la trappe dans l'espoir de la soulever, mais lestée comme elle l'était, elle ne risquait pas de bouger.

— Tu l'auras voulu ! On appelle les flics !

C'est ça, pensa Benton. La police mettrait une bonne demi-heure avant d'arriver, peut-être davantage. Le mieux était de mettre à profit le répit qui lui était accordé pour fouiller le grenier.

Libéré du souci de s'activer en silence, il ouvrit l'un après l'autre les tiroirs des commodes dont il sortit de vieux vêtements et des couvertures, des jouets anciens, des magazines de bandes dessinées des années 1940, des manuels scolaires et des jeux de société moisis. Il passa en revue des piles entières de *National Geographic*, de *Life* et de *Stag*, des exemplaires jaunis du *Saturday Evening Post* et de *Boy's Own*, ainsi que des paquets de journaux remontant presque à l'époque de la ruée vers l'or. Sous ses pieds, les ouvriers continuaient d'assener des coups contre la trappe en le menaçant, mais ils finirent par se lasser et il entendit bientôt leurs voix s'éloigner dans l'escalier. À travers la fenêtre de la tourelle, il les vit ressortir dans le jardin et l'un d'eux agita longuement son téléphone à bout de bras, à la recherche d'un signal de réception.

Benton poursuivit ses recherches en fouillant méthodiquement chaque recoin du grenier. Découragé, il se demanda s'il trouverait jamais ce qu'il cherchait dans tout ce fatras. Qui sait si ses espoirs n'étaient pas vains ?

Soudain, tout au fond d'une malle de marin, sous une pile d'édredons, il tomba sur une boîte en fer. Avant même d'en découvrir le contenu exact, il sut qu'il avait gagné la partie. La boîte était fermée à clé mais il n'eut aucune peine à en forcer la serrure en s'aidant d'une tige métallique rouillée. Il souleva le couvercle d'une main tremblante et constata que le coffret contenait une liasse de lettres retenues à l'aide d'une ficelle, ainsi qu'un vieux journal à la couverture de grosse toile verte toute tachée. Il saisit avec mille précautions le cahier et l'ouvrit.

Sur la page de garde s'étalaient quelques mots, rédigés d'une écriture féminine précise.

C'est tout juste si l'émotion n'étouffa pas Benton. Ce trésor tant convoité, ce véritable Graal de l'épopée de l'Ouest américain existait *bel et bien* ! Tout tremblant de joie, il comprit alors qu'il ne s'était jamais totalement autorisé à y croire. Le cahier était pourtant là, il le tenait entre ses mains.

Il consentit un effort de volonté surhumain pour ne pas céder à la tentation d'entamer la lecture du journal. Il aurait tout le temps de s'y plonger par la suite. En attendant, il lui fallait trouver le moyen d'échapper à sa prison.

Il remit le journal dans la boîte, glissa le tout dans son sac à dos et s'approcha de la fenêtre. Trois des ouvriers faisaient le pied de grue dans le jardin en friche et l'un d'eux, debout sur le socle d'une statue disparue depuis belle lurette, vociférait dans son téléphone portable. Cet abruti avait mis sa menace à exécution, il appelait les flics.

Benton repoussa à la hâte les meubles qui bloquaient la trappe et tendit l'oreille.

Où se trouvait le quatrième ouvrier ? Pouvait-il lui avoir tendu un piège ?

Comme pas un bruit ne filtrait du palier, il se décida à soulever l'abattant. L'escalier en colimaçon était désert. Il descendit les marches le plus silencieusement possible et rejoignit le couloir en s'arrêtant au niveau du pan de bibliothèque grand ouvert. Il coula un regard à droite, puis à gauche. Rien.

Il avait à peine esquissé quelques pas que le quatrième ouvrier surgissait d'une pièce voisine.

— Te voilà, espèce de salopard ! gronda l'homme en envoyant son poing dans le ventre de Benton.

Ce dernier, pris par surprise, s'écroula sous l'effet de la douleur.

— Il est là ! cria l'ouvrier d'une voix triomphale. Je l'ai attrapé !

Il se pencha vers Benton qui tentait de se relever et lui donna un méchant coup de pied dans les côtes. Il avait frappé avec une telle violence et une telle joie sadique que Benton sentit monter en lui une bouffée de rage. Attrapant son sac à dos, il l'envoya de toutes ses forces dans le visage de son adversaire qui chuta lourdement sur le plancher, à moitié assommé par la boîte en fer.

— Je vais te tuer ! hurla l'homme en se relevant péniblement.

Benton prit la fuite en serrant la poignée de son précieux sac dans son poing. Il vola dans l'escalier jusqu'au rez-de-chaussée, se rua vers l'arrière de la maison dont il jaillit en bondissant à travers une fenêtre éventrée et se perdit dans la végétation du jardin en direction de la Bear River. Son agresseur s'était lancé à ses trousses, imité par ses trois collègues, mais Benton n'eut aucun mal à les semer, pour avoir passé la majeure partie de son existence en randonnée dans la Sierra. Il traversa les bois telle une flèche, dévala la berge de la rivière et zigzagua d'un banc de sable à l'autre entre les bras du cours d'eau jusqu'au chenal principal qu'il traversa à la nage en veillant à maintenir le sac d'une main hors de l'onde jusqu'à ce que ses pieds touchent le fond de la rive opposée. Il escalada celle-ci et vit que les ouvriers, restés coincés de l'autre côté de la Bear, l'invectivaient à grands cris.

Il leur adressa un doigt d'honneur et s'enfonça au pas de course dans la forêt avant d'effectuer un long détour, de retraverser la rivière largement en amont et de regagner sa voiture en s'aidant de la fonction GPS de son portable. Il poussa un soupir de soulagement en voyant que sa décapotable n'avait pas bougé. Il enferma le sac dans le coffre et regagna Wild Irish Road. Une dizaine de kilomètres plus loin, il s'engageait sur l'autoroute. Et lorsqu'il croisa deux voitures de police filant à toute allure en sens inverse, gyrophare allumé, il ne put s'empêcher d'éclater de rire.

3

20 novembre

Nora Kelly se redressa en s'étirant, les muscles rouillés par les heures passées à genoux dans la terre avec ses mini-truelles, ses pics en bambou et ses pinceaux grâce auxquels elle dégageait les restes de la quatrième et ultime salle du site préhistorique pueblo dont elle avait la charge.

— Il est l'heure d'arrêter, décréta-t-elle en s'adressant à Jason Salazar, son assistant.

Ce dernier, occupé à nettoyer le mètre carré voisin, se releva à son tour et épousseta son jean. Il retira son chapeau de cow-boy, s'épongea le front à l'aide de son mouchoir et se recoiffa. La saison était bien avancée, mais la température avoisinait toujours les quinze degrés.

Nora s'empara de la gourde de toile accrochée au rétroviseur latéral de la camionnette de l'Institut et avala une longue gorgée d'eau. Le site en lui-même n'avait rien d'extraordinaire, mais la vue était spectaculaire. Les premières populations pueblos veillaient toujours à s'installer face à des paysages magnifiques. Les ruines du village se trouvaient au sommet d'une butte de terre, au pied du Cerro Pedernal. Cette montagne en forme de plateau, rendue célèbre par les tableaux de Georgia O'Keeffe, dressait sa silhouette majestueuse sillonnée de canyons boisés derrière Nora. Face à elle s'étalait une vaste plaine baptisée Valle de la Piedra Lumbra par les Espagnols, la vallée de la pierre lumineuse. Les collines de Ghost Ranch à l'horizon, teintées de rouge, d'orange et d'or par le soleil de cette fin de journée, donnaient tout son sens à cette appellation.

Nora se dirigeait vers la table de camping qui leur servait d'établi lorsqu'elle distingua un tourbillon de poussière au niveau de la vieille route de la mine d'uranium permettant d'accéder au site archéologique.

— Je me demande bien qui peut nous rendre visite, remarqua Salazar à côté d'elle.

— Aucune idée.

Ils entamèrent le rangement de leurs outils, stockés la nuit dans un cabanon préfabriqué à côté des fouilles, tandis qu'une voiture de collection gravissait péniblement la colline en empruntant la route en terre. Ils s'arrêtèrent afin d'observer la décapotable dont le conducteur négociait prudemment les nids-de-poule. Il se rangea à côté de la camionnette de l'Institut et attendit que le nuage de poussière soit retombé pour ouvrir sa portière. L'homme, au visage avenant taillé à la serpe et encadré d'une masse de cheveux noirs, déploya sa silhouette longiligne et observa les alentours. Il portait la chemise à motif cachemire la plus laide que Nora avait jamais vue, un mélange atroce de mauve et d'orange. Plus âgé qu'elle de quelques années, il approchait de la quarantaine.

— Vous êtes perdu ? s'enquit la jeune femme.

Il posa sur elle deux yeux d'un bleu intense.

— Pas si vous êtes Nora Kelly.

— C'est moi.

— Désolé d'arriver sans prévenir. Je m'appelle Clive Benton.

Il récupéra un sac à dos dans sa voiture et s'avança, la main tendue.

— J'aurais été mieux inspiré d'appeler, je sais, mais...

Il sembla hésiter.

— À la vérité, l'Institut m'a signalé que vous étiez ici et comme les portables ne passent pas… De toute façon, ce que je souhaitais vous expliquer est trop compliqué à raconter au téléphone et…

Nora arrêta ce flot de paroles avec un sourire.

— Venez donc vous asseoir. Je peux vous proposer un chocolat chaud.

Elle le conduisit jusqu'à la table, installée à l'abri d'un arbre, sur laquelle étaient posés une thermos et des gobelets en plastique.

Benton se percha sur l'une des chaises.

— Vous avez une jolie voiture, remarqua Nora afin de mettre à l'aise son visiteur.

— C'est une Ford Falcon Futura de 1964, répondit-il avec un sourire rayonnant. C'est moi qui l'ai restaurée.

— En revanche, ce n'est pas le véhicule idéal sur ce genre de routes.

— C'est vrai, reconnut-il, mais ce que je souhaitais vous dire ne pouvait pas attendre.

Nora prit place face à lui.

— Je vous écoute.

Benton hocha la tête en faisant voler ses mèches noires, ne sachant par où commencer. Il finit par tirer la fermeture Éclair de son sac à dos dont il sortit un sachet en plastique à fermeture hermétique. Celui-ci contenait un vieux livre enrobé dans du papier absorbant qu'il posa respectueusement sur la table avant de le déballer avec délicatesse.

— Il s'agit du journal de Tamzene Donner.

Nora posa un regard perplexe sur le vieux cahier. Ce nom ne lui disait rien.

— Qui ça ?

— Tamzene Donner, répliqua Benton en posant un regard oblique sur l'archéologue et son assistant. Vous savez bien, la femme de George Donner, le chef de l'expédition

Donner ? Ces pionniers de l'Ouest, coincés par la neige un hiver au milieu des sierras, qui ont survécu en pratiquant le cannibalisme ?

— Ah ! Ces Donner-là ! réagit Nora, sans vraiment savoir où voulait en venir son interlocuteur. J'imagine que ce journal a une grande importance historique ?

— Une importance *capitale*.

Benton ponctua son affirmation d'un court silence.

— Mais le plus simple est peut-être de vous rappeler le contexte de cette affaire. Je travaille comme historien indépendant, spécialiste de la conquête de l'Ouest. Parallèlement, il se trouve que je suis un lointain descendant des Breen, une famille dont certains membres ont survécu à l'expédition Donner. Mais c'est sans importance. Cela fait des années que je poursuis des recherches consacrées à cette tragédie. L'un des rares faits sur lesquels s'accordent les survivants de l'expédition était l'existence d'un journal tenu par Tamzene Donner relatant les détails de leur périple. Les historiens ont toujours pensé que ce journal avait été conservé par l'un des survivants, sans qu'on en retrouve la trace pour autant. Jusqu'à présent.

Il désigna d'un geste théâtral le cahier à la reliure tachée.

— Allez-y… ouvrez-le.

Nora souleva délicatement la couverture.

— Vous avez vu ce qui est écrit ? *Tamzene Donner – Mon journal, du 12 octobre 1846 au…* Vous remarquerez qu'elle n'indique pas la date de fin, puisqu'elle est morte de faim avant d'être…

Il se racla la gorge.

— … avant d'être mangée par un certain Keseberg.

— Je crois me souvenir que le Keseberg en question a été accusé de l'avoir assassinée pour la manger, intervint Salazar.

Benton posa sur lui un regard surpris.

— Oui, c'est exact. Vous connaissez visiblement bien cette histoire.

Salazar haussa les épaules.

— On nous a longuement parlé de l'expédition Donner en cours d'histoire, quand j'étais au lycée. J'ai toujours été dévoré de curiosité par cet épisode fascinant. Si je puis dire, ajouta-t-il avec un sourire gêné.

Nora acquiesça.

— Tout ça ne me dit pas pourquoi vous souhaitiez me rencontrer.

— Eh bien, j'ai une requête à vous adresser.

— Je vous écoute.

Benton marqua une pause avant de répondre.

— En premier lieu, vous avez dirigé plusieurs fouilles archéologiques dans la Sierra Nevada. Vous connaissez bien le coin.

— Jusqu'à un certain point.

— Vous êtes une archéologue de renom et vous avez déjà procédé à des fouilles sur des sites liés à des épisodes de cannibalisme. Je pense en particulier à Quivira, ce village à flanc de canyon que vous avez découvert en Utah.

— C'est exact.

— Vous bénéficiez du soutien de l'Institut.

Nora se cala contre le dossier de sa chaise.

— Arrêtez-moi si je me trompe, mais j'ai l'impression de passer un entretien d'embauche.

— Pas besoin d'entretien, le job est pour vous. Si vous l'acceptez. Vous êtes la personne idéale à mes yeux.

Toutes ces tergiversations commençaient à agacer Nora.

— La personne idéale pour quoi ? Vous faites bien des mystères.

— Je suis désolé, s'excusa Benton. J'ai bien conscience de vous paraître étrange, mais quand vous aurez entendu la suite, vous comprendrez pourquoi je prends autant de précautions. C'est une longue histoire, et elle est loin d'être rose, je vous préviens tout de suite.

Nora regarda sa montre. Il n'était pas encore 16 h 30, la nuit ne tomberait pas avant une demi-heure et la température était agréable. Elle croisa les bras, un léger sourire aux lèvres, intriguée malgré elle par son visiteur.

— Très bien. Je vous écoute.

Clive Benton prit longuement sa respiration, posa les mains sur ses genoux et se lança d'une voix lente et posée.

4

— La première fois que j'ai entendu parler de l'expédition Donner, j'étais encore tout gamin, se lança Benton. Je vivais à l'époque dans la banlieue de San Francisco. Comme je vous l'ai dit tout à l'heure, du côté de ma mère, nous sommes des descendants éloignés de la famille Breen, des compagnons de route des Donner. Je suis devenu accro à cette histoire le jour où ma mère m'en a parlé pour la première fois quand j'étais petit. C'est ce qui m'a poussé par la suite à me lancer dans des études d'histoire avant de soutenir ma thèse à l'université de Stanford.

« Le destin de l'expédition Donner est l'une des grandes tragédies de l'épopée de l'Ouest. Nous sommes en présence d'un groupe de pionniers désireux de coloniser une terre inconnue, la Californie, que les événements ont conduits à se comporter avec une barbarie inouïe. Tout l'inverse du rêve américain, en quelque sorte.

« Les deux principaux protagonistes de ce drame sont George Donner et sa femme Tamzene. George était un grand gaillard qui avait une soif inextinguible de terres agricoles. Il a passé sa vie à vouloir en acquérir toujours davantage. De son côté, Tamzene était maîtresse d'école. C'était une femme toute menue qui possédait une solide éducation et des manières de grande dame. Elle était surtout dotée d'un sens profond du bien et du mal. Le couple a eu trois filles, qui sont venues s'ajouter aux deux aînées que George avait eues d'un premier mariage.

« En 1846, la Californie appartenait encore au Mexique, mais le conflit couvait et il ne faisait de doute aux yeux de quiconque que les États-Unis finiraient par s'emparer de ce territoire. Donner y a vu l'occasion de mettre la main à bon compte sur des terres arables. Il avait du bagout, ce qui lui a permis d'associer à son rêve son frère Jacob et les siens.

« George, Tamzene et leurs cinq filles ont quitté Independence, dans le Missouri, au printemps 1846, en compagnie d'autres pionniers. Il ne s'agissait nullement d'émigrants sans le sou. Certains d'entre eux étaient même riches pour l'époque, si bien qu'ils avaient pu réunir tout le nécessaire, et même davantage, avant d'entamer leur périple. George avait entassé dans son chariot toutes sortes de coupons de velours, de soie et de satin avec l'intention de les revendre au meilleur prix aux Californiens. Plusieurs autres pionniers emportaient avec eux de fortes sommes d'argent. Jacob Wolfinger, par exemple, possédait un coffre contenant des pièces d'or avec lesquelles il comptait acheter des terres, construire une maison et monter une affaire.

« Hormis le fait que ces pionniers étaient aisés, le convoi n'était pas différent de ceux qui prenaient la route de l'Ouest à la même époque. Personne ne se souviendrait de l'expédition Donner si ce dernier n'avait pas pris une décision fatidique en cours de route. Les chariots avaient atteint le Wyoming lorsque les chefs de l'expédition ont décidé d'emprunter un raccourci connu sous le nom de Hastings Cutoff, du nom d'un certain Lansford Hastings qui l'avait découvert. Donner et à peu près quatre-vingt-dix membres de l'expédition ont voté en faveur de ce raccourci alors que les autres choisissaient d'emprunter la piste normale.

« Le convoi s'est scindé en deux. L'expédition Donner a bifurqué vers le sud-ouest en direction de l'Utah avant de s'engager dans les monts Wasatch. Donner et ses compagnons ont rapidement compris qu'ils avaient fait un mauvais pari en constatant que cette chaîne de montagnes était d'accès beaucoup plus difficile que n'avait bien voulu l'avouer Hastings. À ce stade, il n'était plus question de rebrousser chemin. À peine franchi l'obstacle, ils se sont vus contraints de traverser le désert du Grand Lac Salé. Le manque d'eau s'est fait cruellement sentir, au point que l'on donnait à sucer aux enfants des balles de revolver dans l'espoir de calmer leur soif. La nourriture commençait à manquer et l'expédition a tourné à la catastrophe. Des disputes ont éclaté entre pionniers, des Indiens ont volé une partie des bœufs chargés de tirer les attelages, quand ils ne les abattaient pas à distance avec leurs flèches, cachés derrière des arbres ou des rochers. Plusieurs voyageurs ont été blessés lors de ces attaques. L'un d'eux, dans l'incapacité de marcher, a été abandonné sur la piste pour y mourir. Pendant ce temps, Tamzene continuait de rendre fidèlement compte de ces péripéties dans son journal.

« Le chariot de Wolfinger s'est embourbé un jour, pendant la traversée du désert du Nevada, et ses compagnons ont poursuivi leur route en le laissant se débrouiller. Deux individus, Reinhardt et Spitzer, ont proposé de revenir sur leurs pas pour lui prêter assistance et on ne les a plus vus pendant plusieurs jours. Quand ils ont fini par rattraper le convoi, ils ont expliqué aux autres membres de l'expédition qu'ils avaient été attaqués par les Indiens et que Wolfinger avait été tué.

« Lorsque les pionniers ont enfin atteint les contreforts de la Sierra Nevada à la fin du mois d'octobre, ils avaient pris beaucoup de retard et la faim commençait à les tenailler. Comme la neige n'était pas encore au rendez-vous dans les montagnes, ils ont entretenu l'espoir de les franchir avant l'arrivée de l'hiver.

« Ils ont failli réussir. Ils se trouvaient à moins d'une journée de route du col le plus élevé quand ils ont été surpris par un blizzard éclair. Le convoi s'est trouvé coincé dans la montée et les voyageurs se sont fait piéger par le froid. Les cinquante-neuf personnes qui se trouvaient à l'avant de la colonne sont restées bloquées près du lac Truckee, où elles ont attendu des jours meilleurs. Vingt-deux autres pionniers, parmi lesquels George, Tamzene et leurs cinq filles, ont été stoppés à dix kilomètres de là dans un pré proche d'une rivière baptisée Alder Creek.

« Ces deux campements ont été retrouvés et fouillés par les archéologues, mais les documents d'époque dont on dispose font mention d'un troisième campement, que les spécialistes ont surnommé le Campement perdu. Il accueillait la poignée de pionniers qui fermaient la marche et comprenait, outre Reinhardt et Spitzer, une famille du nom de Carville ainsi qu'un certain Albert Parkin qui avait abandonné les siens dans le Midwest afin de recommencer sa vie en Californie. Personne ne sait vraiment ce qui s'est passé, il est probable que ce petit groupe s'est perdu pendant la tempête de neige et qu'il a fini sa course dans un défilé en cul-de-sac près de l'embouchure de la rivière Little Truckee, bloqué par la neige en pleine montagne, à des kilomètres du reste du convoi. La rumeur dit parfois que le Campement perdu se trouvait au fond d'une vallée encaissée, privée de soleil, mais il est difficile de déterminer la vérité car les légendes entourant cet épisode ne manquent pas.

« Quoi qu'il en soit, les pionniers sont restés immobilisés en pleine montagne des mois durant alors que se succédaient les tempêtes. La neige s'était accumulée à certains endroits sur près de dix mètres d'épaisseur, recouvrant les maigres abris qu'ils avaient tenté de construire. Les voyageurs, réfugiés dans ces huttes de fortune où ils se tenaient chaud comme ils le pouvaient, ont commencé à mourir de faim les uns après les autres. Leurs provisions épuisées, ils ont mangé les bœufs et les chevaux, puis les chiens. En désespoir de cause, ils ont fini par déterrer les corps congelés de leurs compagnons.

« Dans un premier temps, ils ont cuit la chair des défunts, puis ils sont passés aux organes : le foie, le cœur, les intestins, les poumons. Ils cassaient les os afin d'en extraire la moelle, défonçaient les crânes dont ils prélevaient la cervelle. Quand il n'est plus rien resté, ils ont cuit les squelettes jusqu'à obtention d'un bouillon gras.

Benton interrompit son récit, le regard perdu à l'horizon. Face à lui, Nora et Salazar ne soufflaient mot.

— Je tiens à préciser que tout le monde n'a pas cédé à la tentation. De nombreux pionniers ont refusé de se nourrir de chair humaine. Aujourd'hui encore, les historiens ne sont pas d'accord entre eux sur le nombre de ceux qui ont cédé au cannibalisme. À mesure que ces malheureux mouraient de faim, les survivants disposaient de provisions supplémentaires. On peut difficilement imaginer l'atmosphère qui devait régner, jour après jour, semaine après semaine, dans ces campements de fortune où vivaient pêle-mêle hommes, femmes et enfants dans une promiscuité sordide, au milieu des odeurs irrespirables de matières fécales et de chair humaine en décomposition. En désespoir de cause, un groupe d'une quinzaine d'hommes a pris la décision de franchir les montagnes et d'aller chercher du secours en Californie. Sept d'entre eux sont arrivés au but, mais ils n'ont survécu qu'en mangeant leurs compagnons en chemin.

« Une première expédition de secours est arrivée au mois de février. Ceux qui la composaient ont découvert des scènes d'horreur défiant l'entendement. L'un d'eux a raconté par la suite avoir découvert des enfants assis sur un rondin, le visage couvert de sang, en train de manger le foie et le cœur à moitié cru de leur propre père, des restes humains éparpillés autour d'eux.

« L'expédition en question n'a pu sauver qu'une poignée d'individus, eux-mêmes ayant failli mourir de faim en s'enfonçant dans la Sierra Nevada à la recherche des pionniers en détresse. Tamzene et George Donner étaient toujours en vie quand les premiers secours sont arrivés, mais Tamzene a refusé d'abandonner son mari qui était sur le point d'être emporté par une infection à la main. Une deuxième et une troisième expédition de secours ont permis de sauver d'autres pionniers, mais Tamzene s'est à nouveau refusée à les suivre pour ne pas laisser son mari, alors que ses propres filles étaient emmenées par les sauveteurs.

« Vers la fin du mois de février, un certain Asher Boardman s'est présenté au campement de l'Alder Creek après s'être enfui du Campement perdu. Il a raconté comment ses compagnons d'infortune avaient sombré dans une sorte de folie cannibale. Lui-même prédicateur itinérant, il a expliqué avoir pris la fuite lorsque sa propre femme, Édith, a tenté de le tuer pour le manger. Boardman est mort de faim et d'épuisement quelques jours plus tard, vers le moment où s'est présentée la troisième expédition de secours. Tamzene fait le récit de tous ces événements et de bien d'autres dans son journal.

« La quatrième et dernière expédition de secours est arrivée au mois d'avril, mais de nombreux pionniers avaient trouvé la mort depuis le passage de la précédente et le cannibalisme avait pris davantage d'ampleur. Les nouveaux arrivants ont découvert une situation plus horrible encore que leurs prédécesseurs. Personne n'avait survécu dans le campement de l'Alder Creek. George Donner était mort, son corps en partie démembré gisait au milieu de la neige à demi fondue, le crâne fracassé et vidé de sa cervelle. Curieusement, Tamzene avait disparu. Les secours ont trouvé non loin de là un campement de fortune abritant un unique survivant, le dénommé Keseberg. Une poêle contenant un foie humain et des poumons était posée à côté de lui. À force de questions, il a fini par avouer de guerre lasse qu'il s'agissait des restes de Tamzene. Il avait survécu plusieurs semaines en mangeant son corps.

« Toujours est-il que cette dernière expédition a ramené à bon port les derniers survivants et que l'expédition Donner est venue alimenter une légende tenace, rendue méconnaissable à force d'être racontée et amplifiée. L'histoire de cette tragédie n'a jamais cessé de fasciner le grand public depuis.

« Ce qui m'amène aux raisons de ma présence ici. Ainsi que je vous l'ai expliqué, on a retrouvé les deux principaux campements : celui du lac Truckee et celui de l'Alder Creek. En revanche, ce n'est pas le cas du Campement perdu. Un seul des membres de la troisième expédition de secours a réussi à s'y rendre. On n'a pas la moindre idée de ce qui l'attendait là-bas, on sait juste qu'il a refusé catégoriquement d'y retourner après avoir assisté à des scènes d'horreur, pires encore que celles décrites dans les deux autres campements. L'homme en question n'a découvert qu'un seul survivant avec lequel il est reparti, mais celui-ci, pris de délire, est mort peu après.

« Je suis obsédé depuis toujours par l'énigme du Campement perdu. Je me suis évertué à le localiser pendant six ans en suivant diverses pistes, sans résultat, jusqu'au jour où j'ai décidé de mettre la main sur le journal de Tamzene. Ce n'étaient pas les sources qui manquaient, on ne compte plus les articles à sensation, les lettres et les comptes rendus indirects d'origine douteuse, mais ce témoignage de première main était essentiel, et on le disait perdu. On pensait qu'il avait été abandonné sur place où il avait fini par moisir en pleine forêt, si bien que personne n'a jamais réellement tenté de le retrouver. Je vous épargnerai les détails, mais ma patience a finalement été récompensée, de deux façons. En premier lieu, j'ai découvert le journal juste avant qu'il ne soit détruit. Surtout, outre la liste précise de ceux qui sont restés prisonniers du Campement perdu, Tamzene indique comment s'y rendre. Asher Boardman, le pionnier qui s'en était échappé, a eu le temps de lui fournir de précieuses indications. Ce document fait référence à des repères précis et propose même une carte, tracée de la main de Tamzene, sur laquelle figure l'emplacement des trois refuges. Le Campement perdu souffre sans doute d'une image particulièrement négative, et il est probable qu'on ne connaîtra jamais l'ampleur des horreurs qui s'y sont déroulées, mais nous disposons désormais d'un plan qui nous permet de le trouver.

Benton se pencha vers ses deux interlocuteurs.

— C'est précisément la mission que je vous propose : diriger l'expédition archéologique qui permettra de localiser le Campement perdu.

5

29 novembre

Une assistante ouvrit la porte et Nora, suivie de Clive Benton, s'avança dans le bureau de Jill Fugit, présidente de l'Institut archéologique de Santa Fe. La pièce elle-même, sans être immense, était chaleureuse et confortable avec ses tomettes anciennes de style espagnol, ses murs d'adobe et sa petite cheminée. Les fenêtres dominaient un jardin recouvert d'un manteau neigeux. Un tapis Two Grey Hills datant des années 1920 ornait l'un des murs et sur une étagère étaient alignées des poteries zunis datant de la fin du XIXe siècle.

Fugit releva la tête des papiers qui encombraient son bureau, se leva et serra la main de ses visiteurs. Son tailleur élégant, ses longs cheveux blonds et sa distinction naturelle tranchaient agréablement avec le cliché habituel des universitaires poussiéreux. Le choix de Fugit n'avait pas fait l'unanimité lorsque la direction de l'Institut s'était libérée quelques années auparavant, mais son curriculum impeccable et un esprit brillant, parfois acerbe, la distinguaient des fossiles cacochymes qui avaient occupé le poste avant elle. L'institution commençait de plus à bénéficier de son sens des affaires et de ses capacités à rassembler des fonds.

— Enchantée de vous revoir, Nora, accueillit-elle l'archéologue. Et j'imagine que vous êtes le professeur Benton. Ravie de vous rencontrer. Mais asseyez-vous, je vous en prie.

Elle désigna aux nouveaux venus deux fauteuils de part et d'autre de la cheminée avant de reprendre sa place derrière son bureau. Elle dévisagea ses hôtes l'un après l'autre d'un air interrogateur.

— Puis-je vous proposer une tasse de café ou de thé ?

Fugit transmit les désirs de ses visiteurs par téléphone, puis elle extirpa de la pile de documents posés devant elle un dossier dont elle déplia le rabat.

— Professeur Benton, j'ai cru comprendre que vous aviez effectué vos études à Stanford.

— J'y ai soutenu ma thèse, en effet, après avoir entamé ma carrière sur la côte Est.

— Je suis également une ancienne de Stanford, mais passons au sujet qui nous préoccupe aujourd'hui. J'ai parcouru le rapport que vous avez préparé à mon intention avec le Pr Kelly.

Elle marqua une courte pause avant de reprendre :

— J'avais entendu parler de l'expédition Donner, bien évidemment, et j'ai suivi de loin les fouilles archéologiques menées dans les deux principaux campements, mais j'avoue que les détails mis en avant dans votre présentation, notamment au sujet du Campement perdu, sont passionnants.

Elle referma le dossier.

— J'avoue être intriguée par la façon dont vous orthographiez le prénom de Mme Donner. Il s'agit sans doute de l'héroïne principale de cette tragédie, ce qui explique l'intérêt que lui ont porté jusqu'ici les historiens, mais je croyais me souvenir que son prénom était orthographié « Tamsen ».

— À la vérité, sa mère portait le prénom de Tamesin, et c'est celui qui lui a été donné à la naissance. Elle a toutefois choisi par la suite de l'orthographier Tamzene, et je me suis contenté de respecter sa volonté.

— Je comprends, approuva Fugit avant de laisser passer un nouveau silence. En clair, professeur Benton, vous souhaiteriez que l'Institut finance une expédition pour retrouver ce campement et y entamer des fouilles.

— Exactement. Je suis historien, pas archéologue. Le Campement perdu se trouvant dans le parc national de Tahoe, c'est-à-dire sur des terrains relevant du gouvernement fédéral, il sera indispensable d'obtenir les autorisations nécessaires auprès des instances fédérales et locales. La réputation sans faille dont jouit l'Institut sera extrêmement utile à cet égard. Et je suis convaincu, précisa-t-il après un petit laps de temps, que le Pr Kelly est la personne la mieux à même de diriger une telle expédition.

Nora nota que Fugit ne laissait rien transparaître de ses sentiments, comme à son habitude.

— Je le disais il y a un instant, déclara-t-elle, votre travail de présentation est remarquable. J'y ai longuement réfléchi, mais je ne crois pas que cela puisse intéresser cette institution à ce stade.

Nora afficha son étonnement.

— Pour quelle raison ? s'enquit-elle sur un ton plus tranchant qu'elle ne l'aurait voulu.

— J'en vois plusieurs. Tout d'abord, des fouilles extrêmement poussées ont déjà été entreprises dans les deux autres campements et je vois mal ce que nous pourrions apprendre de plus.

Nora prit longuement sa respiration.

— Professeur Fugit, les dernières expéditions ont été organisées il y a plus de vingt ans. Nous disposons aujourd'hui de nouvelles techniques, en particulier dans le domaine de l'identification ADN.

— J'en suis consciente, vous savez.

— Bien sûr, excusez-moi, s'empressa de réagir Nora qui était habituée à traiter avec des bureaucrates peu au fait des avancées scientifiques. Il ne vous a donc pas échappé que des fouilles entreprises sur un site inexploité permettraient peut-être d'identifier avec précision les restes retrouvés. Il serait alors possible de déterminer qui est mort quand, et qui…

Elle eut une hésitation, à la recherche de l'expression la moins brutale.

— … et qui a *consommé* qui.

L'employé chargé d'apporter le café, un certain Jones, attaché à l'Institut depuis un demi-siècle, l'interrompit en poussant dans le bureau une antique table roulante aux roues grinçantes sur laquelle étaient posés une cafetière, des tasses, du lait, du sucre et quelques biscuits rances. Le Pr Fugit attendit que le vieil homme ait servi les cafés avant de reprendre la discussion.

— À ce stade, est-il vraiment utile, d'un point de vue scientifique, de savoir qui a consommé qui ? En outre, bien que les éléments exposés par le Pr Benton soient convaincants, vous partez de l'hypothèse qu'il sera possible de retrouver le Campement perdu, ce qui n'est pas certain. Mais je me pose surtout la question du *coût* d'une telle expédition.

Nora s'y attendait. L'Institut avait rencontré des difficultés financières dix ans plus tôt. Il n'était plus question de compter sou par sou depuis que Fugit en avait repris les rênes, mais elle n'en était pas moins d'une prudence exemplaire.

— Jusqu'à présent, insista Nora, le Campement perdu portait bien son appellation, mais les découvertes effectuées par le Pr Benton changent la donne. Tous les témoignages confirment que les onze personnes prisonnières de ce refuge ont été soumises à des pressions sociologiques et psychologiques très particulières. Il s'agit d'une opportunité unique pour l'Institut, il est certain que ces fouilles bénéficieront d'une couverture médiatique de première importance.

Fugit se tourna vers Benton.

— Professeur, êtes-vous en mesure d'apporter de votre côté des aides ou des financements ? Vous ne dites rien à ce sujet dans votre proposition.

— Non, ce n'est pas le cas.

— Avez-vous l'intention d'en chercher ?

— Non.

— Une seconde, les coupa Nora. Il est bien évident que nous allons nous mettre en chasse de subventions, mais l'appui de l'Institut nous est indispensable si nous voulons parvenir à nos fins.

Fugit resta tournée vers Benton.

— Vous ne vous attendiez tout de même pas à ce que l'Institut finance intégralement cette expédition ?

— Je vous avouerais que si.

Nora fronça les sourcils. Benton allait tout gâcher. Elle s'apprêtait à rectifier le tir lorsqu'il reprit la parole.

— J'ai volontairement omis de signaler dans ma proposition un élément essentiel.

Fugit reposa sa tasse.

— Lequel ?

— Il s'agit d'un détail qu'il serait préférable de ne pas ébruiter, pour des raisons que vous ne manquerez pas de comprendre.

Son interlocutrice attendit la suite, les mains croisées.

— Puisque vous avez lu mon rapport, vous vous souviendrez qu'un certain Wolfinger avec emporté avec lui une caisse remplie de pièces d'or.

— Absolument.

— Vous vous souviendrez aussi que le chariot de Wolfinger s'est embourbé dans le désert du Grand Lac Salé et que deux individus nommés Reinhardt et Spitzer ont rebroussé chemin afin de l'aider avant de rejoindre le convoi en expliquant que Wolfinger avait été tué par les Indiens.

— Oui, oui, déclara sèchement Fugit en dissimulant mal son agacement.

— Eh bien, c'était un mensonge. À l'époque, déjà, les membres de l'expédition avaient trouvé étrange l'explication. On soupçonnait les deux hommes d'avoir joué un rôle dans la disparition de Wolfinger, au point qu'ils ont été ostracisés par le reste du groupe. Avant de mourir de faim dans le Campement perdu, Reinhardt s'est confessé. Il a expliqué que Wolfinger n'avait pas été tué par les Indiens, mais par Spitzer et lui-même dans le but de dérober son or. Les historiens étaient au courant de cette information depuis plus d'un siècle, mais de façon pour le moins curieuse, personne n'a pensé à poser une question évidente : qu'a bien pu devenir cet or ?

— Poursuivez, je vous prie.

— Il ne fait aucun doute que les deux hommes ont caché le coffre dans leur chariot après avoir tué Wolfinger. L'or s'y trouvait donc lorsqu'ils sont arrivés au Campement perdu. Comme leurs compagnons les rejetaient, ils ont été contraints de se construire un refuge à part où ils ont fini par mourir de faim. Or personne ne mentionne la présence de cet or lorsqu'on a retrouvé leurs dépouilles. On est donc en droit de se demander où se trouve ce trésor.

Un long silence accueillit cette conclusion.

— Vous voulez dire que l'or est resté caché dans les environs immédiats du Campement perdu ? s'enquit Fugit.

— Exactement. Très probablement tout près du refuge de fortune qu'ils se sont construit à l'aide des planches de leur chariot.

Nora posa sur Benton un regard crispé.

— Pourquoi ne pas m'en avoir parlé ?

— Je suis désolé, Nora. Je devais me montrer prudent. Je vous laisse imaginer ce qui se produirait si une telle information fuitait. Les deux hommes auront voulu cacher leur coffre lorsque la neige les a surpris, mais ils n'ont pas pu aller bien loin.

Fugit adressa à Benton un regard interrogateur.

— Comment êtes-vous entré en possession de ces détails ?

— J'ai procédé à des recherches dans les vieilles archives bancaires de la ville où vivait Wolfinger avant son départ vers l'ouest. Au sous-sol de la société d'Histoire locale de Springfield, dans l'Illinois, j'ai découvert dans les anciens registres de la First Depository Bank la mention d'un retrait effectué six jours avant le départ de l'expédition : une grande quantité de pièces d'or de dix dollars, des Liberty Heads de 1846 fraîchement frappées à l'Hôtel de la monnaie de Philadelphie.

— De combien de pièces parle-t-on ?

— Mille.

— Le registre auquel vous faites allusion spécifiait-il explicitement que le bénéficiaire de ce retrait était Jacob Wolfinger ? demanda Nora, vexée que Benton ne l'ait pas mise dans la confidence.

— Non, je n'ai pas été en mesure d'en avoir la confirmation car la page du registre était partiellement rongée, mais je dispose d'autres éléments concordants.

Il tira de la poche intérieure de sa veste une feuille glissée dans une enveloppe de protection transparente.

— Je suis tombé sur cette lettre adressée le jour suivant à Wolfinger par la First Depository Bank, dans laquelle la banque lui demande s'il a été satisfait de la transaction en le remerciant de sa confiance.

Il tendit le document à Fugit qui l'examina longuement avant de le confier à Nora.

— Voilà qui est bien mystérieux, commenta cette dernière avant de rendre la feuille à Benton. Comment pourrions-nous être sûrs que ces mille pièces d'or étaient effectivement destinées à Wolfinger ? Il a très bien pu se contenter de retirer quelques centaines de dollars.

— Tout est possible, reconnut Benton, mais réfléchissez bien. Nous sommes en présence d'un établissement bancaire modeste, peu habitué à effectuer des transactions de ce genre. J'imagine que les responsables de l'établissement ont dû s'adresser à Chicago, ou même directement à Philadelphie, afin d'obtenir ces pièces. Wolfinger était un fermier et homme d'affaires prospère qui liquidait ses biens avant d'émigrer en Californie. Souvenez-vous que la compagnie Wells Fargo n'existait pas à l'époque, il n'avait pas la possibilité de procéder à un virement sur une banque de Sacramento. Il lui fallait garder sa fortune sur sa personne. Les pièces de dix dollars étaient la monnaie d'échange la plus courante à l'époque, au même titre que les billets de cent dollars aujourd'hui pour les trafiquants de drogue.

Benton se pencha en avant.

— Nous savons qu'un retrait de mille pièces d'or a été effectué juste avant le départ de l'expédition. Nous savons également que Wolfinger a procédé à un retrait auprès de la même banque, et nous savons qu'il emportait avec lui un coffre contenant de l'or.

Il écarta les mains, un sourire satisfait aux lèvres.

— J'y vois une preuve irréfutable.

— Dix mille dollars, murmura Fugit. C'était une belle somme en 1846.

— Absolument. Reste à savoir quelle serait la valeur d'un tel trésor aujourd'hui. Je ne parle pas de la valeur au poids, mais de la valeur *numismatique*. Une pièce de dix dollars neuve datant des années 1840 va chercher actuellement dans les quinze à vingt mille dollars. En d'autres termes, dissimulé dans les environs immédiats du Campement perdu se trouve un coffre rempli de pièces d'or d'une valeur de vingt millions de dollars.

Un silence circonspect enveloppa la pièce, que le Pr Fugit finit par rompre.

— Tout ça est bien joli, mais qui sera propriétaire de cette somme si l'Institut finance les fouilles et découvre cet or ?

— Tout objet de valeur découvert dans le cadre de fouilles effectuées par une institution à but non lucratif devient sa propriété de plein droit.

— Cet or nous reviendrait donc ?

— C'est discutable. La Californie réclamera ce trésor en jouant sur la notion de patrimoine historique. Le gouvernement fédéral voudra également se l'approprier puisqu'il repose sur des terres fédérales. En revanche, mes recherches ont montré que Wolfinger n'avait pas de descendants vivants, si bien que nous sommes tranquilles de ce côté-là.

— Ce n'est pas la première fois que je me trouve dans une situation de ce genre. Avec ou sans descendants, la lutte sera âpre.

— C'est vrai, professeur Fugit, la contra Benton, mais c'est là que la réputation sans faille de l'Institut entre en jeu. Dans le cadre de l'obtention des autorisations de fouilles nécessaires, cet établissement veillera bien à négocier *d'avance* le partage des découvertes éventuelles. Personne ne jugera anormal qu'une part de ces découvertes revienne à l'Institut, puisqu'il s'agit de financer son fonctionnement et ses recherches. Qui penserait à contester à cette institution un tiers du trésor si elle propose de partager le reste équitablement entre la Californie et l'Oncle Sam ?

Il baissa la voix.

— En d'autres termes, nous n'avons pas *besoin* de trouver des financements extérieurs pour cette expédition.

— Il s'agit d'un pari osé.

— Si l'Institut estime que le risque est trop grand, je suis tout disposé à le comprendre. L'université de Stanford, que nous connaissons bien tous les deux, dispose d'un département archéologique de première importance, tout comme l'université de Berkeley.

Fugit fronça les sourcils. Nora la connaissait suffisamment bien pour savoir que ce genre de menace ne lui plaisait pas et s'étonna intérieurement de l'audace de Benton.

— Je devrais pouvoir trouver les fonds nécessaires, décréta sèchement la présidente de l'Institut. Reste à savoir quelle part vous comptez vous-même exiger lors du partage final.

La question provoqua l'hilarité de Benton.

— Vous voulez savoir quelle quantité d'or je veux ? Aucune. Ces recherches ne présentent à mes yeux qu'un intérêt historique. Si ce trésor m'intéressait, je serais parti à sa recherche tout seul et personne n'en aurait jamais rien su.

— C'est tout à votre honneur, répliqua Fugit d'un air pincé. Comment savoir si cet or n'a pas été découvert par un autre depuis belle lurette ?

— Si c'était le cas, on trouverait sur le marché un nombre inhabituel de Liberty Heads de 1846. Personne ne savait jusqu'ici où se trouvait le Campement perdu. Nous n'en sommes plus là, grâce au journal de Tamzene Donner.

— Dans ce cas, l'Institut accepte de financer ce projet. Nora, je vous nomme directrice archéologique de l'expédition. Quant à vous, Clive… Puis-je vous appeler Clive ? Vous en serez l'historien en chef. Je me charge d'obtenir les autorisations nécessaires, nous disposons de l'hiver pour monter cette expédition.

Elle se leva et serra la main de ses visiteurs.

— Professeur Benton, accepteriez-vous de me laisser quelques minutes avec Nora ?

— Bien sûr, répliqua l'historien en souriant aux deux femmes avant de quitter la pièce.

Fugit attendit que la porte se soit refermée derrière lui avant de retourner s'asseoir et de poser son regard sur l'archéologue.

— Il s'agit d'un projet particulièrement intéressant, déclara-t-elle d'un air faussement détaché, derrière lequel on sentait percer son enthousiasme.

— Je le crois aussi.

— Où en êtes-vous de vos recherches dans ces ruines pueblos du Cerro Pedernal ?

— Nous avons achevé de dégager et de documenter comme il se doit la dernière pièce. Il ne reste plus guère qu'à étudier les éclats de poteries et autres objets découverts sur place. Du travail de laboratoire.

— Et qu'en est-il de ce peuplement étrange sur lequel vous travailliez à Bandelier ?

— Les fouilles sont terminées. J'ai transmis le dossier au département des Antiquités pour le traitement des problèmes juridiques.

La présidente de l'Institut scruta le visage de son interlocutrice pendant quelques instants.

— Cela fait bientôt deux ans et demi que j'ai pris mes fonctions ici, finit-elle par déclarer. Depuis mon arrivée, je n'ai pas le souvenir de vous avoir vue prendre des vacances, ou même de vous éloigner brièvement de vos travaux.

— La raison en est simple : j'adore mon boulot.

— Est-ce vraiment la seule raison ?

— Oui, répondit Nora sèchement.

— Je ne cherche pas à me mêler de votre vie privée, mais je sais ce qui vous est arrivé. Je suis heureuse de constater combien vous appréciez votre travail, mais je ne voudrais pas que vous finissiez par vous tuer à la tâche.

Nora ne répondit rien.

— Cette expédition ne sera pas vraiment une partie de plaisir. La Sierra Nevada sait se montrer dangereuse. Vous savez aussi que Ted Curtin ronge son frein en attendant qu'on lui confie une mission. Vous pourriez lui passer le relais et prendre un peu de recul en pilotant les opérations d'ici avant de…

— Professeur, l'arrêta Nora. Je vous sais gré de votre sollicitude et je serais ravie que Ted Curtin parte sur le terrain, mais Clive Benton est venu me chercher parce qu'il souhaitait travailler avec moi. Je ne sais pas comment il réagirait si quelqu'un d'autre dirigeait les fouilles. En toute honnêteté, je ne me tue pas du tout à la tâche. L'archéologie est ma vie, et retrouver le Campement perdu est une mission passionnante. J'aurai tout le temps de laisser retomber la pression pendant l'hiver.

Comme Fugit l'écoutait sans répondre, elle poursuivit.

— Je sais que vous êtes au courant de ce qui m'est arrivé, mais je peux vous assurer que ce n'est pas un problème. Et pour reprendre votre propre expression, je vous suis reconnaissante de ne jamais vous être mêlée de ma vie privée.

Fugit écarquilla les yeux de façon à peine perceptible avant de se résoudre à hocher la tête.

— Très bien, dit-elle froidement. Tous mes vœux vous accompagnent pendant la préparation de cette expédition, professeur Kelly.

6

29 mars

— Agent Swanson ?

C'est tout juste si le bip discret des équipements électroniques et le cliquetis des doigts troublaient le silence de la pièce, transformée en labyrinthe par une multitude de bureaux paysagers.

— Agent Swanson !

Corrie Swanson leva si brusquement le nez de ses papiers que ceux-ci tombèrent à ses pieds.

— Oui ?

Elle avait reconnu la voix de Robert Wantaugh. La tête de ce dernier dépassait de la cloison séparant son bureau des box voisins, à l'autre extrémité de ce que la jeune femme avait surnommé le « bloc pénitentiaire ». À une autre époque, ses cheveux blonds coiffés à l'ancienne lui auraient permis d'obtenir un second rôle dans *Les Incorruptibles*.

— Ravi de constater que vous êtes en vie. Je finissais par me demander si vous n'aviez pas fini par mourir d'ennui à force de consulter tous ces vieux dossiers.

— Pas encore.

Wantaugh avait intégré le service six mois avant elle seulement, mais il jouait au professionnel chevronné depuis qu'il avait obtenu une promotion.

— Je souhaitais juste vous signaler que les pizzas avaient été livrées. Salle de réunion B.

— Merci. Allez-y, je vous rejoins.

Non seulement Wantaugh se croyait plus malin que tout le monde, mais Swanson se demandait s'il n'essayait pas de la draguer.

Elle ramassa les papiers tombés à terre et se concentra de plus belle sur les témoignages des victimes d'un braqueur de banque qui avait écumé plusieurs villes riveraines de l'autoroute I-25 trois ans plus tôt. Elle reposa le dossier et s'escrima sur son clavier afin de résumer l'affaire. Elle en connaissait les détails sur le bout des doigts. Cinq hold-up en l'espace de deux mois, deux caissiers blessés par balle. Le braqueur repérait d'avance l'emplacement des caméras de sécurité et se présentait chaque fois avec un chapeau de cow-boy différent sous lequel il dissimulait une cagoule qu'il descendait sur son visage lorsqu'il franchissait le seuil de l'établissement. Il avait amassé un butin de six cent quatre-vingt-quatorze mille dollars, le dernier hold-up avait eu lieu à la Third National Bank d'Alamogordo, à l'orée de la réserve indienne des Mescaleros. Aucun moyen de l'identifier, pas même une plaque d'immatriculation, les témoins se contentaient de le décrire comme un individu blanc de moins de quarante ans. L'un des enquêteurs était persuadé qu'il s'était réfugié au Mexique, mais rien n'était venu confirmer cette hypothèse.

Swanson abandonna son clavier et rassembla soigneusement les documents avant de les remiser dans leur dossier d'origine en soupirant. Curieusement, elle n'avait pas réagi tout à l'heure car Wantaugh l'avait appelée « Agent Swanson », un titre auquel elle ne s'habituait pas.

Elle avait pourtant longtemps rêvé du jour où l'on s'adresserait à elle de cette façon. Un rêve qui lui avait permis de quitter Medicine Creek, le patelin paumé du

Kansas où elle avait grandi[1], de gagner sa place à l'Institut de justice criminelle John Jay de New York, d'effectuer son stage obligatoire d'un an en qualité de contrôleuse judiciaire adjointe dans la vallée de l'Hudson avant d'intégrer enfin l'école du FBI à Quantico, où elle avait suivi une formation de vingt semaines. Cinq mois de cours et d'exercices pratiques à courir dans la neige et la boue, à apprendre le maniement des armes, à s'initier aux techniques de combat dans des décors dignes d'Hollywood, à multiplier les acrobaties au volant comme un cascadeur. En dépit de la fatigue, du stress et de la crasse, elle avait savouré chaque instant de son entraînement, sachant qu'elle intégrerait pour de bon les rangs du Bureau à sa sortie.

Sa patience avait fini par payer. Elle avait obtenu son diplôme, prêté serment et reçu un badge. Jamais elle n'avait été aussi fière de toute sa vie que ce jour-là. Qui aurait pu se douter que la Corrie Swanson aux tenues gothiques et aux crêtes violettes qui jurait comme un charretier en jouant les rebelles dans son patelin du Midwest intégrerait un jour le FBI ? Sa mère n'avait même pas effectué le déplacement, ivre comme à son habitude, tandis que son mentor et protecteur, l'inspecteur Aloysius Pendergast, retenu ailleurs, s'était trouvé dans l'impossibilité d'assister à l'événement. Corrie s'était consolée en constatant que Jack, son père, était là, fier d'assister à sa réussite en dépit de la présence autour de lui d'un aussi grand nombre de représentants de la loi[2].

Et puis c'était tout. On lui avait remis son arme de service, un Glock 19M doté de quatre chargeurs de quinze balles orange, ainsi que plusieurs boîtes de projectiles à

1. Voir *Les Croassements de la nuit,* des mêmes auteurs, L'Archipel, 2005. *(Toutes les notes sont du traducteur.)*
2. Voir *Descente en enfer,* des mêmes auteurs, L'Archipel, 2013.

pointe creuse Winchester PDX1, et elle s'était lancée dans sa nouvelle vie.

Elle était loin de penser à ce moment-là que sa nouvelle vie en question la conduirait à Albuquerque, au Nouveau-Mexique, où l'attendaient des tâches purement administratives dans les locaux de l'antenne locale du Bureau, au 4200 Luecking Park Avenue NE. Elle avait fait la connaissance de Hale Morwood, le responsable chargé de superviser la première étape de sa période probatoire de deux ans. Un supérieur censé lui enseigner les ficelles du métier, procéder à son évaluation, mais aussi freiner son enthousiasme.

Depuis trois mois, elle écrémait de vieilles affaires non élucidées et travaillait avec le chargé de relations publiques afin de familiariser le grand public aux activités du FBI. Il lui arrivait parfois d'accompagner des équipes de techniciens en mission... essentiellement lorsqu'ils installaient des caméras de surveillance.

Elle ne s'était pas attendue à un tel traitement. Comment croire que les recrues fraîchement sorties de Quantico fassent toutes leurs classes de cette façon ? Elle croyait avoir touché le fond jusqu'au jour où Morwood l'avait emmenée en visite à l'antenne de Farmington, à la frontière du Colorado. Si Albuquerque faisait figure de trou du cul du monde, Farmington en était le furoncle. Fasse le ciel qu'elle ne soit jamais nommée dans un patelin pareil, sinon elle risquait fort de braquer elle-même des banques pour échapper à la routine.

Un murmure de conversations s'échappait de la salle de réunion B où ses jeunes collègues discutaient en mangeant, mais Swanson n'avait pas faim. Elle surveillait depuis son box le bureau de Morwood, dont la porte était close, les parois vitrées occultées du sol au plafond par des stores beiges, comme toujours. Morwood participait à une réunion téléphonique, le compte rendu hebdomadaire des opérations en cours. Elle prit sa respiration lorsque la porte du bureau s'ouvrit, laissant passer son chef. Du coin de l'œil, elle le vit s'éloigner dans le dédale des box en enfilant la veste de son costume bleu marine. Petit de taille, proche de la cinquantaine, il avait quelques kilos en trop et sa couronne de cheveux roux était clairsemée. La première fois qu'elle l'avait rencontré, Swanson avait trouvé qu'il ressemblait davantage à un contrôleur de train qu'à un responsable du FBI. Elle avait eu tout le loisir de réviser son jugement depuis.

Morwood reparut dans son champ de vision, un gobelet de café à la main. Son agenda était réglé comme du papier à musique, la réunion téléphonique suivante ne démarrait qu'un quart d'heure plus tard. Swanson rassembla son courage, afficha une mine sérieuse, ramassa son dossier, se leva et sortit de son box.

Morwood avait regagné son bureau. Occupé à remuer son café dans lequel il venait de glisser un édulcorant, il lui adressa un signe de tête en la voyant s'approcher.

— Bonjour, Swanson.

— Bonjour monsieur. Puis-je vous importuner une minute ?

Morwood lui montra d'un mouvement de menton les deux chaises identiques alignées le long de la paroi de verre.

— Je vous en prie.

Corrie s'assit en face de lui, son dossier sur les genoux. Le détachement avec lequel l'observait Morwood la désarçonnait toujours. On aurait pu croire qu'elle était mal coiffée, ou bien qu'elle avait enfilé son chemiser à l'envers, étiquette dehors. Elle ne s'était pas encore habituée à porter d'autres tenues que ses sempiternels jeans troués et ses tee-shirts noirs d'autrefois. Elle résista à la tentation de lisser sa jupe.

— J'ai achevé l'examen des braquages de l'I-25, se lança-t-elle.

Morwood avala une gorgée de café.

— Rien de particulier à signaler ?

Swanson hésita. Elle ne voulait pas donner à son chef l'impression de manquer d'efficacité. D'un autre côté, il n'était pas question qu'elle se tape éternellement de vieilles affaires.

— Rien de concluant. J'ai procédé à un nouvel interrogatoire du personnel des agences concernées. Je voulais m'assurer que leurs témoignages n'avaient pas changé. J'ai également visionné les images des caméras de surveillance en utilisant nos derniers logiciels de reconnaissance faciale, sans résultat. Grâce aux systèmes de retouche numérique, j'ai réussi à identifier la marque de l'un des chapeaux de cow-boy du braqueur. Il s'agit d'un fabricant dont les produits sont vendus au Texas, au Nouveau-Mexique et en Arizona. La boîte a fermé depuis, mais je n'ai rien trouvé d'intéressant dans ses archives.

— Pas de nouveau braquage avec la même technique ?

— Non. J'ai tout vérifié, des deux côtés de la frontière. Ce ne sont pas les hold-up qui manquent, mais pas un seul qui corresponde au *modus operandi* de notre homme.

— Je vois. Bon boulot, Swanson. N'oubliez pas de m'envoyer votre rapport.

— Je suis en train de le boucler.

Morwood ouvrait la bouche pour répondre lorsqu'il sortit précipitamment son mouchoir, pris d'une série d'éternuements. Swanson attendit poliment la fin de la crise. Morwood était un personnage énigmatique. Elle avait entendu bien des rumeurs à son sujet. D'après ce qu'elle en savait, il avait longtemps travaillé à Chicago, où il avait fait des étincelles. Certains prétendaient que ses mouvements lents et son regard atone étaient de simples paravents. D'autres affirmaient qu'il avait été victime d'un accident tragique un jour où il poursuivait un suspect dans un complexe industriel de Gary, une banlieue ouvrière, ce qui avait rongé ses poumons et compromis sa carrière. Quelle que soit la vérité, Morwood était un personnage aussi intelligent qu'expérimenté qui bouclait ses vingt années de carrière en formant de jeunes recrues.

— D'autres remarques, agent Swanson ? demanda-t-il en enfouissant le mouchoir dans la poche de sa veste.

C'était le moment ou jamais, et Swanson se lança.

— Il s'agit de la cinquième affaire non élucidée que vous me confiez, monsieur.

Morwood acquiesça.

— Ce qui m'a permis de constater vos progrès en termes d'efficacité et d'approche des dossiers concernés.

— Je vous remercie.

Putain… Voilà qu'il lui servait des compliments.

— Tout en comprenant l'intérêt de tels dossiers au niveau de mon acquis professionnel, j'espérais… je pensais que…

Elle se tut, portée par l'espoir que Morwood saisisse la balle au bond, mais il s'en garda bien.

— En fait, monsieur, je me sens prête à affronter de nouveaux défis.

— De nouveaux défis. Vous aimeriez participer à une enquête en cours, c'est ça ?

— Oui, monsieur.

— Vous estimez avoir tiré l'essentiel de ces affaires restées au point mort et vous vous sentez prête à jouer aux cow-boys et aux Indiens pour de vrai. Je me trompe ?

Swanson était connue pour son mauvais caractère lorsqu'elle était plus jeune, mais les années passées à l'institut John Jay et, plus encore, la discipline inculquée à Quantico lui avaient appris à se maîtriser, la maturité aidant. Elle lança un coup d'œil en direction de Morwood et ne trouva nulle trace de sarcasme ou de condescendance dans son regard éteint.

— Je suis bien consciente que ces anciennes affaires peuvent m'apprendre beaucoup, mais j'avoue n'avoir fait aucune découverte d'importance depuis trois mois que je me trouve ici. J'ai reçu une formation poussée en anthropologie criminelle et je me disais…

Cette fois, Morwood ne la laissa pas s'empêtrer.

— Vous vous dites que vous aviez déjà travaillé à Quantico sur des études de dossier similaires.

— Oui, monsieur.

— Vous pensez qu'après avoir passé trois mois à faire du ménage à Fort Apache, vous êtes prête à vous rendre plus utile. À traiter des cas plus intéressants.

Morwood avait une affection marquée pour les métaphores liées au Far West. Ou bien alors c'était une façon d'afficher son cynisme après avoir longtemps tenu le haut du pavé à Chicago. Swanson ne le connaissait pas assez pour savoir laquelle des deux explications était la bonne.

— On peut l'exprimer comme ça.

Morwood s'avança dans son fauteuil.

— Je pourrais vous répondre de deux façons différentes, Swanson. Je pourrais vous dire qu'en votre qualité de jeune recrue fraîchement sortie de l'école du FBI vos *espoirs* et vos *opinions* n'intéressent personne. Ce serait la réponse officielle, et normale.

Swanson se raidit en détectant dans la voix de son supérieur une froideur inattendue.

— Ou bien je pourrais vous répondre que je compatis.

Morwood, les coudes posés sur sa table, mit ses mains en pointe.

— J'ai pensé comme vous à mes débuts, poursuivit-il sur un ton plus avenant. Vous traversez la période la plus difficile. Je ne devrais pas vous le dire, mais les psychologues de Quantico ont une expression pour la qualifier. Ils parlent du « blues du troisième mois ».

Swanson, pétrifiée sur sa chaise, se demanda où il voulait en venir.

— Les agents du FBI ne sont pas des médecins. Ni même des flics. Il existe bien des façons d'acquérir l'expérience nécessaire. Un grand nombre de vos collègues, juristes ou informaticiens, ne sont pas armés et passent toute leur carrière derrière un bureau. Le lieu de votre affectation joue aussi un rôle. Vous avez été nommée à Albuquerque, où une large part de notre activité tourne autour du trafic de drogue.

Il se pencha vers la jeune femme.

— Deux autres précisions, Swanson. La première, c'est que je suis chargé de vous former. En clair, cela signifie que je suis à la fois votre juge et votre ange gardien. Pendant que vous étudiez ces affaires jamais élucidées, je vous étudie, *vous*. Mon rôle est de traquer vos faiblesses.

Swanson s'efforça de dissimuler son étonnement. Elle ne s'était jamais doutée que Morwood l'observait.

— Seconde précision, et vous allez devoir me croire sur ce point, votre heure viendra, très certainement au moment où vous vous y attendrez le moins. Pas forcément lors d'une enquête. Peut-être même pendant que vous installez ces fichues caméras de surveillance, ou bien un soir en rentrant chez vous. Quoi qu'il en soit, je peux vous assurer que ces vieux dossiers dans lesquels vous plongez le nez vous serviront un jour.

Il avala une gorgée de café. Comme le silence s'installait, Swanson comprit que le sujet était clos. Elle n'avait plus qu'à quitter le bureau de son chef.

Elle se leva.

— Je vous remercie pour vos conseils, monsieur.

— Il n'y a pas de quoi, répliqua Morwood en prenant son téléphone.

Swanson regagna son box, l'air songeur. Elle fronça les sourcils en découvrant sur sa table de travail une grosse enveloppe matelassée. Elle l'ouvrit et y découvrit un dossier fatigué, débordant de rapports et de photos.

Une sixième affaire non élucidée.

Elle se laissa tomber sur sa chaise en soupirant, les yeux humides, et repoussa le dossier, le temps d'achever la rédaction du compte rendu consacré au braqueur de l'I-25.

7

22 avril

Celui que l'on surnommait le Rouquin avait connu son lot de trucs bizarres pour gagner sa chienne de vie, mais sa dernière mission en date surclassait toutes les autres. Ça faisait deux siècles que le pillage de sépultures était passé de mode, et voilà qu'on lui demandait d'exhumer un macchabée dans un cimetière par une nuit de pleine lune. Pour cinq mille boules, il n'allait pas se montrer regardant. C'était toujours mieux que de dealer de l'Oxy. Plus lucratif, et bien moins dangereux.

Ce n'était pas la première fois qu'il se rendait au Nouveau-Mexique, mais il ne connaissait pas ce coin-là. La nature était nettement plus verte et montagneuse qu'il ne s'y attendait, un peu comme dans le Colorado. Le cimetière, délimité par des grilles en fer forgé, se trouvait à une bonne trentaine de kilomètres à l'est de Santa Fe, au cœur de collines boisées. Une plaque commémorative était accrochée à l'entrée, que le Rouquin n'avait pas pris la peine de lire. Il ne risquait pas de tomber sur des touristes à cette heure. Les lumières de Glorieta scintillaient au fond de la vallée et le ruban lumineux de l'I-25 serpentait lentement dans le lointain. La nuit était fraîche, ce qui n'était pas pour déplaire au Rouquin qui transpirait à grosses gouttes, une pelle à la main. La météo annonçait de la pluie pour plus tard, mais de rares nuages traversaient le ciel pour l'instant et la lune illuminait la scène comme en plein jour.

Ce job lui était tombé dessus de façon curieuse. Un copain d'un copain, et voilà qu'on lui demandait d'ouvrir un cercueil. La tombe qui l'intéressait, comme toutes les autres, se limitait à une stèle frappée d'un médaillon gravé, un peu comme le sigle du Rotary Club, posée à même le sol.

Le Rouquin regarda sa montre : 23 h 50. Il s'escrimait depuis une heure à peine et il avait abattu la moitié de la besogne. Il prit le temps de souffler, résista à l'envie de s'en griller une, puis il reprit sa tâche en plongeant la pelle dans le sol meuble et sec avant de se débarrasser de la terre sur la bâche étalée au bord de la sépulture. À tout prendre, ce n'était pas plus fatigant que les exercices qu'il pratiquait en salle de sport, chez lui, à Kirtland. Il avait dans la tête la chanson *Brick House*, les vibrations disco des Commodores l'aidaient à rythmer son travail.

Comme de juste, le Rouquin n'avait jamais vu ses commanditaires. On s'était contenté de lui donner des instructions par téléphone et il avait récupéré dans un parking l'enveloppe contenant son avance de deux mille doll'. Il recevrait le solde de trois mille boules une fois le boulot terminé. En plus du jour, de l'heure et d'un plan détaillé, on lui avait fourni la liste du matériel dont il aurait besoin : une bâche en nylon pour y déposer la terre, une pelle, une pioche, une petite échelle et un crochet spécial pour forcer le couvercle du cercueil. On ne lui demandait pas de piller la tombe, mais d'ouvrir la bière le temps de « déterminer l'identité » du macchabée. Les deux types chargés de l'opération en question devaient se pointer vers 1 h 30, après quoi il n'aurait plus qu'à refermer le cercueil, empocher les trois mille doll' et reboucher la fosse pendant que ses commanditaires se carapateraient. Des types qui n'avaient pas envie de se salir les mains. Sans doute une histoire d'héritage ou d'usurpation d'identité. Le Rouquin n'avait pas l'intention de poser la question, la lettre lui précisait bien que s'il s'enfuyait avec les deux mille dollars, il recevrait la visite de gens qui le laisseraient avec une voix de fausset.

Il s'arrêta en tendant l'oreille, seule lui répondit la rumeur nocturne de la forêt. Il reprit sa tâche en fredonnant *Brick House*. La lame de la pelle rencontra un objet dur, mais ce n'était pas du bois. Il se pencha, chassa la terre de la main et découvrit à sa grande surprise un vieux coffre en fer ressemblant plus à une malle au trésor qu'à un cercueil. Il secoua la tête d'un air perplexe et entreprit de débarrasser le coffre de la gangue de terre qui l'entourait. Les côtés une fois dégagés, il s'empara du crochet et souleva le couvercle. Celui-ci pesait une tonne. Une odeur nauséabonde s'échappa de la bière. Le Rouquin alluma sa minitorche en veillant à ce que le rayon ne dépasse pas des bords de la fosse.

Il écarquilla les yeux en s'apercevant que le mort n'était pas un homme, mais une femme, à en juger par les lambeaux de robe brune qui l'habillaient. Le visage, tout ridé et couvert de moisissure avec sa bouche momifiée qui souriait de façon démoniaque, était trop abîmé pour le confirmer. Dieu merci, on ne lui avait pas demandé d'identifier la morte. Il n'avait plus qu'à attendre l'arrivée de ce commanditaire. Il avait dix minutes d'avance sur le programme.

Il se hissa hors de la fosse, se posa sur l'une des stèles voisines et alluma une cigarette sur laquelle il tira goulûment. Il avait décidé d'arrêter et se limitait à deux clopes par jour. Comme il était minuit passé, celle-là serait la première de la journée.

Les types ne lui avaient pas menti. À 1 h 30 pile, il distingua une lueur de phares sur la petite route qui serpentait entre les collines. Le conducteur éteignit ses lumières, s'engagea dans l'allée de terre du cimetière et se gara à côté de la voiture du Rouquin. Les portières s'ouvrirent et deux types descendirent de l'auto. L'un d'eux tenait un sac de voyage à la main.

— Le Rouquin ? demanda le type au sac.

— C'est moi. Votre gus… je veux dire, ce que vous cherchez, est au fond du trou.

Il désigna la fosse aux deux hommes qui se placèrent de part et d'autre afin d'examiner le cercueil ouvert. Des nuages s'étaient accumulés dans le ciel, qui voilaient la lune, l'empêchant de voir leurs traits.

Les deux types enfilèrent des gants en latex et se protégèrent le visage à l'aide de masques. Le premier se glissa dans le trou et éclaira brièvement le visage de la morte. Son compagnon ouvrit le sac et lui tendit une scie chirurgicale dont la lame brilla faiblement sous le regard de la lune voilée, ainsi que deux sacs étanches. Le premier type se pencha au-dessus du corps et un bruit atroce de scie déchira la nuit. Le Rouquin comprit qu'il n'était pas question de déterminer l'identité du macchabée, mais il se retint de poser la moindre question, sachant que la curiosité était un vilain défaut.

L'inconnu enfourna un objet lourd dans l'un des sacs étanches, puis il reprit son travail avec la scie, remplit le second sac, referma les rabats et tendit les deux sacs avec précaution à son compagnon. Il retira son masque et ses gants qu'il fourra au fond d'une poche.

— C'est bon ? s'enquit le Rouquin.

— C'est bon, répliqua l'un des deux inconnus en tirant de son manteau une enveloppe. Souvenez-vous : il ne s'est rien passé.

Le Rouquin hocha la tête, décacheta l'enveloppe et constata qu'elle contenait trois liasses de mille dollars. Il feuilleta machinalement l'une des liasses et glissa le tout dans sa veste.

— On vous laisse reposer le couvercle du cercueil et reboucher le trou.

Le Rouquin n'avait qu'une hâte : terminer le boulot et se casser vite fait. Il descendit dans la fosse. Il ne s'était pas trompé. Ces cinglés avaient scié en deux le corps dont ils avaient emporté la moitié supérieure. Cette histoire ne le regardait pas. Au moment où il replaçait le couvercle, il ressentit une douleur fulgurante au niveau de la nuque.

L'inconnu qui avait scié la morte en deux se pencha au-dessus du corps affalé sur le cercueil et fit feu une seconde fois avec son Maxim de calibre 9 muni d'un silencieux, explosant la tête du Rouquin. Il enfila à nouveau ses gants et glissa la main à l'intérieur de la veste du mort où se trouvaient l'enveloppe contenant l'argent, ainsi qu'un portefeuille, des clés de voiture et le feuillet contenant les instructions. Il se hissa hors de la tombe et entreprit de reboucher grossièrement le trou avec son complice avant d'enfermer les sacs étanches et la scie dans le sac de voyage. Des nuages sombres annonciateurs de pluie cachèrent la lune. L'homme au pistolet monta à bord de la voiture du Rouquin, son complice armé du sac s'installa derrière le volant de l'autre véhicule, et les deux autos s'éloignèrent dans des directions opposées.

Les premières gouttes de pluie s'abattirent sur le cimetière tandis qu'un éclair traversait le ciel, suivi d'un coup de tonnerre dont l'écho roula longuement à travers les collines.

8

23 avril

Le téléphone se mit en branle sur le bureau de Swanson. Deux sonneries courtes qui signalaient un appel interne.

Elle décrocha.

— Oui ?

— Swanson ?

Elle reconnut la voix de Morwood.

— Oui.

— Cela vous ennuierait de venir dans mon bureau ?

— J'arrive tout de suite, monsieur.

Elle repoussa le dossier qu'elle était en train de décortiquer, sa septième affaire non élucidée, et se leva. Jamais Morwood ne la convoquait de la sorte. D'autant qu'on était le matin. Son chef était un modèle de ponctualité et les réunions de débriefing hebdomadaires de l'antenne d'Albuquerque se déroulaient invariablement le jeudi après-midi à 14 heures. Swanson, par habitude, eut le réflexe de se sentir coupable. Putain, qu'est-ce que j'ai fait ?

Depuis une quinzaine de jours, en plus de ses tâches sédentaires, Morwood l'avait autorisée à accompagner des équipes des Stups attachées à la DEA lorsque celles-ci effectuaient des raids contre des laboratoires de meth clandestins dans les quartiers nord-est d'Albuquerque. Des saisies mineures auxquelles elle assistait en qualité d'observatrice, vêtue d'un gilet pare-balles.

Elle avait pu constater la réalité des rivalités entre services fédéraux concurrents. Elle savait déjà que les agents du FBI considéraient leurs collègues de la DEA comme des brutes primitives proches de l'homme de Néandertal, et ces missions lui avaient permis de se familiariser avec l'opinion de la DEA au sujet du FBI. Les collègues des Stups qu'elle accompagnait lui avaient expliqué qu'elle s'était fourvoyée en intégrant le Bureau, que celui-ci était essentiellement constitué de gratte-papier et de petites bites qui faisaient carrière sans jamais sortir leur arme de son étui. Swanson avait accueilli ces taquineries avec bonne humeur dans un premier temps. Au terme de sa deuxième équipée, la veille, un agent des Stups à la coupe en brosse n'avait pas arrêté de la charrier. La mission terminée, elle avait précisé à son bourreau, en termes choisis, dans quelle partie précise de son anatomie il pouvait se carrer le stock de meth qu'ils venaient de confisquer.

Elle avait appris en fin de journée que Breitman, le type à la coupe en brosse, était le responsable de l'unité qu'elle venait d'assister.

Elle sentit monter en elle une bouffée d'angoisse en approchant de la porte ouverte du bureau de Morwood. Putain, c'était sûrement ça. Depuis bientôt quatre mois qu'elle était en poste, elle avait toujours réussi à se maîtriser, et voilà qu'elle choisissait le pire moment, et le pire collègue, pour péter un plomb. Morwood avait le pouvoir de la révoquer. Même s'il était peu probable que l'affaire prenne de telles proportions, elle se retrouverait avec une mauvaise note qu'elle traînerait comme un boulet dans son dossier pendant des années.

Pour couronner le tout, elle n'arrivait pas à se sortir de la tête *19th Nervous Breakdown* des Rolling Stones. *Here it comes, here it comes…*

La bouche sèche, elle toqua au chambranle. Morwood leva brièvement les yeux des feuillets agrafés qu'il tenait à la main, le visage impénétrable, comme toujours.

— Swanson, l'accueillit-il. Entrez, je vous en prie.

Contrairement aux fois précédentes, il ne lui proposa pas de s'asseoir et reprit l'examen de ses feuillets.

Il tourna une page, puis deux, et se racla la gorge sans lever les yeux du document.

— Savez-vous ce qui s'est passé à Glorieta Pass ?

Glorieta Pass ? Swanson n'avait jamais entendu parler de cet endroit. Elle se creusa la cervelle, en quête des noms de rue du quartier d'Alta Monte où avait eu lieu le raid de la veille. Candelaria, Comanche… Elle n'avait pas gardé le souvenir de la moindre Glorieta.

— Je ne crois pas, monsieur, répondit-elle en tendant le dos.

Morwood reposa enfin ses feuillets agrafés et la regarda droit dans les yeux.

— Franchement, agent Swanson, vous m'étonnez.

— Pour quelle raison, monsieur ?

Here it comes… La foudre allait lui tomber dessus, comme dans la chanson des Stones.

— Une étudiante aussi brillante que vous, et vous prétendez n'avoir jamais entendu parler de la bataille de Glorieta Pass ?

Swanson ne savait plus à quel saint se vouer. Elle fit taire dans sa tête la voix nasillarde de Mick Jagger.

— Je ne suis pas certaine de savoir de quoi vous parlez. Il n'y a pas eu de bataille à proprement parler. Les types du labo se sont rendus tout de suite. Si vous voulez parler de l'incident qui m'a opposée à Breitman, je suis désolée s'il a mal pris…

— Swanson, sur quelle planète vivez-vous ? J'ai lu le détail de votre curriculum à John Jay, vous avez suivi un cours sur la guerre de Sécession en deuxième année. Ou bien alors vous dormiez pendant les cours ?

Swanson avala sa salive.

— Je m'excuse monsieur. Je n'avais pas compris que vous me parliez d'histoire.

— De quoi d'autre ? De votre virée avec le DEA hier ? Bien sûr que Breitman m'a appelé. Je lui ai conseillé de se déboutonner et de laisser tomber. Non, je vous parle de Glorieta Pass, où s'est déroulée la bataille la plus importante de l'Ouest pendant la guerre de Sécession. Les troupes confédérées ont envahi le Nouveau-Mexique dans l'espoir d'empêcher la jonction des troupes de l'Ouest avec celles du Nord, et les Sudistes se sont fait royalement botter les fesses. À Glorieta Pass.

Swanson, l'effet de surprise et le sentiment de soulagement passés, afficha sa gêne. À présent que son angoisse se dissipait, cette histoire de Glorieta Pass lui semblait familière. Sauf que son prof d'histoire était rasoir au possible et que ce n'était pas les champs de bataille qui manquaient à l'époque…

— Je me souviens, déclara-t-elle. On nous en a effectivement parlé en cours. Je suis désolée, monsieur.

Il fronça les sourcils d'un air faussement déçu.

— Vous me rassurez. Ce n'est pas tout à fait la bataille de Gettysburg, mais soixante hommes des deux camps y ont tout de même trouvé la mort. Plusieurs d'entre eux ont été enterrés sur place, au lieu-dit Pigeon's Ranch.

Swanson écoutait son chef en silence. Tout en étant soulagée de savoir que cette convocation n'avait rien à voir avec l'altercation de la veille, elle ne voyait pas où il voulait en venir.

— Il y a une heure de ça, on a découvert un corps à Pigeon's Ranch. Deux corps, plus probablement, même si le compte est discutable. Un inconnu gisait sur un cercueil fraîchement déterré, au fond d'une tombe.

Swanson hocha la tête. Peut-être qu'elle aurait dû prendre des notes. Et puis non.

— N'hésitez pas à me poser des questions si vous en avez, Swanson. Je vous le rappelais tout à l'heure, Glorieta Pass est le site d'une bataille célèbre, le cimetière relève des monuments historiques. C'est là qu'a été découverte la sépulture profanée.

— Donc sur un terrain relevant de la compétence fédérale, intervint Swanson.

— Absolument. Je vous laisse poursuivre.

— Et tout délit commis dans un lieu relevant de la compétence fédérale nous concerne automatiquement.

— Petite correction : il *vous* concerne, déclara Morwood en tendant à sa subordonnée les feuillets qu'il consultait quelques minutes plus tôt.

Swanson s'en empara d'une main hésitante.

— Je ne comprends pas.

— C'est pourtant simple. Si ma mémoire ne me fait pas défaut, vous êtes venue me trouver il y a trois semaines en me demandant de vous confier de nouvelles missions. Voire une enquête.

Morwood toussa dans le creux de sa main.

— Je vous offre sur un plateau le corps d'un inconnu au fond d'une sépulture profanée du cimetière de Glorieta Pass.

Comme son interlocutrice restait sans voix, il insista :

— Ce n'est pas ce que vous réclamiez ? Une enquête à vous ?

Swanson recouvra aussitôt sa voix.

— Si, monsieur. Bien sûr, mais que dois-je… ?

Elle ne put achever sa phrase, prise de panique.

— Vous ne savez pas comment vous y prendre, c'est ça ? C'est normal, puisqu'il s'agit de votre première enquête. C'est l'occasion de montrer que votre formation à Quantico et ces quatre mois passés derrière un bureau ont porté leurs fruits. Je suis curieux de voir comment vous allez vous débrouiller. Vous serez l'enquêtrice fédérale officiellement dépêchée sur place. À charge pour vous de prendre contact avec les autorités locales, de vérifier que la scène du crime est sécurisée, d'examiner le corps, de superviser le collectage des pièces à conviction, de rédiger le rapport d'enquête initial. Toute seule.

Swanson resta sans réaction, hésitant entre l'excitation et l'inquiétude comme elle prenait peu à peu la mesure de la tâche qui lui était confiée.

— Et vous ?

— Quoi, moi ? J'attendrai sagement vos conclusions dans mon bureau.

Swanson en avait la gorge nouée. Tout en tenant enfin la chance qu'elle espérait, elle savait que Morwood restait son référent tout au long de sa période probatoire. Il était précisément censé l'aider et la former en pareil cas. Avait-il décidé de la jeter à l'eau pour lui apprendre à nager ?

— Ne faudrait-il pas contacter les équipes scientifiques ?

Morwood secoua la tête.

— En tant qu'enquêtrice principale, je vous laisse juge, répondit-il avec un sourire désabusé. Mais n'oubliez pas que vous pouvez aussi compter sur la police locale et leurs experts, le médecin légiste et ses équipes. Si vous jugez utile d'en appeler aux spécialistes du Bureau, faites-le, mais commencez par envisager toutes les possibilités. En attendant, je demande qu'on vous fournisse une voiture, une radio et le reste.

Comme elle restait plantée devant lui, Morwood reposa son téléphone.

— Allez, Swanson ! Au boulot ! Vous avez de la chance, Glorieta se trouve à une heure d'ici et la route est plutôt belle.

9

L'agent Swanson se sentait envahie par des émotions inattendues, les mains serrées autour du volant de sa voiture de service sur la petite route en lacets, les feuillets de Morwood, lus et relus, enfermés dans un classeur posé sur le siège passager. Le jour qu'elle attendait tant était enfin arrivé, l'agent Corinne Swanson du FBI était chargée d'enquêter sur un meurtre. Paradoxalement, au lieu de se concentrer sur l'affaire, elle se laissait submerger par l'émotion.

Elle se remplit les poumons avant de les vider très lentement. Elle constata avec soulagement que ses doigts ne tremblaient pas sur le volant.

Reprends-toi, procède étape par étape, conformément au règlement.

Elle quitta la route au niveau d'une pancarte indiquant la direction du Parc national de Glorieta Pass et remonta un chemin sillonné d'ornières qui grimpait en direction des monts Sangre de Cristo avant de se stabiliser sur un plateau. À l'horizon se découpaient deux séries de crêtes jumelles se rejoignant au niveau d'un col. Elle se demanda s'il pouvait s'agir de la passe de Glorieta, et qui était cette dernière.

Elle ne tarda pas à apercevoir plusieurs camping-cars garés le long du chemin, toutes portières ouvertes au soleil, leurs propriétaires visiblement mécontents. Elle comprit les raisons de leur colère cinq cents mètres plus loin en constatant que l'accès au cimetière et au col était bloqué par un véhicule de shérif, gyrophare allumé. Elle stoppa et un adjoint descendit du véhicule. Swanson exhiba le badge qu'elle avait attaché autour du cou. Le jeune adjoint la dévisagea longuement, examina le badge, l'observa une nouvelle fois et finit par la saluer d'un mouvement de tête avant de regagner sa voiture de patrouille qu'il déplaça dans un rugissement de moteur afin de la laisser passer. Plusieurs véhicules officiels, rangés de façon désordonnée, l'attendaient sur un parking un peu plus loin.

Elle se gara, descendit de voiture en rassemblant son courage et remonta une allée gravillonnée entre les vieilles tombes numérotées, pour certaines ornées d'un écriteau. Une douzaine de personnes étaient attroupées dans un coin du cimetière : des policiers en uniforme, des gardes forestiers, quelques silhouettes en costume, du personnel médical, une femme armée d'un appareil photo, quelques autres. Elle comprit qu'ils attendaient son arrivée en les voyant tourner la tête dans sa direction.

Son cœur s'emballa.

Reste cool, pensa-t-elle. *Tu maîtrises la situation.* Tout en s'approchant, elle s'obligea à repasser dans sa tête le dossier que lui avait confié Morwood, de repenser aux conseils longuement prodigués par ses profs à l'école du FBI. Elle s'aperçut avec soulagement que malgré sa nervosité, elle se sentait relativement sûre d'elle. Quoi qu'il advienne, elle ne risquait pas de paniquer.

Le petit groupe se morcela à son arrivée et elle vit s'avancer un personnage athlétique d'âge moyen, son visage hâlé barré d'une moustache en brosse.

— Gus Turpenseed, shérif du comté de San Miguel.

Swanson serra la main tendue du shérif qui lui broya les doigts.

— Agent Swanson, FBI.

— Enchanté, agent Swanson répondit Turpenseed en adressant un coup d'œil à son voisin.

L'homme, en uniforme lui aussi, que son étoile désignait comme un adjoint, hocha la tête avec un petit sourire.

Tous les regards étaient braqués sur le badge de la jeune femme, accroché au cordon qu'elle portait autour du cou.

— L'agent Morwood nous a prévenus de votre arrivée, déclara Turpenseed, mais je ne m'attendais pas...

— À voir une femme ?

— À voir quelqu'un d'aussi jeune.

Swanson fut la première étonnée de ne pas mordre à l'hameçon. Elle comprit qu'elle devait son assurance à son badge. Le shérif n'en avait pas, contrairement à elle, et tant pis si ça emmerdait cet abruti.

La prise de conscience de ce pouvoir soudain s'accompagna d'un frisson de satisfaction. Elle avait toujours subi le pouvoir d'autrui quand elle était plus jeune, ce qui l'avait conduite à se construire une carapace d'agressivité, de sarcasme et de rancune à l'endroit de toute forme d'autorité. Aussi ironique que cela puisse paraître, la roue avait tourné.

Elle balaya des yeux l'assistance avant de s'intéresser à la scène du crime : une tombe ouverte entourée de rubalise, un tas de terre sur une bâche en plastique, ainsi qu'un corps à demi enterré au fond de la fosse. Elle se tourna vers Turpenseed.

— Vous avez raison, je suis jeune et je n'ai pas l'intention de rester plantée ici. Fournissez-moi tous les détails. Qui a découvert le corps ?

Une femme blonde en uniforme des Parcs nationaux s'avança.

— C'est moi.

— Vous vous appelez ?

— Grant.

— Racontez-moi ce qui s'est passé.

La femme hocha la tête.

— Je suis arrivée à 7 h 30 ce matin pour ouvrir le cimetière et tout préparer en attendant les premiers visiteurs. Dans le cadre de mes fonctions, je fais le tour des lieux, et c'est comme ça que j'ai remarqué ce tas de terre, précisa-t-elle avec un regard par-dessus son épaule. En m'approchant, j'ai découvert la fosse. J'ai pensé que des pilleurs de sépulture avaient pu vouloir s'en prendre à Régis, jusqu'à ce que je voie le cadavre à moitié recouvert de terre. Et plein de sang. Alors j'ai rebroussé chemin et j'ai appelé Alec.

— Qui est Alec ?

— Alec Quinn, le collègue de service avec moi aujourd'hui. J'ai vu arriver sa voiture.

— Continuez.

Un type en uniforme prit le relais.

— J'ai pensé que la victime était peut-être encore en vie, alors j'ai sauté au fond du trou et j'ai commencé à le déterrer, jusqu'à ce que je voie que…

Il avala sa salive.

— … qu'il était mort. Je suis remonté et j'ai passé plusieurs coups de fil. Comme il n'y avait personne de l'ISB dans le coin, j'ai prévenu le shérif.

Swanson acquiesça. Les types de l'Investigative Services Branch étaient les enquêteurs attachés aux Parcs nationaux. Il devait y en avoir moins d'une quarantaine dans tout le pays.

— Qui dirige l'équipe de police scientifique ?

Un petit trapu d'une soixantaine d'années sortit du groupe.

— Larssen, de l'Identité judiciaire de Santa Fe.

— Vous attendiez l'arrivée des fédéraux pour commencer ?

— Pour les avoir attendus, on les a attendus.

— Désolée de vous avoir retardée. Allez-y, je vous rejoins dans quelques minutes, décida Swanson avant de s'adresser de nouveau à Quinn.

— À quel moment avez-vous décidé de contacter le FBI ?

Le gardien des Parcs nationaux rougit.

— Ce n'est pas aussi simple que vous le pensez. Glorieta Pass figure sur la liste officielle des champs de bataille depuis vingt-cinq ans seulement. L'endroit est essentiellement constitué de terres privées. Seul Pigeon's Ranch se trouve techniquement sous la juridiction des Parc nationaux.

— J'ai appelé le FBI après avoir pris le temps de vérifier, précisa Grant.

Swanson hocha la tête.

— Avez-vous vu quelqu'un, ou remarqué quoi que ce soit ?

— Rien n'a bougé depuis notre arrivée. Quand on a compris que la victime était morte, on n'a plus touché à rien.

— Vous n'avez rien remarqué d'anormal dans le cimetière ?

Grant secoua la tête.

— Quels sont les horaires d'ouverture ?

— Le cimetière est accessible de 8 heures à 18 heures.

— Pas de gardien de nuit ?

— Non.

— Vous ne craignez pas les vandales ou les amateurs de souvenirs ?

— Ça n'est jamais arrivé ici, répondit Quinn. Les gens du coin respectent les morts. Le site est plutôt reculé. Sans compter qu'on n'a pas les moyens. L'argent sert essentiellement à entretenir et à restaurer les lieux. Glorieta Pass est sur la liste des monuments en péril, il a été classé en Priorité 1, avec une dizaine d'autres sites comparables.

Swanson avait pu s'apercevoir depuis son arrivée que la mentalité n'était pas très différente de celle du Kansas rural où elle avait grandi. Le Nouveau-Mexique était constitué d'immenses territoires vierges impossibles à surveiller efficacement, faute d'argent.

Les techniciens de l'Identité judiciaire, réunis autour de la fosse, s'apprêtaient à y descendre à l'aide d'une échelle. Swanson se tourna vers le shérif.

— Vous avez bien fait sécuriser le périmètre ?

— Absolument, madame, dès qu'on a pris la mesure de la situation.

Swanson ne s'attendait pas au *madame*, mais elle n'en montra rien. Autant s'y habituer, on employait bien le mot *monsieur* pour les hommes.

Le shérif retira son chapeau. Il s'épongea le front avec sa manche et Swanson nota qu'il avait le crâne rasé. La couronne de son chapeau était trempée de sueur.

— Shérif, je vous demanderai d'examiner les environs afin de savoir comment le ou les coupables sont arrivés et repartis. Prévenez aussitôt les équipes de police scientifique si vous remarquez des traces de pneus ou autres.

Elle montra la photographe du menton.

— Elle est avec vous ?

— Oui.

— Parfait. Dites-lui de se mettre au boulot.

Le shérif eut une brève hésitation, puis il chuchota des instructions à l'oreille de son adjoint. En moins de deux minutes, le petit groupe se dispersait à travers le cimetière, comme à regret.

Swanson ne jugea pas utile de convoquer les techniciens du Bureau en complément de ceux de Sante Fe. C'était le plus sûr moyen de se les mettre à dos, sans compter que Larssen paraissait compétent.

Il était descendu au fond de la fosse en compagnie de l'un de ses hommes et fouillait méticuleusement la terre jetée sur le cercueil métallique, à la recherche d'indices. Le mieux était encore de les laisser travailler. Un peu plus loin, elle entendit quelqu'un demander une ambulance au service de médecine légale, se raviser et en commander deux.

La photographe mitraillait la scène du crime. Les gens de l'Identité judiciaire retirèrent la bâche et les outils de la fosse qu'ils placèrent dans de grands sacs jaunes, puis ils dégagèrent le corps. Swanson emprunta l'échelle à son tour afin de l'examiner. Le mort portait une chemise à carreaux, un jean, des Doc Martens. Il avait apparemment dans les cinquante ans, sans qu'il soit possible de déterminer son âge avec précision puisqu'il gisait à plat ventre sur le cercueil, la partie postérieure de la boîte crânienne explosée. Il avait reçu deux balles : la première l'avait projeté à terre et la seconde, tirée à bout portant au niveau de la nuque, avait ricoché contre le cercueil en fer. Aucune arme à feu n'avait été retrouvée sur place. Swanson prit le temps de mémoriser tous les détails, puis elle s'agenouilla à côté de Larssen.

— Qu'en pensez-vous ? lui demanda-t-elle en veillant à s'exprimer de façon neutre et respectueuse. Deux balles, comme pour un règlement de comptes ?

— À vue de nez, je dirais oui. Vous avez remarqué ? ajouta-t-il en désignant la bosselure au niveau du cercueil.

— Tout indique que la première balle est entrée en bas du crâne en provoquant une fragmentation de l'os occipital. La seconde a pénétré un peu plus haut, alors qu'il était déjà tombé. C'est probablement elle qui lui a emporté une partie du visage.

Larssen laissa échapper un grognement.

— Elle n'a servi à rien, la première avait déjà fait le job.

Il avait très certainement raison, mais on avait enseigné à Swanson que les tueurs professionnels n'improvisaient jamais. En tirant une seconde fois, le tueur ne prenait aucun risque.

— À voir la taille et la forme étoilée de la bosselure, je dirais qu'il s'agit d'une balle pleine. De calibre 9, probablement. Il faut espérer que vos équipes puissent retrouver les projectiles.

Larssen acquiesça.

— Aucune pièce d'identité, déclara le second technicien après avoir fouillé les poches du mort.

— Prenez ses empreintes, s'il vous plaît, décida Swanson, dans l'espoir que celles-ci figurent dans les bases de données des services généraux.

En saisissant la main gauche du mort, le technicien fit apparaître au niveau du poignet le tatouage d'un mur de brique inachevé.

Swanson tendit l'index.

— Ça vous parle ?

— Non, répondit Larssen.

— Un tatouage de taulard ou de biker ? De militaire ? insista-t-elle à l'adresse du technicien.

Il secoua la tête.

— Ça ne me dit rien. En tout cas, il a les mains abîmées. C'est sûrement lui qui a creusé la fosse.

— L'examen des empreintes sur le manche de la pelle nous le dira, décréta Swanson en examinant le corps pendant quelques minutes avant de se relever.

La plupart des analyses seraient effectuées en laboratoire.

— On procédera à l'ouverture du cercueil une fois que vous aurez évacué le corps.

Dix minutes plus tard, Larssen et son collègue enfermaient précautionneusement le cadavre de l'inconnu dans une housse mortuaire, hissaient leur fardeau hors du trou et le déposaient sur une civière en attendant qu'il soit transporté dans les locaux du médecin légiste. Toutes les pièces à conviction découvertes sur place, soigneusement identifiées, avaient également été évacuées, et Corrie Swanson se retrouva seule face au cercueil. Le couvercle de la bière, globalement bien conservé, portait des éraflures. Elle y vit la preuve qu'il avait été soulevé.

Elle appela Grant qui se hâta de la rejoindre.

— Tout à l'heure, vous avez fait allusion à un certain *Régis*. L'occupant de cette sépulture s'appelait Régis ?

Grant, debout au bord de la fosse, hocha la tête.

— Florence P. Régis, oui.

— Il s'agit d'une femme ? Dans un cimetière militaire ?

C'était la première fois que Swanson voyait la gardienne sourire.

— C'est presque une célébrité par ici. Florence était une ardente partisane du Sud. Son père, Edward Parkin, possédait de nombreux esclaves en Georgie. Il a enseigné très jeune à sa fille le maniement des armes. Le mari de Florence, le colonel Régis, dirigeait un bataillon confédéré quand il a été tué par un sniper yankee à la première bataille de Manassas. À la suite de sa mort, Florence s'est installée à El Paso. En apprenant que le général Sibley expédiait une demi-douzaine de compagnies le long du Rio Grande pour attaquer Fort Union, décidée à venger la mort de son mari, elle a endossé un uniforme confédéré et s'est fait enrôler en se faisant passer pour un homme. Elle est morte pendant la bataille et quand le général a découvert la vérité, il a ordonné qu'elle soit enterrée ici avec tous les honneurs militaires.

Sans doute la gardienne du site débitait-elle cette histoire aux touristes à longueur de journée. Swanson examina le cercueil avec un intérêt accru. Jusque-là, l'enquête se déroulait sans anicroche et elle ne s'était pas emmêlé les pinceaux. Chaque fois que sa nervosité pointait le bout du nez, elle s'efforçait de la chasser. Pas question de flancher tant qu'elle ne se retrouverait pas chez elle, ce soir-là, une bouteille de tequila à portée de main.

Elle se tourna vers le responsable de l'Identité judiciaire de Sante Fe, qui venait de la rejoindre au fond de la tombe.

— Monsieur Larssen, il est temps d'ouvrir le cercueil.

— Très bien.

Penché en avant, il souleva péniblement le lourd couvercle.

Swanson ouvrit des yeux effarés en découvrant que la partie supérieure du corps avait disparu. Seuls subsistaient quelques lambeaux de velours tombant en poussière.

— Seigneur, murmura Larssen.

Décidément, Swanson trouvait cette affaire bien étrange. Tout indiquait que la victime avait été tuée une fois la moitié du corps dérobée. Elle tenta de reconstituer dans sa tête la chronologie des événements. À l'évidence, l'inconnu tatoué était un comparse, engagé pour creuser la tombe et abattu une fois sa tâche terminée. Le meurtre ressemblait fort à un travail de professionnel.

Elle reporta son attention sur l'occupante de la sépulture.

Le corps de Florence Régis avait été grossièrement scié en deux et la partie inférieure était en état de décomposition avancée. On devinait à travers les larges trous de la robe des traces de chair desséchée accrochées aux ossements.

Quinn, le jeune gardien du cimetière, se signa.

— Curieuse façon de traiter une dame, s'éleva une voix familière au-dessus de Swanson.

Elle releva vivement la tête et reconnut Morwood qui observait la scène en secouant la tête, les mains dans le dos. Tout à ce qu'elle faisait, elle ne l'avait pas entendu approcher.

— Bonjour, monsieur, s'empressa-t-elle de le saluer.

Plusieurs techniciens du Bureau accompagnaient le responsable de l'antenne d'Albuquerque, prêts à aider les équipes de Larssen.

— Vous avez résolu l'enquête ? s'enquit Morwood.

— Monsieur, je…

— Pas de souci. Je constate que vous avez l'affaire bien en main. Vous me ferez votre rapport plus tard.

Il adressa un signe de tête à Larssen, qui lui répondit par un signe amical.

Turpenseed, le shérif, se joignit au petit groupe, ses bottes de cow-boy couvertes de poussière. Il paraissait mécontent.

— Inspecteur Morwood, salua-t-il son confrère en retirant une nouvelle fois son chapeau pour s'éponger le crâne. Je suis heureux de constater la présence d'un agent plus… expérimenté.

Swanson se mordilla la lèvre.

— Il me semble que l'agent Swanson a effectué un travail tout à fait appréciable, shérif, répliqua Morwood sur un ton égal.

— Sans doute, ricana Turpenseed. Je ne savais pas que le FBI recrutait directement à la sortie du lycée, de nos jours.

Il ponctua sa saillie d'un grand rire, accompagné d'un clin d'œil à l'intention de Swanson.

La réponse de cette dernière sortit toute seule.

— Et moi je ne savais pas qu'il fallait être handicapé mental pour accéder à un poste de shérif au Nouveau-Mexique. De nos jours.

Morwood lui adressa un regard agacé, puis il gratifia le shérif d'un signe de tête et se dirigea vers le parking. Swanson lui emboîta le pas.

— Vous resterez sur le banc de touche ce soir, agent Swanson, lui glissa-t-il en rejoignant sa voiture.

10

1er mai

— Tu en auras besoin, décréta Skip en brandissant les jumelles posées sur le bureau de Nora. Tu te souviens probablement qu'on attend le passage d'une comète dans une dizaine de jours. Tu la verras super bien depuis la Sierra Madre.

— Bonne idée, répliqua l'archéologue en prenant les jumelles des mains de son frère.

Mitty, son golden retriever, observait les préparatifs avec inquiétude. Il avait compris que ce regain d'activité n'était pas normal. En temps ordinaire, sa maîtresse ne se levait pas à 5 heures. Il ne la quittait pas d'une semelle en gémissant depuis l'aube.

Elle lui gratta affectueusement la tête.

— Skip est là pour s'occuper de toi. Tu n'as aucune raison de t'inquiéter.

— Exactement, approuva Skip.

Sur son bloc à pince figurait la liste de tout ce dont avait besoin sa sœur en prévision de l'expédition. Il rayait les objets l'un après l'autre à mesure qu'elle les enfournait dans son sac.

— Tu n'as pas pris ta cagoule, remarqua Skip en fronçant les sourcils. Il risque de faire froid la nuit en altitude. Même au mois de mai.

— J'ai déjà une casquette et une écharpe, ça suffira amplement.

— Ce n'est pas pareil qu'une cagoule, mais c'est toi qui vois. Tu as pensé à pendre des caleçons longs ?

— La pile, là-bas.

Skip lui avait prodigué ses conseils tout au long de ses préparatifs. Si Nora l'avait écouté, elle serait partie avec cinq malles remplies de tout et de rien, depuis des ombrelles jusqu'à une machine à espresso. Il faisait preuve de beaucoup de sollicitude pour sa sœur depuis qu'elle avait perdu son mari. Elle avait quitté New York après le drame pour regagner le Santa Fe de son enfance, où elle avait retrouvé un poste à l'Institut. Skip y travaillait également, il était en charge des collections, mais sa direction lui avait demandé d'assurer le lien entre l'institution et l'expédition. En clair, on lui demandait de garder à portée de main le téléphone satellitaire, seul moyen pour les chercheurs sur le terrain de rester en contact avec le monde extérieur.

— Caleçons longs, OK, déclara Skip en rayant une ligne de plus sur sa liste. Chaussettes en laine, c'est bon. Gants, *idem*. Les capotes...

— Arrête tes conneries, sourit Nora, affolée par la quantité de ce qu'elle allait emporter.

Ce n'était pas comme si elle se lançait à l'assaut de l'Himalaya, ou même des canyons du sud de l'Utah. L'emplacement supposé du Campement perdu se trouvait à une vingtaine de kilomètres de l'Interstate 80, qui suivait le tracé du California Trail longtemps emprunté par les pionniers. L'Institut fournissait à ses chercheurs les meilleurs équipements d'extérieur. Fugit mettait surtout à leur disposition les outils électroniques les plus sophistiqués, notamment un résistivimètre, un magnétomètre portable, ainsi qu'un spectromètre portable XRF.

Consciente d'avoir une carte à jouer en termes de relations publiques, Fugit avait invité un journaliste du *Santa Fe Express* à interviewer Nora. Cette dernière s'était prêtée au jeu d'assez mauvaise grâce, estimant que c'était tenter le destin de parler d'une telle campagne avant qu'elle ait pu porter ses fruits. Elle avait surtout veillé à ne fournir aucune indication précise, de peur d'attirer les curieux sur le chantier, et bien pris soin de ne jamais prononcer le mot *or*.

— À qui souhaites-tu que je dise au revoir de ta part ? l'interrogea Skip avec un sourire entendu. Ce Morris, par exemple ?

— Ce gratte-papier hypertrophié du bulbe qui travaille à Las Alamos ? Je ne lui ai pas parlé depuis des mois.

— Tu parles d'un gratte-papier ! C'est un ingénieur nucléaire de haut vol, réagit Skip en jouant machinalement avec le chien. Et l'alpiniste professionnel ? Celui qui a entrepris l'ascension du K2 l'an dernier ?

— Parker Frampton ? Ses biceps sont infiniment plus gros que son cerveau.

— D'accord. Alors l'ingénieur nucléaire est trop intelligent et l'alpiniste trop con.

— Skip, ne commence pas.

— Commencer quoi ? Ce que j'en dis…

— Je sais très bien ce que tu penses. Je te rappelle qu'on est loin d'avoir terminé.

— Tu es jeune. Enfin, tout est relatif. Tu es incroyablement séduisante, mais je suis ton frère et je tiens à te signaler que tu trouves *toujours* le moyen de dénigrer les types dont tu croises la route.

Nora, faisant la sourde oreille, commença à entasser ses affaires dans le sac.

— Écoute, je sais que tu fais toujours le deuil de Bill[1] et moi aussi, mais ça fait six ans. Il est temps que tu

1. Dans *Valse macabre*, des mêmes auteurs (L'Archipel, 2010), le journaliste Bill Smithback du *New York Times* est poignardé dans son immeuble. Meurtre que résoudra l'inspecteur Pendergast du FBI.

tournes la page. Ce n'est pas une trahison, ça ne signifie pas que tu cesses de l'aimer, mais il serait le premier à vouloir que tu sois heureuse ! Ta vie ne se limite pas à ton boulot, ces quatre murs et ton chien. Si Bill était là, il serait de mon avis.

Le visage de Nora s'empourpra.

— Sauf qu'il n'est pas là et que je te serais reconnaissante de te mêler de tes oignons. Tu es suffisamment occupé avec la serveuse blonde de la Cow-boy Tavern. Et c'est toi qui me donnes des conseils ?

— Tu ne manques jamais une occasion de dénigrer Georgetta ! En plus, on est copains, rien de plus.

— Tu expliqueras ça à son petit ami.

Skip se lança dans un torrent de protestations en s'efforçant de se justifier, et Nora leva les yeux au ciel.

Les préparatifs s'achevaient et Mitty, plus inquiet que jamais, gémissait et collait constamment sa truffe humide contre Nora.

— N'oublie pas, recommanda l'archéologue à son frère. Un bol de croquettes le matin, un autre le soir, toujours mélangé avec un œuf cru. Et de la viande hachée deux fois par semaine. Tu peux aussi lui donner un os à moelle de temps en temps. Un vrai os à ronger, pas ces trucs à mâchonner qu'on trouve dans le commerce.

— Il mange mieux que moi.

— C'est très bien comme ça. À ce propos, évite de lui donner de la bière.

Skip leva les mains d'un air faussement innocent.

— Qu'est-ce que tu vas imaginer ?

Elle jeta un coup d'œil à sa montre.

— Il est l'heure d'y aller. On a rendez-vous à l'Institut dans une demi-heure.

Skip aida sa sœur à charger dans sa voiture le lourd sac de voyage, ainsi qu'un petit sac à dos, puis il prit place derrière le volant.

— Attends-moi, le temps de dire au revoir une dernière fois à Mitty.

— Tu tiens plus à cet imbécile de chien qu'à moi.

Nora retourna dans la maison, où elle serra son golden retriever dans ses bras. Elle lui recommanda d'être bien sage tout en lui promettant de revenir bientôt. Elle referma la porte et l'animal, hissé sur ses pattes arrière, celles de devant sur le rebord de la fenêtre, la regarda s'éloigner avec des yeux tristes.

— Ne t'inquiète pas pour lui et pour ta maison, déclara Skip alors que Nora se glissait sur le siège passager. Je le promènerai tous les jours, ce qui me permettra de perdre quelques kilos, promit-il en tapotant son estomac.

— Si tu veux maigrir, le mieux est d'oublier la bière. *Et* Georgetta, tant que tu y es.

— Seigneur, quelle rabat-joie ! Combien de temps doit durer ton expédition, déjà ? Quatre semaines, c'est ça ? Tu ne peux pas t'arranger pour rester loin d'ici deux fois plus longtemps ?

Ils traversèrent les petites rues de Santa Fe encore ensommeillées et rejoignirent le campus de l'Institut, dont les bâtiments d'adobe dessinaient un ensemble harmonieux dans un cadre paysagé de huit hectares planté de pins. Skip franchit le portail et se gara sur le grand parking où attendait le pick-up du département archéologique, prêt à partir. Skip confia les affaires de Nora à deux employés qui les chargèrent à l'arrière du véhicule.

Jason Salazar était là, attifé en Indiana Jones avec ses vêtements de toile, le bord de son chapeau de cow-boy australien partiellement relevé. Clive Benton était déjà là, lui aussi. Il portait un jean et l'une des horribles chemises à motifs cachemire dont il avait le secret. Ses boucles noires s'échappaient d'une casquette de base-ball au sigle des

Orioles et il parlait avec animation dans son téléphone. Nora avait cru devenir folle à cause de lui depuis dix jours qu'il rongeait son frein à l'Institut.

Bruce Adelsky, un blondinet efflanqué dont Nora dirigeait la thèse à l'université du Nouveau-Mexique, se tenait légèrement à l'écart, une cigarette électronique à la main. C'était l'un des étudiants les plus prometteurs de Nora, et il avait impérativement besoin d'acquérir de l'expérience sur le terrain pour obtenir son diplôme, mais elle s'inquiétait de son caractère solitaire.

— Tu ne vas tout de même pas emporter ce truc-là ? plaisanta Clive en raccrochant, l'index tendu en direction de la cigarette électronique. Je ne veux pas de mauviette dans cette expédition.

— Ah bon ? réagit Adelsky en tirant une dernière bouffée avant de ranger l'appareil au fond de sa poche.

— Et comment ! Une fois sur place, je t'offrirai un cigare.

— Berk… Fumer le cigare ? C'est aussi ringard que tes chemises.

— C'est bon, s'interposa Nora. Il est temps de partir.

Ils s'apprêtaient à monter à bord de la camionnette lorsque Jill Fugit en personne émergea du bâtiment principal, tirée à quatre épingles, comme à son habitude. Nora, qui savait combien la présidente de l'Institut détestait les effusions, fut frappée par la lueur d'excitation qui brillait dans ses yeux.

— J'ai pensé qu'il était de mon devoir de venir vous saluer avant votre départ, expliqua-t-elle avec un sourire.

Tandis que les premiers rayons du soleil venaient frapper le bâtiment principal, elle serra la main des chercheurs en leur glissant des paroles d'encouragement. Nora s'installa derrière le volant, Clive prit place à côté d'elle, laissant la banquette arrière à Jason et Bruce. Nora, habituée à conduire le pick-up, mit le contact. Elle lança un dernier salut en direction de Skip et du petit groupe réuni sur le parking, puis elle franchit le portail et rejoignit l'autoroute.

— Comme les pionniers d'autrefois, remarqua Clive en souriant.

11

3 mai

Le trajet dura deux jours, le petit groupe ayant fait halte pour la nuit dans un mauvais motel aux alentours de Las Vegas. À mesure qu'ils s'enfonçaient dans les montagnes, la chaleur et la poussière du Nevada cédèrent la place à des forêts au-delà desquelles on apercevait des sommets couverts de neige. La route prenait de l'altitude et des plaques blanches apparurent sur le bas-côté, dans les poches d'ombre à l'abri des arbres.

Ils atteignirent Truckee, en Californie, vers midi. En quittant l'autoroute, Nora découvrit avec déception une bourgade assez miteuse constituée de bâtiments de brique et de maisons en bois entourées de résineux. Le parking du Mémorial destiné à l'expédition Donner était chargé de cars dégorgeant des flots de touristes armés de portables et de perches à selfie au milieu des gaz d'échappement.

— Je m'attendais à trouver un endroit un peu plus... digne, regretta-t-elle en passant devant l'entrée du monument.

— L'expédition Donner a donné naissance à une industrie, lui répondit Clive. Le site attire plus de deux cent mille visiteurs par an. Le fait que l'autoroute passe aussi près n'a pas aidé. On imagine difficilement qu'une telle tragédie ait pu se dérouler dans un décor d'une telle banalité.

À la sortie de la ville, le lac Donner dessina une tache bleue sur la gauche. Peu après, Nora franchit un grand portail de ranch surmonté d'un crâne d'élan et s'arrêta un peu plus loin, face à un bâtiment en rondin flanqué d'écuries et de granges au-delà desquelles paissaient des chevaux dans des prés bordés de grands pins. Une forte odeur de résine traversait l'air frais.

La porte de la maison s'écarta et un personnage à longue moustache s'avança en faisant résonner ses bottes sur les planches, un énorme mug de café à la main. Il descendit les quelques marches de la véranda et retira son chapeau.

— Bienvenue au ranch Red Mountain. Ford Burleson pour vous servir. Vous devez être les archéologues.

Il serra la main de ses visiteurs et Nora en profita pour l'observer discrètement. Immense, il devait mesurer plus de deux mètres, ce qui l'obligeait à se tenir voûté, comme la plupart des individus de grande taille. Nora avait pris la précaution de se renseigner sur son compte. En dépit de ses airs de cow-boy, il avait fait des études de droit à Harvard avant d'embrasser une carrière d'avocat spécialisé dans les divorces, qu'il avait plaquée un beau jour pour acheter ce ranch à chevaux proche de l'endroit où il avait grandi. Il était doté d'une voix grave et rocailleuse qui avait dû l'aider grandement dans les prétoires à l'époque où il plaidait.

— J'imagine que la route a été longue, remarqua Burleson en se recoiffant. Entrez donc.

Nora s'exécuta, suivie par Benton, Salazar et Adelsky. Le petit groupe pénétra dans une pièce immense que dominait une cheminée en pierre au-dessus de laquelle étaient accrochés une tête d'élan empaillée et un fusil de collection. En plus d'un canapé en cuir, des tables et des chaises rustiques meublaient l'espace.

— Asseyez-vous, je vous en prie.

Du thé, du café et du chocolat chaud attendaient les visiteurs sur une table basse devant le canapé.

— Il a des bois magnifiques, s'émerveilla Clive en montrant du menton l'animal empaillé.

— 402 sur l'échelle de Boone et Crockett, répliqua fièrement Burleson. Un record dans la région.

Il avala une gorgée de café avant de poursuivre.

— J'ai cru comprendre que l'un de vos ancêtres faisait partie de l'expédition Donner.

— Mon arrière-arrière-arrière-grand-père était un Breen.

— J'imagine que ça doit être étrange pour vous, sachant ce qui leur est arrivé.

— J'aurais du mal à vous décrire ce que je ressens. Je me dis qu'ils n'avaient pas le choix.

— C'est aussi mon point de vue, acquiesça Burleson avant de se tourner vers Nora. Le Campement perdu fait depuis toujours l'objet de bien des légendes dans la région.

— Je m'en doute, répliqua Nora qui s'interrogea intérieurement sur la nature exacte des légendes en question.

— Ce campement n'a rien de mythique précisa Clive. Il a bel et bien existé, même si son emplacement exact n'a jamais pu être établi.

— C'est souvent comme ça, rétorqua Burleson en sortant d'un vieux sac de cuir une enveloppe de papier kraft qu'il ouvrit. J'ai bien reçu la liste de tout ce dont vous avez besoin, à laquelle j'ai ajouté quelques fournitures. J'ai tout acheté et trié, il n'y a plus qu'à emballer l'ensemble. Je vous propose de partir demain, si vous en êtes d'accord.

— Bien sûr.

— Je vous demanderai de décharger vos affaires sur la véranda, que je puisse y jeter un œil. Je voudrais savoir de combien de chevaux nous aurons besoin. On lève le camp à l'aube.

Il se tourna vers un jeune type qui se tenait à l'écart.

— Va chercher les autres, lui ordonna-t-il.

L'intéressé revint presque aussitôt en compagnie de trois personnes.

Burleson montra du doigt un Afro-Américain trapu.

— Je vous présente Jack Peel, qui nous arrive du Nevada où il travaillait dans un ranch à touristes du côté de Reno.

Peel serra les mains à la ronde, la mine grave. Il était coiffé d'un chapeau de cow-boy blanc maculé de taches qu'il garda sur la tête. Il avait des yeux gris et ses éperons tintaient légèrement à chacun de ses pas.

— Maggie Buck, notre cantinière.

Autant Peel était laconique, autant Maggie, avec ses airs de Charlie Brown version féminine, semblait extravertie. Un sourire aux lèvres, elle s'approcha de Bruce Adelsky avec un tel enthousiasme qu'il faillit tomber en arrière.

— Maggie est la reine de la cuisine en plein air. Vous me direz des nouvelles de ses petits pains.

— J'espère que vous aimez les recettes traditionnelles, au moins. Tout le monde mange de tout ? s'enquit-elle d'un air réprobateur. Parce que je peux encore me débrouiller avec des plats végétariens, mais je ne touche pas au sans gluten.

— Et voici Drew Wiggett, enchaîna Burleson. Il suit les cours de l'école vétérinaire de Berkeley, cette expédition lui donnera l'occasion de s'occuper des chevaux en montagne.

Wiggett était encore plus jeune et maigre qu'Adelsky. Il ramena une longue mèche en arrière et salua les archéologues l'un après l'autre, un sourire aux lèvres.

— À notre tour de nous présenter, fit Nora. Clive Benton, historien et spécialiste de l'expédition Donner. Jason Salazar, assistant au sein de l'Institut, et Bruce Adelsky, qui prépare une thèse d'anthropologie consacrée à l'archéologie du Sud-Ouest américain.

Un silence embarrassé s'installa.

— Bon, finit par déclarer Burleson. Nous apprendrons à nous connaître pendant la randonnée. Peut-être même trop bien !

Il ponctua sa phrase d'un rire et se tourna vers Nora.

— Conformément à vos souhaits, nous nous engageons à entretenir le secret au sujet de cette équipée. Pas vrai, Maggie ?

— Pourquoi vous me regardez ?

Elle adressa un clin d'œil à Nora.

— Il est persuadé que je parle trop.

— Avant de partir, reprit Burleson en reprenant son sérieux, j'aimerais vous toucher quelques mots des risques que nous encourons. Nous nous rendons dans des lieux particulièrement sauvages. Ne vous laissez pas abuser par la proximité de ce qu'on appelle la civilisation. Dix kilomètres en pleine nature sont l'équivalent de cent. Souvenez-vous de ce qui est arrivé à l'expédition Donner. La situation peut mal tourner en très peu de temps. Nous pouvons être surpris par un blizzard même en plein mois de mai. À propos de neige, l'hiver a été rude et il reste des corniches.

— Des corniches ? s'étonna Adelsky.

— Ce sont des amas de neige que le vent a repoussés le long des crêtes. Ces corniches sont parfois épaisses de plusieurs dizaines de mètres. Quant aux avalanches, elles sont rares au mois de mai, mais pas exceptionnelles. L'essentiel est de ne jamais traverser un champ de neige proche d'une crête, au cas où il s'agirait d'une corniche. Veillez à avancer en permanence sur de la roche.

Il remplit son mug de café.

— En ce qui concerne les animaux, il faut se méfier des ours et des pumas. Les premiers sont très dangereux, notamment les mères avec leurs petits. Il faut systématiquement accrocher la nourriture aux branches des arbres, ne jamais en conserver dans les tentes. Si jamais vous tombez sur un ours, reculez lentement. Montrez-vous inoffensif et n'affichez pas votre peur. Il finira par rebrousser chemin. C'est l'inverse avec les pumas. Faites-leur peur, agitez les pans de votre manteau, écartez les bras et faites du bruit.

— Et les serpents ? s'enquit Adelsky.

— Que voulez-vous savoir ? s'étonna Burleson.

— Il a la phobie des serpents et des araignées, expliqua Nora.

— On verra probablement quelques serpents à sonnette, en dépit de l'altitude. Pour ce qui est des araignées, secouez vos bottes au réveil avant de les enfiler. Allons, il est temps de regarder la carte. J'aimerais avoir une idée plus précise de l'endroit exact où nous allons.

— Aucun souci.

Adelsky tendit à Nora un tube en carton dont elle sortit une carte d'état-major qu'elle étala sur une table. La jeune femme et Clive y avaient grisé la zone qu'ils comptaient explorer. Burleson la lesta à l'aide de mugs à café avant de l'examiner en marmonnant.

— Le Campement perdu se trouve dans l'un de ces canyons lui expliqua Clive.

Burleson fronça les sourcils.

— Vous connaissez le coin ? insista Clive.

— Non, et je ne suis pas le seul. C'est tout sauf un endroit réservé aux camping-cars.

Clive posa un index sur la carte.

— Le Campement perdu se trouve probablement le long de l'une de ces rivières : Sugarpine, Poker ou Dollar Fork. Le plan de Tamzene ne montre qu'un seul cours d'eau, elle l'a dessiné à partir des indications d'un mourant car elle ne s'est jamais rendue sur place. Elle cite quelques points de repère, le principal étant un promontoire rocheux ressemblant à un profil de vieille femme au nez crochu, visible depuis le campement en regardant vers le nord.

Burleson hocha la tête.

— Je n'ai jamais rien vu de semblable par là-haut.

— Nous avons prévu d'établir le camp de base par ici, poursuivit Clive en désignant sur la carte une zone moins tourmentée. Nous concentrerons nos recherches sur les trois cours d'eau qui rejoignent le Hackberry Creek. Le Campement perdu se trouve forcément dans l'un de ces canyons.

— Pourquoi diable sont-ils allés s'enfermer dans un cul-de-sac pareil ?

— La réponse est simple, répondit Nora. Ils se sont perdus.

— Voici ce qui s'est passé, intervint Clive. Le convoi s'étirait sur plusieurs kilomètres lorsqu'il s'est aventuré dans les montagnes. Un groupe de onze personnes restait à la traîne. Quand la neige est arrivée, ils ont raté le chemin conduisant au col et se sont enfoncés dans ce labyrinthe de ravins. Ils se sont réfugiés dans l'un de ces canyons annexes où la neige les a bloqués. Au bout de quelques mois, un seul d'entre eux a réussi à rejoindre le campement Donner, le long des rives de l'Alder Creek, où il est mort de faim peu après. C'est grâce à lui que Tamzene a pu recueillir toutes ces informations, à commencer par l'emplacement du Campement perdu.

— Ses occupants ont-ils pu être sauvés ?

— Un seul de ceux qui se sont portés au secours des pionniers est parvenu jusque-là. Tout le monde était mort, à l'exception de Peter Chears qui délirait. Il est mort peu après. Le spectacle qu'a découvert le nouvel arrivant était effrayant. Il a brièvement décrit ce qu'il avait vu à quelqu'un qui en a parlé par la suite, mais lui-même a toujours refusé d'en évoquer le souvenir.

— Qu'espérez-vous trouver là-haut ? s'enquit Burleson.

— Des restes humains ou des ossements d'animaux, des effets personnels, des provisions et des abris de fortune, répondit Nora. L'essentiel est de rapporter des prélèvements ADN de façon à identifier les restes, ce qui devrait permettre de reconstituer ce qui s'est passé dans ce campement.

Elle ne souffla mot des pièces d'or. Elle avait mis au courant ses deux assistants en leur faisant jurer le secret, mais Clive et elle avaient décidé qu'il n'était pas souhaitable de parler du trésor à Burleson et son équipe.

Maggie Buck reposa son mug de café.

— Et toutes ces légendes au sujet des fantômes de l'expédition Donner ? On dit que plus d'un est devenu fou avant de mourir. Ou peut-être bien *après*.

La question de la cantinière provoqua quelques rires autour de la table.

12

Au moment précis où les rires achevaient de se tarir à Red Mountain, l'agent Swanson pénétrait dans un appartement de trois pièces de Scottsdale, une banlieue chic de Phoenix en Arizona.

Elle montra son badge au flic en uniforme qui montait la garde. Il portait des lunettes de soleil aux verres miroir teintés de bleu comme les affectionnent les trentenaires des classes moyennes inférieures.

— Je cherche le lieutenant Porter, déclara-t-elle.

— Dans la cuisine.

Il lui désigna une porte au fond d'un couloir tapissé de moquette. Elle s'y engagea en prenant note des murs lambrissés de bois blond, des éclairages sophistiqués enchâssés dans le plafond. Un salon s'ouvrait sur sa gauche dont elle vit d'un coup d'œil qu'il était superbement meublé. De l'autre côté, une basse obsédante s'échappait d'une porte fermée et de la bande jaune de police barrait l'accès à la pièce voisine.

Le lieutenant Porter, un grand jeune homme en costume beige, buvait du café, appuyé contre le plan de travail. Il lui serra la main.

— Enchanté.

— Moi de même, lieutenant. Et merci infiniment de m'avoir autorisée à visiter la scène du crime.

La jeune femme était reconnaissante au policier de l'associer à une enquête qui ne concernait en rien le FBI, tout comme elle était reconnaissante à Morwood de la laisser suivre une piste à laquelle il ne croyait guère. Il lui avait accordé cette journée pour en avoir le cœur net.

Malgré tous ses efforts, elle n'avait pas réussi à progresser dans l'enquête du meurtre de Glorieta Pass. La victime était un certain Frank Serban, un voleur, escroc et dealer à la petite semaine surnommé le Rouquin, du fait de sa chevelure rouge brique qui expliquait son tatouage. Quant au corps dont la moitié inférieure avait été retrouvée dans le cercueil de fer, il s'agissait bien de celui de Florence P. Régis. La pluie tombée la nuit du crime avait permis de savoir que deux véhicules avaient quitté le cimetière aux alentours de l'heure du décès de Serban. Le premier, appartenant à celui-ci, avait été retrouvé abandonné à quelques kilomètres de là, tandis que le second s'était évaporé dans la nature. Larssen avait pu retrouver les deux balles de 9 mm au terme de recherches méticuleuses. L'analyse balistique avait indiqué qu'elles avaient été tirées à l'aide d'une arme équipée d'un silencieux, sans doute un Maxim. En dehors de ces quelques informations, les autres indices n'avaient rien donné.

Le mobile était tout aussi mystérieux. En dehors du fait qu'elle avait combattu sous l'uniforme confédéré, Florence Régis ne présentait aucune caractéristique particulière. Un collectionneur fou aurait-il pu vouloir s'approprier un trophée ? Dans ce cas, pourquoi tuer Serban, qui s'était contenté de déterrer le cercueil ? Il aurait été plus facile de récupérer le corps et de reboucher la tombe afin de donner l'impression que la sépulture était intacte. Personne ne se serait aperçu de rien. En toute logique, Serban était un témoin gênant, preuve que l'enjeu était important.

Je suis curieux de voir comment vous allez vous débrouiller avec tout ça, avait dit Morwood à Swanson. Le *tout ça* en question était bien maigre et la jeune femme n'avait rien pu se mettre sous la dent jusqu'à l'arrivée d'un développement inattendu.

Au cours de ses recherches, Swanson avait appris que le nom de jeune fille de Florence Régis était Parkin. Un peu moins de sept mois plus tôt, une sépulture du cimetière du Montparnasse, à Paris, avait été violée et une partie du corps qu'elle contenait avait été dérobée. La dépouille profanée était celle d'un certain Thomas Parkin, un peintre américain installé en France, mort en 1943 pendant l'Occupation. Au mois de février, un autre corps avait disparu, celui d'Alexandre Parkin, un instituteur du village de Nelson, dans le New Hampshire, mort de vieillesse en 1911 et enterré dans le cimetière municipal.

Swanson se trouvait en présence de trois Parkin déterrés en l'espace de six mois alors que leurs décès respectifs s'étalaient sur une période de huit décennies.

Elle regarda sa montre : 12 h 45. Elle avait pris la route à l'aube, mais Phoenix se trouvait à six bonnes heures d'Albuquerque et elle aurait de la chance si elle rentrait chez elle avant minuit.

— Je suis désolée de vous obliger à conserver la scène du crime en l'état, s'excusa-t-elle.

Porter secoua la tête.

— Nos équipes viennent tout juste de terminer. Vous souhaitez leur parler ?

Swanson manquait d'expérience, mais elle savait comment fonctionnait le système.

— Inutile de déranger vos hommes, je vous remercie. Accepteriez-vous de me fournir quelques détails, éventuellement de me laisser jeter un œil, si ce n'est pas abuser ?

— Bien sûr. À en juger par la quantité de sang répandue, le légiste nous dit que sa propriétaire, si elle n'est pas morte, a été grièvement blessée.

Il s'éclaircit la gorge et consulta sa tablette.

— Rosalie M. Parkin, 27 ans, célibataire, tout juste sortie de l'école du barreau de l'université d'Arizona, collaboratrice auprès du cabinet Pritchie & Wilkins, sur MacDonald Drive. Parents décédés dans le crash d'un avion qui s'est abîmé dans les eaux du Pacifique il y a trois ans sans laisser de survivants. Vous vous en souvenez peut-être ?

Swanson acquiesça.

— Ils se trouvaient à bord, de retour de vacances à Singapour. Le père était banquier, il a laissé à Mlle Parkin et son frère de quoi vivre confortablement. Pendant quelques années, en tout cas.

— Son frère ?

— Un petit morveux. Il est enfermé dans sa chambre, répondit Porter en désignant l'une des portes du couloir, gardée par un agent en uniforme.

La porte derrière laquelle grondait une pulsation de basse lorsque Swanson était passée devant.

— Expliquez-moi ce qui s'est passé, reprit-elle.

— Mlle Parkin était attendue au tribunal hier matin à 10 heures, mais elle ne s'est pas présentée à l'audience. À l'heure du déjeuner, ses collègues ont fini par s'inquiéter, mais elle ne répondait pas sur son portable. Vers 18 heures, l'un des associés du cabinet s'est présenté ici. Comme personne ne répondait, il est entré.

— Comment ?

— Il avait la clé.

— De qui s'agit-il ?

— Il s'appelle Ken Damon.

— Entretenait-il une… euh, une relation avec Mlle Parkin ?

— Damon a quarante et un ans, il est marié et père de deux enfants, répliqua Porter tout en laissant entendre à Swanson qu'elle ne s'était pas trompée.

— Ensuite ?

— Damon nous a contactés en constatant qu'elle n'était pas là.

— Très bien. Si vous en êtes d'accord, je souhaiterais examiner la scène du crime.

Porter l'entraîna vers le couloir et s'arrêta devant la porte barrée par de la bande jaune. Swanson découvrit une grande chambre meublée luxueusement, parfaitement rangée, donnant sur un dressing et une salle de bains privée. Celle-ci était immaculée, comme la chambre, à l'exception d'un drap de bain abandonné dans un coin.

Porter souleva la bande jaune afin de laisser passer Swanson qu'il suivit dans la pièce.

Un technicien de la police achevait son travail dans un coin. Le regard de Swanson se fixa sur l'énorme tache de sang qui s'étalait au centre de la pièce, partiellement épongée par la moquette, à côté d'un tapis turc replié sur lui-même. Il devait y en avoir plus d'un litre, peut-être deux.

— Vous n'avez rien trouvé à part cette mare de sang ? s'étonna-t-elle.

— Pas la moindre éclaboussure, répliqua Porter. Aucun signe de lutte, pas de traînées indiquant qu'un corps aurait été emporté. Apparemment, rien n'a disparu. C'est difficile à dire étant donné que nous n'avons qu'un seul témoignage.

— Vous parlez du frère ?

— Non, de maître Damon. Le frère refuse de nous parler.

Swanson examina la pièce. Le lieutenant avait raison. Tout paraissait normal. Personne n'aurait pu imaginer qu'un drame s'était déroulé là si quelqu'un n'avait pas eu l'idée de soulever le tapis. La façon dont Porter parlait du frère, au même titre que la présence d'un flic devant la porte de sa chambre, indiquait que les soupçons du lieutenant pesaient sur lui.

— Qui a pensé à regarder sous le tapis ? Maître Damon ?

— Non, mais il s'est étonné de le voir là, car il s'agissait du tapis de l'entrée. C'est la raison pour laquelle il nous a appelés.

Un petit malin, pensa Swanson. Non seulement il se tapait sa jeune collaboratrice, mais il connaissait suffisamment bien l'appartement pour remarquer que le tapis avait été déplacé, et il se gardait bien d'y toucher.

— Peut-on déterminer une heure précise ?

— Les spécialistes pensent que le sang a stagné pendant trente-six heures. Le groupe sanguin est celui de Mlle Parkin. On attend les résultats de l'ADN.

Trente-six heures… Le drame se serait déroulé le 2 mai vers 2 heures du matin.

— Pas d'empreintes ?

— Les siennes, bien évidemment, ainsi que celles de Damon dans la cuisine, les toilettes, le salon, la chambre.

— Et celles du frère ?

Porter hésita.

— On ne lui a pas encore pris ses empreintes, mais on n'a pas trouvé celles d'une troisième personne dans la chambre.

— D'accord. Qui d'autre aurait été en contact avec elle dernièrement ?

— D'après ses fadettes, elle a passé quelques coups de fil à des amis le soir du 1er mai, et téléphoné à maître Damon vers minuit et demi.

— Minuit et demi ?

— D'après Damon, elle voulait discuter de l'audience du lendemain.

— J'imagine que maître Damon a un alibi pour cette nuit-là ?

Le lieutenant laissa s'écouler un battement.

— Il était au lit avec sa femme, ce qu'elle confirme.

Swanson ravala les sarcasmes qui lui venaient à l'esprit.

— D'autres détails pertinents ? Des affaires sensibles dont elle s'occupait ? Des problèmes de drogue ? Des zones d'ombre dans son passé ? Des ennemis ?

— Pas à notre connaissance. Surtout, nous n'avons pas de corps, ce qui complique l'enquête. Nous n'avons relevé aucune trace d'effraction, au niveau de l'appartement comme de l'immeuble. Contrairement à son petit merdeux de frère, elle n'était soupçonnée de rien et n'avait aucune raison de fuir. Ses valises sont toujours là, elle n'a rien emporté. Rien n'a été volé non plus. Sa voiture se trouve sur le bon emplacement dans le garage. Aucun témoin, ses cartes bancaires ne signalent aucune activité. Pour ce qui est des ennemis, il faudrait poser la question au frère.

— Pourquoi dites-vous ça ?

— Les voisins ont fréquemment signalé des disputes entre le frère et la sœur. Il se montrait parfois violent. Un matin, il l'a poursuivie en courant alors qu'elle quittait le garage et a défoncé le coffre de sa voiture à coups de marteau. Elle a refusé de porter plainte.

En écoutant Porter, Swanson continuait d'explorer la pièce, tout en ayant conscience qu'elle ne trouverait rien. Elle fit le vide dans sa tête, comme on le lui avait enseigné. *Laissez la pièce vous parler*, lui avait recommandé un jour l'un de ses profs.

Les cadavres de trois personnes portant le même patronyme avaient été déterrés et emportés au cours des six mois précédents. Et voilà qu'une quatrième Parkin, vivante cette fois, disparaissait dans des conditions étranges. En dehors de la jeune avocate, rien n'avait disparu.

Swanson revit dans sa tête le cimetière de Glorieta Pass et la fosse au fond de laquelle avait été tué Frank Serban. Un travail de pro. Ici aussi. Rien n'avait été dérangé, personne n'avait rien vu, rien entendu. Elle visualisa dans sa tête deux silhouettes en noir pénétrant dans la chambre. Le premier agresseur s'emparait de Rosalie Parkin et la tirait du lit en la muselant avec la main. Le second visait soigneusement avant de la poignarder en sectionnant la veine cave ou l'artère sous-clavière. L'hémorragie serait importante, mais la pression étant minimale les agresseurs ne se trouveraient pas aspergés. Il ne restait plus qu'à lui entraver les poignets et à la bâillonner, peut-être à l'enfermer dans un sac étanche afin d'éviter que le sang ne se répande en route, et les deux hommes se contentaient de dissimuler la tache de sang sous le tapis de l'entrée, histoire de gagner un peu de temps.

La fenêtre de la chambre donnait sur une ruelle. À condition d'avoir garé là leur voiture, ils pouvaient s'éclipser sans être vus. Pas même par le frère.

Le frère.

Elle chassa de sa tête le film des événements tels qu'elle les imaginait et se tourna vers le lieutenant.

— Comment s'appelle l'ado ?

— Ernest. Nous lui avons lu ses droits, vous êtes libre de l'interroger, en espérant qu'il se montre plus bavard avec vous.

Swanson se dirigea vers la pièce d'où s'échappait la musique. Le flic qui gardait la porte se poussa en lui adressant un signe de tête. Elle ouvrit la porte et fut littéralement assaillie par une vague de heavy metal.

Elle se glissa à l'intérieur de la pièce et referma le battant derrière elle. Le temps que ses yeux s'adaptent à l'obscurité, elle s'aperçut que les carreaux de la fenêtre étaient occultés par du plastique noir. Elle distingua dans la pénombre un vieux bureau dans lequel était planté un couteau de chasse. Une guitare Ibanez en forme de V était posée sur des baffles à côté d'un ampli Fender. Des posters à la gloire des groupes Slayer et Metallica étaient punaisés aux murs, à côté d'affiches de films culte tels que *Relic* et *Audition*. Une forte odeur de marijuana et de chaussettes sales imprégnait l'air.

Un adolescent était assis sur le lit dont les draps étaient roulés en boule par terre. Il portait un jean noir déchiré, des baskets basses noires et un blouson en jean constellé de pics métalliques. Les longues mèches qui encadraient son visage dissimulaient ses traits. Replié sur lui-même, il serrait ses genoux contre sa poitrine à l'aide de ses bras tatoués. Son regard s'anima brièvement lorsqu'il vit Swanson, avant de s'éteindre à nouveau.

Le volume du son l'avait initialement empêchée de reconnaître le morceau qu'il écoutait, mais elle finit par reconnaître *The Wanton Song* de Led Zeppelin. Comme le riff de basse était le même que celui entendu à son arrivée dans l'appartement, elle comprit qu'il passait la chanson en boucle. Elle remarqua la présence sur le bureau d'une chaîne hi-fi de qualité comprenant un ampli, des baffles, ainsi qu'une platine à côté de laquelle s'élevait une pile de vinyles.

— Hé ! cria-t-elle. Ça t'ennuie de baisser un peu le son ?

Pour toute réponse, Parkin enfila un casque sur ses oreilles.

Swanson se posa dans le fauteuil du bureau qu'elle fit lentement pivoter sur lui-même afin d'observer le décor de la pièce. Parkin la prenait forcément pour une flic de plus, avec son blazer et son pantalon.

L'ado était loin de se douter qu'elle portait le même jean à trous et les mêmes traces de scarification au niveau des avant-bras six ans plus tôt. Il ne se doutait pas davantage que ce blazer était l'un des deux, un bleu et un noir, qu'elle avait pu se payer et qu'elle portait en alternance dans l'attente des prochaines soldes. En résumé, il était loin de penser qu'elle puisse le comprendre.

Parkin ne faisait pas partie d'un gang, ses tatouages réalisés par un professionnel le confirmaient. La platine et la pile de 33 tours, en lieu et place du gadget Bluetooth auquel on aurait pu s'attendre, signalaient une âme de collectionneur. Malgré l'odeur de beuh, il n'avait pas eu le temps de devenir un gros fumeur. Au nombre des délits dont était soupçonné celui que Porter traitait de *petit merdeux* ne figuraient que deux vols à la tire. Quant à son parcours scolaire, il avait été normal jusqu'à la mort de ses parents.

Swanson tendit la main en direction de l'ampli Marantz et tourna lentement le bouton de volume jusqu'à ce que la musique soit réduite au niveau de bruit de fond.

Le gamin descendit le casque sur son cou et la fusilla du regard.

— C'est quoi ce bordel ? Remontez le son. J'ai déjà dit aux autres que je ne savais rien. Foutez-moi la paix.

Au lieu de lui répondre, elle souleva le bras de la platine et rangea le disque dans sa pochette blanche déchirée.

— Tu as une belle installation. Et des goûts musicaux intéressants. C'est pas courant, à ton âge, de s'intéresser à ces vieux trucs. Perso, j'ai essayé de m'intéresser au hip-hop, sans jamais accrocher. Pour moi, ça se limite à des couplets scandés par des vantards misogynes sur des boîtes à rythme à deux balles. Les rares fois où ils daignent chanter, genre pendant le refrain, ils ont tous la même voix.

Elle haussa les épaules en montrant la porte d'un mouvement de menton.

— Tous ces pingouins ne savent même pas que Merle Haggard est mort. Autant éviter de leur dire, ça bousillerait leur journée.

Parkin n'avait rien dit tout au long de ce monologue, mais il n'avait pas non plus cherché à insulter Swanson qu'il observait avec curiosité.

— Perso, j'étais plus branchée dark ambient, mais j'ai toujours aimé Zep. Ils avaient une façon bien à eux de s'approprier des trucs plus anciens. C'est comme ça qu'on repère les meilleurs groupes. À propos, je m'appelle Corinne. Corrie pour les intimes.

Par souci d'éviter toute confusion, elle désigna le cordon qu'elle portait autour du cou avant d'ajouter :

— FBI.

Il en fallait davantage pour ébranler l'ado.

— On m'a dit que tu t'appelais Ernest. Ça t'ennuie si je jette un œil ? poursuivit-elle en regardant la collection de 33 tours.

Elle avait déjà appris ce qu'elle était venue chercher en effectuant le déplacement à Scottsdale, mais autant vérifier son intuition.

— Quand j'étais en troisième, je me baladais avec une LesPaul. Une copie toute pétée, sans micro ni rien, mais je m'en fichais. Je le tenais très bas, presque au niveau des genoux, comme Jimmy Page.

Ses doigts se figèrent sur une pochette d'album représentant des silhouettes nues rampant sur une colline de rochers.

— Oh, putain ! *Houses of the Holy* ! Cet album contient un titre, *The Ocean*, qui a changé radicalement ma perception de la musique. Le riff de guitare du début ne ressemble à rien d'autre, rythmiquement parlant, on l'entend à nouveau à la fin de la deuxième mesure. Tiens, je vais le mettre…

Elle se débarrassa de sa veste sur le dossier crasseux de la chaise, sans se soucier de dévoiler son arme de service enfermée dans un étui, au niveau de l'épaule. Elle sortit le disque de la pochette et le posa sur la platine, face B en haut, avant de poser l'aiguille sur la dernière plage et de remonter le son comme à son arrivée.

La plage durait quatre minutes et demie et ils l'écoutèrent dans son intégralité une première fois, puis à deux autres prises, avant que Swanson ne ramène le bras sur son socle. Un léger ronronnement s'échappa des haut-parleurs dans le silence retrouvé.

— Qu'est-ce que vous voulez ? finit par demander Parkin.

Swanson ne lui répondit pas immédiatement, consciente de marcher sur des œufs avec son jeune interlocuteur. Elle s'affranchissait de tous les règlements, Morwood aurait probablement fait une jaunisse s'il avait assisté à la scène. Contrairement aux flics locaux, elle comprenait ce qui se passait dans la tête de cet ado paumé et terrorisé.

— Ce n'est pas à cause de toi que je suis ici. Ta sœur a disparu depuis...

— Arrêtez vos conneries, vous savez très bien qu'elle est morte ! s'écria Parkin en se redressant sur son lit, le visage cramoisi, les tendons du cou tendus à craquer. Morte ! Et tous ces enfoirés qui ne font rien pour la retrouver ! Ils pensent que c'est moi... ils *espèrent* que c'est moi, ça leur faciliterait la vie ! Bande de nases !

— C'est pour cette raison que tu refuses de leur parler ?

Parkin tourna son visage en direction du mur.

À sa place au même âge, elle aurait réagi de la même façon. Pas si sa mère avait disparu, une telle aubaine aurait mérité une fête à tout casser, mais si on lui avait annoncé que son père s'était évanoui dans la nature. C'était ce qu'il avait fait, en vérité, mais pas dans des circonstances aussi inquiétantes. Elle imaginait trop bien la scène : des flics dans tous les coins, le shérif Hazen la croyant d'emblée coupable. Bien sûr qu'elle aurait réagi comme Parkin ! Il ne faisait aucun doute qu'il avait perdu les pédales suite au décès de ses parents. Sa sœur, parce qu'elle était plus âgée, avait mieux réagi que lui. Elle avait poursuivi ses études, trouvé un boulot et un petit ami, même s'il était marié, alors qu'Ernest était parti en vrille.

Et voilà que le ciel lui tombait une nouvelle fois sur la tête.

— Comment sais-tu qu'elle est morte ? lui demanda-t-elle d'une voix innocente.

Parkin lui tournait toujours le dos lorsqu'il répondit.

— Vous avez pas vu tout le sang qu'il y avait ? Sa voiture n'a pas bougé du garage, son portable et son sac sont toujours là. Jamais elle ne serait partie sans m'en parler. Même avec l'autre trou du cul.

— Vous parlez de Damon ? Celui qui a découvert la mare de sang ?

Elle n'aurait pas su dire si Parkin avait hoché la tête tant il faisait sombre dans la pièce.

— Une dernière question, Ernest. Comment se fait-il que tu n'aies pas remarqué sa disparition ? Pourquoi a-t-il fallu attendre 18 heures pour que quelqu'un s'inquiète de son absence ?

— Je suis rentré tard la veille, marmonna-t-il. Comme d'hab. Elle détestait que je la réveille et la porte de sa chambre était fermée, alors je me suis couché. Le matin quand je me lève, elle est partie depuis longtemps. Je n'ai rien entendu.

Il frappa le mur à coups de poing.

— Merde ! Et merde et merde ! hurla-t-il.

Swanson bondit de son siège en voyant le flic de garde ouvrir la porte. Elle lui fit signe de s'en aller et il ressortit aussitôt.

— Ernest, dit-elle d'une voix grave. Je ne veux pas que tu te fasses du mal. On ne sait pas si elle est vraiment morte. Tu dois garder espoir.

À ces mots, il fondit en larmes.

Swanson retrouva le lieutenant Porter dans la cuisine.

— Vous avez réussi à lui tirer les vers du nez ?

— Il me dit qu'il est rentré à point d'heure et qu'il s'est levé tard le lendemain. Il n'a rien entendu. Si vous interrogez son entourage, il est probable que vous pourrez lui établir un alibi.

— Si vous le dites, réagit Porter en prenant des notes sur sa tablette.

— En tout cas, je tiens à vous remercier de votre aide. Je n'ai pas la prétention de vous apprendre votre métier, mais si jamais on retrouve le corps de cette femme, je suis prête à parier que son frère n'y est pour rien.

Sur le chemin du retour, Swanson resta longtemps coincée par un semi-remorque accidenté sur l'I-40 et ne rentra pas chez elle avant minuit passé.

13

4 mai

Une journée magnifique attendait les membres de l'expédition à l'aube lorsqu'ils quittèrent le ranch. Burleson ne s'était pas trompé, ils avaient à peine parcouru deux kilomètres qu'ils pénétraient dans un autre monde. Au-dessus des arbres, une chaîne ininterrompue de sommets couronnés de neige barrait l'horizon.

Monté sur un hongre nommé Blackie, Burleson avait pris la tête de la petite troupe, suivi par Nora dont la monture, un animal docile brun et blanc, méritait mal son nom de Soupe-au-lait. Derrière elle, raide comme la justice sur sa selle, Clive affichait des qualités de cavalier bien supérieures aux siennes. Elle se promit de lui demander où il avait appris à monter de la sorte.

Maggie venait ensuite, suivie de Jason Salazar et Bruce Adelsky. Ce dernier avait éprouvé les plus grandes difficultés avec son cheval à l'heure du départ, pour avoir glissé le mauvais pied dans l'étrier, au risque de se retrouver à l'envers, ce qui avait provoqué l'hilarité de Maggie.

Wiggett et Jack Peel fermaient la marche avec les cinq chevaux de bât transportant matériel et provisions. Nora et Clive avaient pensé à emporter un coffre muni d'un cadenas afin d'y déposer les bijoux et autres souvenirs de valeur qui pourraient être mis au jour lors des fouilles, mais aussi en prévision du trésor en pièces d'or, s'il existait vraiment.

Nora entendit Maggie raconter à Salazar et Adelsky une expédition désastreuse à laquelle elle avait pris part l'année précédente. Avec force rires, elle expliquait à ses compagnons comment plusieurs participants tombaient de cheval tant ils étaient soûls, l'un d'entre eux ayant même trouvé le moyen de se tirer une balle dans le pied. Il avait fallu l'évacuer en hélicoptère, ce qui lui avait coûté vingt mille dollars.

La sente qu'ils empruntaient, visiblement très fréquentée au départ à en juger par les traces laissées par les randonneurs précédents, finit par disparaître au bout de huit kilomètres, obligeant Burleson à s'arrêter afin de consulter la carte en compagnie de Clive.

— C'est là qu'ils ont quitté la piste, expliqua ce dernier en posant l'index sur un point précis. Ils auraient dû prendre à gauche, au lieu de quoi ils ont bifurqué à droite pour une raison inconnue, sans doute à cause de la neige.

Le sentier fatidique s'enfonçait entre deux parois rocheuses. Le chemin, initialement praticable, se compliquait à mesure que la gorge se resserrait, jusqu'à ce que les cavaliers se trouvent plongés dans l'ombre. L'air était glacial au fond du canyon et des plaques de neige avaient survécu à l'hiver ici et là. Nora peinait à croire que la civilisation avait pu céder la place aussi rapidement à ce décor primitif.

Ils firent halte à l'heure du déjeuner près d'un amas de rochers. Les chevaux de bât étaient à la traîne, mais Burleson restait en contact avec Peel par talkie-walkie. Nora consulta l'écran de son téléphone. Ainsi qu'elle s'y attendait, elle n'avait plus de signal. Ils allaient devoir se contenter un mois durant du téléphone satellitaire qu'elle emportait au cours de ses fouilles, à l'écoute duquel Skip était censé rester en permanence.

Elle entama un sandwich au rosbif pendant que Burleson achevait sa discussion par radio avec Peel. Il prit un sandwich à son tour en soupirant.

— J'adore ces montagnes. Chaque fois que je les retrouve, je me sens revivifié.

— Si je comprends bien, vous avez abandonné un métier lucratif pour échapper à la foire d'empoigne et vous installer ici ?

— J'étais spécialisé dans les divorces. Défendre de jeunes intrigantes décidées à obtenir un maximum d'un mari vieux et riche n'a rien de très enthousiasmant. Ou vice versa. Il est rare que l'on croise des gens intéressants dans un métier pareil, qu'il s'agisse des clients ou de leurs adversaires. Et je ne suis pas tout à fait parti de mon plein gré. Je me suis accroché avec l'ordre des avocats de Californie qui m'a poussé dehors, gentiment mais fermement. Je n'oublie jamais de leur adresser mes remerciements en pensée chaque fois que je retourne dans ces montagnes.

— Accroché comment ?

La question fit rire Burleson.

— J'ai toujours eu du mal avec le règlement. Disons que je représentais mes clients un peu trop bien.

Nora se sentit agréablement surprise de tant de candeur. Avant d'engager Burleson, elle avait effectué quelques recherches sur son compte, mais ces détails lui avaient échappé. Les litiges de ce genre restaient sans doute dans la famille.

Le repas terminé, ils repartirent et furent contraints de gravir un autre éboulis dont la pente escarpée traversait une forêt de sapins immenses à l'ombre desquels subsistait de la neige. Le jour commençait à décliner lorsque les arbres s'espacèrent, laissant place à une prairie ceinte de falaises.

— Les gens de l'expédition Donner se sont vraiment paumés, remarqua Maggie en contemplant le paysage désolé.

— Nous camperons ici, décida Burleson en descendant de cheval.

Nora immobilisa sa monture. Le lieu n'était guère accueillant, mais elle se rassura en se souvenant qu'ils resteraient là quelques jours seulement. Il serait temps de déménager dès qu'ils auraient localisé le Campement perdu.

Burleson et Drew Wiggett aidèrent les cavaliers à desseller les chevaux avant de les conduire dans le pré. À leur retour, Peel arrivait avec les animaux de bât. Il parqua ses bêtes loin du campement avant de les libérer de leur fardeau avec l'aide de Wiggett.

— On fera du feu là-bas, décréta Maggie en montrant du doigt une butte de terre à l'écart.

Elle se tourna vers Nora et Clive.

— Trouvez-moi du bois. Du bouleau, de l'aulne ou du chêne, mais pas de sapin ou d'épicéa. Pendant ce temps-là, je m'occupe de creuser le foyer avec Jason. Allez, mon gars ! Du nerf ! Toi aussi, Bruce.

— Désolé, mais ça ne fait pas partie de mon ordre de mission, sourit Adelsky en se posant sur un tronc d'arbre. Je préfère vous regarder travailler, ajouta-t-il en sortant sa cigarette électronique.

— Espèce de bon à rien, gronda Maggie. À propos, les recluses brunes d'Arizona adorent pondre dans les arbres morts comme celui sur lequel tu es assis.

Adelsky bondit sur ses jambes et essuya frénétiquement l'assise de son jean en laissant échapper sa cigarette électronique, ce qui eut le don de provoquer l'hilarité de la cantinière.

Nora et Clive s'éloignèrent en direction de la forêt pour la corvée de bois.

— Pour l'instant, tout va bien, remarqua Clive. Burleson connaît bien son affaire. Je suis tout de même surpris qu'il ait renoncé à un métier aussi bien payé pour ouvrir ce ranch. C'est à se demander s'il n'y a pas anguille sous roche.

— Il a réuni une équipe pour le moins pittoresque, répliqua Nora. Entre Maggie qui est un vrai moulin à paroles, Peel muet comme une tombe et Wiggett que j'ai du mal à déchiffrer. On dirait qu'il est... je ne sais quel adjectif lui conviendrait le mieux. *Affamé.*

— Dans quel sens ?

— Le genre de type qui n'est jamais content, persuadé que l'herbe est plus verte ailleurs.

— L'ambition n'est pas forcément un défaut. Vous aussi vous êtes une battante, non ?

— J'espère que ça ne se voit pas trop.

— Pourquoi s'en cacher ? sourit-il. C'est pourtant la raison d'être du tandem que nous formons. L'ambition, la soif de connaissance, le désir de laisser notre marque.

Il avait raison, bien sûr, mais Nora n'était pas habituée à tant de franchise.

— J'aurais une question à vous poser, dit-elle. Pourquoi ne pas m'avoir parlé de l'or le jour où vous êtes venu me trouver ? Je vous avoue que ça me taraude.

Clive laissa échapper un gloussement.

— Je savais bien que je n'y couperais pas. En premier lieu, Jason était présent lors de notre premier rendez-vous et je ne voulais pas en parler devant lui. Mais surtout, je voulais savoir si cette campagne vous intéressait vraiment, en dehors du trésor.

— Du coup, vous avez attendu ce rendez-vous avec Fugit pour lâcher le morceau.

— Je n'avais pas le choix. Imaginez ce qui aurait pu arriver si la rumeur avait couru qu'un trésor de vingt millions de dollars était caché dans le Campement perdu. Et puis… je voulais m'assurer que vous aviez le cran nécessaire.

Nora afficha sa surprise.

— De quoi parlez-vous ? Vous connaissez mon parcours. Ce n'est pas la première fois que je participe à une équipée qui fait polémique. J'ai même déjà travaillé sur le cannibalisme.

— Je sais, répliqua Clive en ramassant un morceau de bois. Mais cette histoire va bien au-delà du cannibalisme.

Nora se redressa.

— De quelle façon ?

— J'ai veillé à ne pas insister sur les rumeurs scabreuses qui courent au sujet du Campement perdu, mais il est clair que des incidents atroces se sont déroulés lors de cette expédition.

— Que peut-il y avoir de pire que le cannibalisme ?

Le regard de Clive se perdit dans la direction de la prairie.

— J'ai fait allusion à ce prédicateur itinérant qui avait réussi à s'échapper du Campement perdu pour rejoindre le campement principal, le long des rives de l'Alder Creek. Un certain Asher Boardman. Il a expliqué s'être enfui parce que les occupants du Campement perdu étaient devenus fous. Il est mort de faim par la suite, mais Tamzene a eu le temps de consigner son histoire par écrit. Lorsque le dénommé Best, qui faisait partie de l'équipe de secours, a finalement pu rejoindre le Campement perdu, il n'a découvert qu'un seul survivant, Peter Chears. Celui-ci chantait en jouant avec des ossements humains, du sang plein le visage et les cheveux. Best l'a ramené jusqu'au campement de Tamzene et il a survécu jusqu'à son retour à la civilisation, mais il est mort peu après, fou à lier.

— Seigneur, murmura Nora. Comment avez-vous pu recueillir tous ces détails ?

— Je les ai découverts dans les archives. La plupart d'entre elles sont douteuses, je pense aux articles de journaux et aux petits opuscules rédigés par des témoins indirects, mais certains documents sont irréfutables. Outre le journal de Tamzene, on dispose de celui d'une survivante, Mme Horne. Son récit n'est pas exempt de certaines exagérations, mais elle décrit l'arrivée au campement de Boardman, au bord de l'épuisement. Il y a aussi le témoignage de Best, recueilli par plusieurs survivants du camp de Tamzene. Best était un dur à cuire, mais ce qu'il avait découvert au Campement perdu l'avait bouleversé.

— Vous vous êtes bien gardé de m'en parler le jour où vous êtes venu me trouver, murmura Nora, songeuse.

— Je voulais m'assurer que vous aviez le cran nécessaire. Nous pourrions bien tomber sur des éléments… perturbants au cours de nos fouilles.

— Votre verdict ?

— Je suis rassuré.

Nora secoua la tête.

— Vous auriez dû m'en parler plus tôt. Je n'apprécie pas beaucoup d'être prise au dépourvu.

— Vous avez raison. Je vous présente toutes mes excuses.

— Je les accepte, mais à condition qu'il n'y ait plus de secrets entre nous désormais.

— C'est promis. Mais ce qui est valable pour moi l'est aussi pour vous.

— Bien évidemment, répondit Nora en se demandant où il voulait en venir.

Ils regagnèrent le campement en traînant des branchages qu'ils entassèrent près du feu que Maggie avait démarré pendant leur absence. Les tentes étaient montées et la cantinière s'activait autour des caisses contenant casseroles, assiettes et couverts.

— Du chêne ! s'écria-t-elle sur un ton approbateur. Jason, mon garçon, fais-moi des bûches avec tout ce bois, tu trouveras une hache là-bas.

Elle-même s'empara d'une seconde hache et s'employa à découper les branches à la bonne longueur tandis que Jason s'efforçait de l'imiter.

— Holà, bonhomme ! Tu vas te couper une jambe en t'y prenant comme ça.

Elle enroula ses bras dodus autour du torse du jeune chercheur dont elle guida les coudes afin de lui enseigner l'art de manier la hache.

— Tu ne sais pas ce que tu rates, dit-elle à l'adresse d'Adelsky avant d'éclater d'un rire graveleux.

— Je m'en remettrai, commenta l'étudiant en tirant sur sa cigarette électronique.

Jason déplia l'une des chaises de camping posées contre un arbre et s'y laissa tomber, rouge de fatigue, trempé de sueur.

— Cette femme est un vrai garde-chiourme, grommela-t-il.

— Je t'ai entendu ! s'exclama Maggie en déposant des steaks sur le gril.

— J'ai fait exprès.

— Compte sur moi pour te remplumer. Tu passes trop de temps le nez plongé dans tes bouquins.

Les autres, leurs tâches respectives terminées, se réunirent près du feu alors que la nuit achevait de tomber.

— Un peu de vin ? proposa Burleson en débouchant une bouteille. Un bon cabernet de la Napa Valley. Pourquoi se priver des douceurs de notre bel État ? Je bichonne toujours mes clients.

Nora ne s'était pas attendue à un aussi bon dîner. Les steaks étaient grillés à point, les pommes de terre fermes, la salade délicieuse, le tout complété par une tarte au citron vert. Jack Peel, de façon étrangement appropriée dans un décor aussi sauvage, avait tenu à rendre grâce au Créateur avant de manger et, une fois la vaisselle nettoyée et rangée, Maggie sortit une guitare avec laquelle elle s'accompagna pour chanter *Tumbling Tumbleweeds* et *Lovesick Blues* près du feu d'une belle voix de contralto, avant de conclure son récital par une version de *Ghost Riders in the Sky* gorgée de poésie.

— J'ai grandi à Truckee et je pourrais vous raconter plein d'histoires de cavaliers fantômes, déclara-t-elle en rebondissant sur le sujet de la chanson.

— C'est ce que j'avais cru comprendre, réagit Adelsky. Des promesses, des promesses ! J'attends la suite.

— Espèce d'avorton morveux, lui répondit Maggie affectueusement. Très bien, tu l'auras voulu. Tu as déjà entendu parler du fantôme de Samantha Carville ?

Peel se leva et disparut dans l'obscurité, en direction de sa tente.

— Qu'est-ce qui lui prend ? s'étonna Maggie en se tournant vers Burleson.

L'ancien avocat haussa les épaules.

— Jack est un excellent cow-boy, mais il ne faut pas compter sur lui pour animer les veillées près du feu.

— On vous écoute, Maggie, intervint Clive. Les histoires de fantôme font partie du décor.

— Eh bien, se lança la cantinière d'une voix sourde, dans la ville où j'ai grandi, les vieux racontent des histoires sur ce qui s'est *vraiment* passé ici. Notamment celle de Samantha Carville, une gamine de six ans morte de faim dans le Campement perdu.

Clive hocha la tête.

— L'expédition comptait en effet une famille de ce nom.

— Ils ont enterré son corps dans la neige, et Samantha n'en a pas bougé jusqu'au jour où deux types l'ont déterrée, lui ont coupé une jambe et l'ont mangée.

— Rien ne vient corroborer une telle légende dans les archives officielles. J'ai du mal à croire que les survivants aient pu commencer par dévorer le corps d'une enfant.

— Vous allez quand même pas gâcher mon histoire ! le reprit Maggie. Les deux types en question étaient des durs, mais ils n'ont pas pu aller jusqu'au bout de leur méfait. Après avoir mangé la jambe, ils se sont débarrassés des os avant de remettre en terre ce qui restait de Samantha.

Elle marqua une pause dramatique.

— On raconte qu'aujourd'hui encore, les nuits sans lune, le fantôme de Samantha hante les bois, à la recherche de son fémur. On sait que c'est elle parce qu'elle traîne la patte, comme un unijambiste avec sa béquille.

Maggie conclut son récit en imitant de façon sinistre le bruit évoqué.

Nora en eut la chair de poule.

Le silence reprit ses droits dans l'obscurité, jusqu'à ce que le jeune Adelsky éclate de rire.

— Voilà ce que j'appelle une histoire de fantôme ! On n'arrivera pas à fermer l'œil de la nuit, à l'affût du moindre bruit, au cas où la petite Samantha hanterait la forêt en quête de sa jambe.

L'étudiant voulut imiter à son tour la claudication de la petite fille. Faute d'y parvenir, il partit d'un rire qui sonnait creux, cette fois.

14

5 mai

Le lendemain midi, installée à l'ombre d'un rocher plat au bord du Hackberry Creek, Nora tira de son sac à dos un sandwich préparé par Maggie. Assis à côté d'elle, Clive l'imita. Leurs recherches avaient bien avancé ce matin-là.

— J'ai une inquiétude, déclara Nora.

— Laissez-moi deviner. C'est au sujet du trésor, rétorqua Clive en dépliant la feuille d'aluminium de son sandwich bacon et crudités.

— Nous aurons du mal à expliquer que nous étions au courant de son existence depuis le début quand nous le découvrirons. Il serait sans doute plus avisé de leur en parler dès maintenant. Sinon, ils pourraient mal le prendre.

— Nous ne savons rien des gens de Burleson. Prenez Peel, par exemple. Il ne desserre pas les dents. Il a fallu qu'il dise le bénédicité hier soir pour entendre le son de sa voix. N'importe qui serait capable de péter les plombs pour vingt millions de dollars.

— Je n'ai rien à reprocher à Peel. Il a le droit d'être croyant.

— Nous sommes d'accord, mais s'ils apprennent l'existence de cet or avant qu'on mette la main dessus, on pourrait bien se retrouver avec une mutinerie sur les bras. Et qui nous dit qu'ils n'en parleront pas autour d'eux ?

On se retrouvera avec des dizaines de cinglés équipés de détecteurs de métaux.

Nora secoua la tête.

— Je n'aime pas les secrets.

— J'ai bien compris, mais nous n'avons pas le choix dans le cas présent. Il sera toujours temps de leur en parler le jour venu, quand l'or sera en sécurité dans le coffre blindé.

Ils poursuivirent leur déjeuner en silence.

— Vous n'avez jamais été tenté de trouver cet or vous-même et de le garder par-devers vous ? finit par demander Nora.

Clive laissa échapper un petit rire.

— Je mentirais en vous affirmant que ça ne m'a pas traversé l'esprit. Une somme pareille bouleverserait le quotidien de n'importe qui. Et puis j'ai réfléchi aux implications d'un tel choix. Comment écouler toutes ces pièces d'or ? Comment régulariser la situation auprès du fisc ? Si vous vendez l'ensemble d'un seul coup, vous inondez le marché et les revendeurs sauront tout de suite que vous avez découvert un trésor. Et quand bien même vous trouveriez le moyen de convertir l'argent en cash, il vous faudrait blanchir vingt millions de dollars. Très peu pour moi.

— Je constate que vous y avez *longuement* réfléchi.

— L'homme est ainsi fait, sourit Clive.

Son sandwich avalé, il sortit un GPS de son sac à dos et une photocopie du plan dessiné par Tamzene.

— Nous disposons de quelques indices. On voit une seule rivière à droite sur cette carte alors qu'il en existe trois, sachant que le campement se trouve à l'extrémité de l'un de ces ruisseaux. Tamzene fournit plusieurs précisions. Elle parle notamment d'un rétrécissement du canyon juste après l'embranchement. Elle écrit : « Le défilé était si étroit que le chariot des Carville racla contre la paroi et perdit un marchepied. » Elle signale l'existence d'un pré dans lequel ont campé les membres du groupe égaré. En parlant du prédicateur, elle précise : « M. Boardman, dans son délire, a évoqué une pointe rocheuse ressemblant à un profil de vieille femme. »

— C'est notre meilleur indice, commenta Nora. Mettons-nous en chasse de la vieille femme en question.

Ils remontèrent le cours du Hackberry Creek en laissant sur leur gauche plusieurs défilés. Au terme de longues minutes de marche, Clive désigna à sa compagne une ouverture partiellement dissimulée par la végétation sur sa droite. Un ruisseau s'en échappait, dont les eaux se mêlaient à celles du Hackberry.

— D'après mon GPS, c'est là que s'ouvre le premier défilé, celui du Sugarpine.

— On pourrait l'explorer.

— Je vous propose de le remonter sur quelques kilomètres, à la recherche de l'étroit passage dont parle Tamzene. Si nous ne trouvons rien, nous nous intéresserons aux gorges du Poker Creek, puis à celles du Dollar Fork, le cas échéant.

— Voilà qui m'a tout l'air d'un bon plan.

Clive s'engagea le premier sur le petit chemin, suivi de Nora, et ils remontèrent le cours du Sugarpine en le traversant à plusieurs reprises tant la gorge était étroite, au point que leurs chaussures étaient détrempées. Ils finirent par renoncer à l'entrée d'un étranglement rocheux à travers lequel aucun chariot n'aurait eu la place de s'aventurer.

Ils rebroussèrent chemin jusqu'à l'embranchement et suivirent le Hackberry jusqu'au canyon suivant, au creux duquel s'écoulait le Poker Creek. Le lieu paraissait plus prometteur. Au bout de deux kilomètres, le défilé rétrécissait à la façon de celui décrit par Tamzene.

— Je le sens bien, déclara Clive en accélérant le pas.

Nora, qui partageait son enthousiasme, traversa le petit cours d'eau à sa suite et ils découvrirent peu après, au-delà d'un rideau d'arbres morts, un pré de plusieurs hectares qu'entouraient des éboulis escarpés et des sapins majestueux.

Clive observa longuement les lieux, attardant son regard sur les murailles rocheuses constellées de trous et de failles. Le pré que traversait le Poker Creek paraissait particulièrement sinistre sous son toit de nuages sombres.

— On pourrait bien avoir découvert notre campement, dit Clive à l'adresse de Nora. Reste à découvrir le profil de vieille femme. Je vous propose de regarder chacun d'un côté. Prenez à droite, je longerai le ruisseau à gauche.

Nora commença par poser à ses pieds le sac qu'elle portait en bandoulière, puis elle traversa lentement la prairie en examinant attentivement chaque formation rocheuse. Son imagination lui fit voir à plusieurs reprises ce qui pouvait ressembler à un profil humain, mais la ressemblance avec une vieille femme n'était pas flagrante.

Elle finit par retrouver Benton à l'extrémité de la vallée, à l'endroit d'où s'échappait le cours d'eau, au milieu d'un bouquet d'arbres.

Clive secoua la tête d'un air dubitatif.

— Nous n'avons qu'à repartir en arrière, mais chacun prend le côté de l'autre cette fois.

Nora fronça les sourcils.

— Vous ne croyez pas que cet amas rocheux aurait pu s'écrouler depuis ?

— Tout est possible en l'espace de cent soixante-quinze ans.

La déception de l'historien était palpable.

Le vent se mit à souffler en rafale, aplatissant les herbages.

— J'en arrive à me dire que ce n'est pas le bon endroit, poursuivit Clive. Autant explorer le défilé du Dollar Fork.

Nora sentit une première goutte d'eau sur son crâne, puis une autre. Des nuages porteurs de pluie s'accumulaient au-dessus du canyon.

— Nous n'allons pas y échapper, fit-elle en enfilant un poncho imperméable.

Clive imita son exemple.

Une bourrasque d'air froid s'abattit sur eux et une pluie torrentielle s'échappa des nuées noires en cachant à la vue les sommets montagneux.

— Il est déjà 15 h 30, remarqua Nora. Nous explorerons le défilé du Dollar Fork demain.

— Vous ne voulez pas qu'on tente notre chance aujourd'hui ? insista Clive.

Sa question se trouva noyée par un coup de tonnerre.

— Je ne sais pas. Et vous ?

— Non… vous avez raison. La foudre est très dangereuse en montagne. J'ai aperçu tout à l'heure un épicéa coupé en deux au bord du chemin. Autant se réchauffer avec une bonne tasse de café brûlant préparé par Maggie.

Un violent grondement empêcha Nora de répondre. Elle se contenta d'un mouvement de tête.

Lorsqu'ils retrouvèrent enfin le campement en fin d'après-midi, la pluie s'était transformée en grêle et la température était descendue sous les dix degrés. Nora et Clive se réfugièrent dans la cantine improvisée, protégée par une bâche tendue entre plusieurs arbres. Ils se débarrassèrent de leurs imperméables qu'ils accrochèrent à des branches.

— Venez manger avant que la gamelle soit vide, les enjoignit Maggie en touillant le ragoût qui mijotait dans une cocotte. Allez vous réchauffer près du feu, vous ressemblez à des rats noyés.

Une bonne odeur de pain maison s'échappait du four de campagne. Salazar, Peel, Wiggett, Adelsky et Burleson, assis autour du feu, buvaient du café.

— Désolé, on ne vous a pas attendus, s'excusa Salazar.

— Moi, je ne suis pas désolé du tout, plaisanta Adelsky. Quand Maggie crie « à table », j'arrive en courant.

Nora et Clive se servirent dans la marmite et s'installèrent près du feu.

— Vous l'avez trouvé ? s'enquit Burleson.

Clive répondit par la négative d'un mouvement de tête.

— Demain à coup sûr.

Maggie se joignit au reste du groupe.

— Le jeunot me harcèle pour que je raconte une autre histoire ce soir. Je m'apprêtais à évoquer la légende des deux prospecteurs qui remonte à 1872. Peut-être 1873. Je ne sais pas si vous la connaissez. L'un des deux était borgne et l'autre avait un crochet en guise de main.

Elle se lança dans le récit terrifiant de ces deux hommes, amis depuis toujours, que la découverte d'un filon aurifère avait rendus fous. Ils s'étaient tendu des pièges mutuellement par un soir d'orage, trouvant le moyen de s'entretuer. Maggie prenait un malin plaisir à accumuler les détails scabreux, insistant sur les sévices infligés à son camarade par le prospecteur au crochet. Adelsky avait le teint gris alors que c'était lui qui avait insisté pour entendre Maggie raconter une nouvelle histoire de fantôme, ce qui ne manqua pas d'amuser ses compagnons.

Lorsque Nora se glissa à l'intérieur de sa tente un peu plus tard, transie et trempée, elle peina à trouver le sommeil en repensant à l'enthousiasme juvénile de Clive. Comprenant qu'il l'intéressait davantage qu'elle ne l'aurait voulu, elle se promit de veiller à ce que leurs relations restent strictement professionnelles. Le moindre faux pas pourrait bien remettre en cause l'équilibre au sein du petit groupe. Sur cette résolution, elle s'endormit.

Elle fut réveillée en pleine nuit par un grondement étrange. On aurait pu croire qu'une nuée de rats géants dévalaient les montagnes. Elle écarta les pans de sa tente et ne distingua rien de particulier dans le noir. Personne ne semblait avoir remarqué le bruit qui s'effaça lentement dans la nuit et elle replongea dans le sommeil, bercée par la grêle qui tambourinait sur la toile de sa tente.

15

6 mai

Lorsque Nora se réveilla à l'aube, elle remarqua que son haleine formait des nuages de nuée à l'intérieur de la tente. Au bruit, elle devina qu'un léger grésil continuait d'aiguillonner le tissu imperméable.

Elle s'extirpa à regret de son duvet et s'habilla prestement. Déjà près du feu, Maggie préparait du bacon, des œufs et du pain de maïs en affichant une mine maussade. Burleson, assis sur un tronc d'arbre, une tasse de café entre les mains, discutait des chevaux avec Jack Peel. Clive émergea à son tour de sa tente, arborant cette fois une chemise à motifs cachemire violette, orange et rose.

— Je vous laisse vous servir, déclara Maggie en montrant du doigt la cafetière posée sur une pierre à côté du feu. J'ai comme dans l'idée que vous en avez besoin.

— J'ai été réveillée par un bruit bizarre cette nuit. On aurait dit une ruée d'éléphants miniatures.

— C'est rien, juste un éboulement. C'est courant en cette saison. Y'a rien à craindre, à moins qu'un rocher atterrisse sur votre tente, bien sûr.

Nora remplit de café bouillant un mug avec lequel elle se réchauffa les mains tandis que Jason Salazar faisait son apparition, les cheveux en bataille. Il s'approcha en s'évertuant à dompter ses épis mais, en désespoir de cause, finit par mettre son chapeau. Adelsky et Wiggett manquaient encore à l'appel.

— Vous repartez en exploration avec Clive ? demanda Salazar à Nora.

— Absolument.

— Si vous avez besoin d'un troisième, je suis partant.

Nora scruta le ciel.

— Tu es sûr ? On aura du mauvais temps.

— C'est toujours mieux que de me tourner les pouces dans ma tente.

Maggie récupéra dans la poêle des tranches de bacon grillé. Elle les mit à dégorger sur du papier absorbant avant de jeter la graisse dans le feu et de brouiller des œufs, le front barré d'un pli.

— Sale temps, fit Nora.

— La pluie ne me dérange pas. C'est la neige qui m'inquiète.

— Quelle neige ? s'étonna Salazar.

— Vous pouvez être sûr qu'il neige comme pas possible en altitude.

— C'est gênant ? s'inquiéta Nora.

— Peut-être bien, bougonna Maggie en remuant les œufs dans la poêle.

— Pour quelle raison ?

— À cause des avalanches. Vous vous souvenez des éboulements que vous avez entendus cette nuit ? Sans compter que les torrents pourraient bien déborder si la neige fond trop vite.

Elle fit tinter sa cloche de vache à l'aide d'un bâton.

— Le petit-déjeuner est prêt !

Leur collation avalée, Nora, Clive et Salazar quittèrent le campement sous la pluie. Les eaux glacées du Hackberry menaçaient de sortir de leur lit, ce qui venait compliquer l'avancée du trio chaque fois qu'il fallait traverser le torrent.

Les archéologues, une fois dépassés les défilés du Sugarpine et du Poker, virent bientôt le canyon principal s'élargir en dévoilant sur la droite de vastes prairies envahies par la brume. Ils traversèrent une nouvelle fois le Hackberry en se tenant la main de peur de tomber sur la roche glissante, puis ils s'engagèrent le long du Dollar Fork, un affluent plus étroit que les précédents.

Le défilé, assez large pour accueillir un chariot, se rétrécit un kilomètre et demi plus loin avant de déboucher sur un pré. La description des lieux correspondait en tout point à celle rédigée par Tamzene dans son journal. La grêle s'était arrêtée de tomber et la couverture nuageuse se déchira, laissant la place à des écharpes de brume.

Clive fit halte et se tourna vers ses compagnons.

— Ça pourrait bien être l'endroit que nous cherchons. Ce pré fait un excellent campement et ce ne sont pas les amas rocheux qui manquent. Reste à voir si l'un d'eux ressemble à une vieille femme.

Ils se séparèrent et remontèrent longtemps la prairie, à la recherche du profil décrit par Tamzene.

— J'ai trouvé ! s'écria soudain Clive.

Nora et Salazar le rejoignirent sans attendre.

— Vous voyez vraiment un visage ? déclara Salazar sur un ton dubitatif. Oui, peut-être.

— Mais enfin ! Ça crève les yeux !

Nora secoua la tête.

— Je ne suis pas convaincue. Ces rochers ressemblent surtout à un test de Rorschach. Pour que Tamzene en parle dans son journal, le visage devait être plus reconnaissable.

— Un test de Rorschach ? Vous ne voyez pas le nez crochu de la femme et son menton pointu ?

— J'avoue que non.

— Moi non plus, renchérit Salazar.

— Vous êtes sûrs qu'on regarde le même rocher ?

Au terme d'une longue discussion, ils prirent la décision de poursuivre l'exploration de la vallée au cas où un profil de pierre plus crédible leur sauterait aux yeux. En désespoir de cause, ils regagnèrent leur point de départ.

— Je suis certain d'avoir raison, insista Clive. Auquel cas le Campement perdu se trouve approximativement à l'endroit où nous sommes.

— Je n'y crois pas, le contra Salazar. Le terrain est trop en pente.

— Et alors ?

— Personne n'aurait l'idée d'installer un campement dans un lieu pareil. On ne dort bien qu'à plat.

— Vous oubliez que tout était recouvert de neige, bon sang de bois !

Nora, qui assistait à l'échange en témoin, s'étonna d'entendre Clive hausser le ton. En dépit de son calme apparent, l'historien s'enflammait dès qu'il était question du Campement perdu.

Le voyant tirer de sa poche un long cigare et l'allumer avec un briquet d'un air buté, elle se posa en médiatrice.

— Pourquoi ne pas creuser des carottes ?

L'agacement de Clive s'évanouit instantanément.

— D'accord, acquiesça-t-il au milieu d'un nuage de fumée bleutée. Excellente idée.

— Jason n'aura qu'à creuser à l'endroit le plus adapté pour un campement. De mon côté, je pars en exploration le long du canyon précédent, celui du Poker Creek.

— Mais vous avez bien vu qu'il n'y avait pas de vieille femme par là-bas ?

— L'amas rocheux a pu s'effondrer sous l'effet de l'érosion.

Clive opina du chef tout en tirant sur son cigare.

— Si vous voulez. Pendant ce temps-là, on entame les fouilles avec Jason. Le mieux est encore de se retrouver au campement en fin de journée.

Les deux hommes se mirent à l'ouvrage et Nora les observa en silence avant de s'éloigner, son sac en bandoulière.

16

Corrie Swanson, enfermée dans les toilettes pour femmes au premier étage des locaux du FBI à Albuquerque, se regarda dans la glace d'un œil critique. Elle avait soigneusement veillé à sa coiffure et enfilé sa plus belle tenue avant de se rendre au boulot ce matin-là. Elle avait même évité de grignoter une salade à midi, contrairement à son habitude, histoire qu'un morceau de salade verte ne reste pas coincé entre ses dents. Elle ne portait pas de maquillage, en dehors d'une légère touche de rouge à lèvres qu'elle étala par sécurité à l'aide d'un kleenex.

Elle se sentait à la fois excitée et nerveuse. Tout au long de sa période probatoire, elle passait chaque semaine devant le « peloton d'exécution », le surnom donné à la réunion au cours de laquelle les nouvelles recrues détaillaient les résultats des enquêtes en cours en présence de leur chef de stage et de leurs collègues. Jusque-là, l'exercice n'avait jamais déstabilisé Corrie, qui se contentait de dresser un état des lieux de vieilles enquêtes non élucidées.

L'enjeu était tout autre cet après-midi-là.

Elle regarda sa montre : 13 h 55.

Elle sortit des toilettes, retourna dans son box chercher ses dossiers et rallia la salle de réunion B où flottait perpétuellement une odeur de pizza. La pièce était équipée d'une grande table capable d'accueillir une douzaine de personnes. Un ordinateur permettait la diffusion de photos et de vidéos, et la salle disposait même d'un tableau interactif, rarement utilisé lors de ces débriefings. Ce crétin de Bob Wantaugh s'en était pourtant servi une semaine plus tôt lors du compte rendu particulièrement ennuyeux de son enquête, une affaire d'extorsion, de blanchiment et de trafic humain reliant Albuquerque à Ciudad Juárez, de l'autre côté de la frontière mexicaine, à laquelle il avait donné le nom de « train clandestin », en référence au réseau d'aide aux esclaves évadés à l'époque de la servitude. Sa thèse, plutôt séduisante, ne reposait sur rien de concret, au point que Morwood lui avait conseillé de lire moins de polars de Robert Ludlum.

Corrie s'avança dans la salle de réunion et prit un siège en attendant que les autres ouailles de l'inspecteur Morwood fassent de même. Inquiète, elle remarqua la présence au fond de la pièce de deux agents aguerris. Il n'était pas rare que des collègues plus âgés assistent au peloton d'exécution, mais elle aurait préféré que ces deux-là choisissent un autre jour.

Morwood arriva le dernier, un café à la main comme à son habitude. Il referma la porte et s'installa à la place d'honneur. Il n'avait apporté ni carnet, ni tablette, ni stylo.

— L'audience est ouverte. Je constate avec plaisir que vous êtes tous présents, prêts à combattre crimes et délits au nom de notre chère Amérique.

Ses yeux constamment en mouvement firent le tour de l'assistance.

— Swanson, commençons par vous.

C'est tout juste si Corrie ne fit pas un bond sur son siège. C'était la première fois que Morwood commençait par elle, il la laissait toujours terminer avec ses vieux dossiers. Elle aurait aimé disposer de davantage de temps pour se préparer psychologiquement.

— Moi ? dit-elle en prenant conscience de l'imbécillité de sa question.

— Vous-même. Faites-nous partager vos lumières en matière criminelle.

Du Morwood tout craché. Corrie s'éclaircit la gorge en feuilletant ses papiers. De l'autre côté de la table, Bob Wantaugh toussota d'un air agacé, furieux de ne pas avoir été choisi pour entamer les hostilités.

— Patience, Wantaugh, le calma Morwood. Nous aurons tout le temps d'examiner tout à l'heure le dernier épisode en date de votre saga.

Il reporta son attention sur Corrie.

— Allez-y, Swanson.

Corrie toussota une nouvelle fois. Morwood savait sur quelle affaire elle travaillait, mais il n'en connaissait pas tous les détails et elle avait la gorge nouée à l'idée de les exposer en public.

— Ainsi que je vous l'ai expliqué la semaine dernière, j'ai procédé à l'examen d'une scène de crime dans un cimetière situé au cœur des monts Sangre de Cristo, à cent trente kilomètres d'ici. À mon arrivée, j'ai découvert une sépulture profanée contenant un cercueil de fer abritant la dépouille de Florence Parkin Régis, morte en 1862. Le cercueil était partiellement déterré et un corps gisait dessus. L'homme avait été exécuté de deux balles dans la nuque, à l'aide d'un pistolet muni d'un silencieux. Il ne portait aucun papier sur lui, mais nous avons pu l'identifier par la suite grâce à ses empreintes. Il s'agissait de Frank Serban, un homme de 54 ans originaire de Denver, condamné à de nombreuses reprises pour des délits mineurs.

Corrie avait conscience de se répéter puisqu'elle avait déjà fourni tous ces détails à ses collègues une semaine plus tôt. Elle avait tendance à se lancer dans des explications interminables lorsqu'elle était stressée et elle s'obligea à aller au fait.

— Les constatations effectuées sur place ont permis de déterminer que Serban avait déterré le cercueil avant de l'ouvrir. La partie supérieure du corps de Régis avait été prélevée avant que Serban ne soit tué. Tout indiquait qu'il avait été engagé pour l'occasion, et éliminé parce que c'était un témoin gênant.

Jusque-là, tout allait bien, mais la situation se corsait ensuite.

— Les techniciens n'ont pas encore achevé l'analyse des données retrouvées sur place, mais celles-ci ne sont guère prometteuses. Tout indique qu'il s'agit d'un travail de professionnels. En élargissant mes recherches, j'ai toutefois découvert un élément intriguant en apprenant que deux autres sépultures avaient été profanées récemment.

« La première est celle d'un mafieux de Joliet dans l'Illinois, un certain Carmine Scarabone dont la stèle avait été vandalisée et le cercueil partiellement déterré. La seconde appartient à Alexandre Parkin, décédé à Nelson, dans le New Hampshire, en 1911.

Elle jeta un coup d'œil aux documents posés devant elle.

— J'ai alors décidé d'élargir le champ de mes recherches, ce qui m'a permis de découvrir une troisième profanation, survenue cette fois à Paris. La tombe était celle de Thomas Parkin, un Américain mort en France au cours de la dernière guerre, dont le crâne a été volé. L'examen attentif de ces différentes affaires a fait apparaître un lien inattendu.

Elle fit des yeux le tour de l'assistance, heureuse de constater que tous les regards étaient tournés vers elle.

— Alexandre Parkin, Thomas Parkin et Florence Régis, née Parkin, partageaient donc le même patronyme. En consultant les registres d'état civil et les bases de données généalogiques, je me suis rendu compte qu'ils avaient tous les trois un ancêtre commun.

— De quelles bases de données généalogiques parlez-vous ? s'enquit Morwood. Je ne savais pas que le FBI en possédait.

Corrie marqua un temps d'hésitation avant de répondre. Cela faisait partie des points qu'elle n'avait pas encore abordés avec son chef.

— Le Bureau n'en a pas, monsieur. J'ai consulté le site Ancetres.com.

Les deux agents installés au fond de la pièce échangèrent un regard entendu tandis que Morwood ouvrait de grands yeux.

— Vous avez… consulté *Ancetres.com* ?

Wantaugh laissa échapper un ricanement.

— J'ai bien conscience que des éléments recueillis de la sorte n'ont aucune valeur devant un tribunal, monsieur. Je cherchais uniquement à me procurer des informations.

Elle balaya à nouveau des yeux son auditoire. Tout le monde attendait la suite avec impatience.

— Il y a trois jours, j'ai appris que Rosalie Parkin, une célibataire de vingt-sept ans exerçant la profession d'avocate, avait disparu de son domicile de Scottsdale, dans l'Arizona. Avec l'accord de l'inspecteur Morwood, je me suis rendue sur place où j'ai pris contact avec la police locale et pu examiner l'appartement de la jeune femme. Malgré l'absence de traces de lutte, une importante quantité de sang a été retrouvée sur place, dont les analyses ont montré qu'il s'agissait bien de son sang.

— Y a-t-il des témoins ? demanda l'un des présents.

Corrie repensa brièvement au frère de Rosalie.

— Non, mais la police penche pour la thèse criminelle.

— Continuez, l'aiguillonna Morwood. Racontez-leur le reste.

— Après vérification, j'ai vu que la disparue était liée aux trois autres Parkin.

— En consultant Ancetres.com ? railla Wantaugh.

Corrie préféra ignorer son interruption.
— Tous descendent de la même lignée.
— Et qu'en est-il du mafieux de Joliet ? interrogea l'une des jeunes recrues.
— Renseignement pris, il n'avait aucun lien avec la famille Parkin. Tout indique que sa tombe a été profanée parce qu'il avait servi d'indicateur à la police.
— Quelles conclusions tirez-vous de ces découvertes ? intervint Morwood.
— Il semble qu'un ou plusieurs individus s'intéressent de près à cette famille.
— Pour quelle raison ?
— Il s'agit peut-être d'un descendant doté d'une âme de collectionneur, suggéra Wantaugh.
Ce trait d'humour fit pouffer certains de ses camarades, mais l'un des agents aguerris s'agita sur son siège.
— Si cette femme a été enlevée parce qu'elle faisait partie de la même famille que les défunts dont les cercueils ont été mis au jour, comment expliquer ce changement brusque de mode opératoire ?
— Je n'ai pas encore de réponse à cette question.
— Il est particulièrement risqué et dangereux de procéder à un enlèvement, poursuivit l'agent. Et c'est un délit infiniment plus grave.
— Je vous rejoins sur ce point, approuva Corrie. Et que dire du meurtre de Serban ?
— Au-delà du fait que toutes ces personnes appartiennent à la famille Parkin, de quels autres éléments susceptibles de relier ces affaires entre elles disposez-vous ? demanda Morwood.
— Aucun pour l'instant, monsieur.
— J'imagine que vous aurez pris contact avec d'autres membres de la famille Parkin afin de les sonder, en vain ?
— C'est exact, monsieur, acquiesça Corrie qui avait consacré des heures à cette tâche ingrate.

— Vous aurez également vérifié combien d'autres Parkin étaient enterrés ?

Ce travail s'était révélé plus complexe encore.

— Oui. Il n'en existe qu'un nombre limité.

— Avez-vous des pistes en dehors de ce lien familial ?

— Non, monsieur.

Morwood trempa les lèvres dans son gobelet de café, signe qu'il allait passer à la recrue suivante.

— Un dernier détail, s'empressa de déclarer Corrie, qui n'en avait pas encore parlé à son supérieur.

Morwood haussa les sourcils d'un air interrogateur.

— Au cours de mes recherches, je suis tombée sur une information qui m'a paru... euh, que j'ai trouvée intéressante.

— Morwood reposa son gobelet.

— Surprenez-moi, Mlle Swanson.

— Il est nécessaire de demander des autorisations spécifiques lorsqu'il est procédé à des fouilles archéologiques sur un terrain fédéral. Il y a quelques mois, l'Institut archéologique de Santa Fe a requis la permission d'effectuer des fouilles sur le lieu supposé de l'un des campements de l'expédition Donner.

Comme personne ne réagissait, elle enchaîna :

— L'expédition Donner était un convoi de pionniers qui sont restés prisonniers de la Sierra Nevada tout un hiver en 1846-1847. Les survivants ont eu recours à des pratiques de cannibalisme pour rester en vie.

Plusieurs visages s'éclairèrent autour de la table.

— L'une des victimes de cette tragédie s'appelait Albert Parkin, qui se trouve être l'ancêtre commun des Parkin qui nous préoccupent. L'Institut archéologique de Santa Fe procède actuellement à des recherches visant à localiser ce campement.

Morwood, surpris, afficha son mécontentement.

— Et alors ?

— Je me suis entretenue avec la présidente de l'Institut, le Pr Fugit. Celle-ci m'a confirmé que ces fouilles avaient été bien autorisées par l'État fédéral et la Californie.

— Je répète ma question : et alors ?

— En clair, cela signifie qu'en cas de succès les membres de cette expédition archéologique pourraient bien exhumer les restes d'un nouveau membre de la famille Parkin. De façon parfaitement légale cette fois. La coïncidence ne me paraît pas anodine, il me semble qu'il serait bon de diriger l'enquête de ce côté.

— Laissez-moi deviner, réagit Morwood. Vous aimeriez vous rendre dans la Sierra Nevada et trouver le moyen de compliquer le travail de ces gens.

— C'est-à-dire… balbutia Corrie avant de laisser sa phrase en suspens.

Un silence se fit autour de la table. Du coin de l'œil, Corrie nota que Wantaugh affichait un petit sourire ironique.

Morwood soupira.

— Agent Swanson, faut-il vous rappeler que votre mission consiste à découvrir qui a tué Serban à Pigeon's Ranch ?

— C'est celle que je m'emploie à remplir, monsieur, répliqua Corrie qui sentait la moutarde lui monter au nez.

— Vous avez déjà effectué un déplacement en Arizona sur la base de votre hypothèse. Et vous voudriez passer à présent plusieurs jours dans la Sierra Nevada sur la foi d'une piste aussi ténue ?

— Avec tout le respect que je vous dois, monsieur, vous ne trouvez pas étrange que les descendants d'Albert Parkin soient déterrés les uns après les autres ?

— Ne le prenez pas mal, Swanson, mais il me semble que vous tombez dans un piège auquel échappent peu de débutants.

— Lequel, monsieur ?

— Au lieu de mener l'enquête, vous vous laissez mener par elle. Il s'agit d'un travers récurrent chez les agents qui démarrent dans le métier. Rien de honteux.

Corrie serra les poings sous la table. Elle détestait la condescendance sous toutes ses formes, tout autant que le harcèlement sexuel dont elle avait été victime à l'école du FBI.

— Il s'agit d'une leçon que tous ici seraient bien inspirés de retenir. Concentrez-vous sur l'essentiel, ne vous laissez jamais entraîner sur des pistes annexes, poursuivit Morwood d'une voix douce qui fit à Corrie l'effet d'une lame acérée. Swanson, demandez-vous quel rapport cet Albert Parkin, mort en 1847 en Californie, peut bien avoir avec le meurtre de Frank Serban dans un cimetière du Nouveau-Mexique près de deux siècles plus tard. N'oublions pas que la dépouille d'Albert Parkin n'a pas encore été localisée. Vous le dites vous-même, cette expédition archéologique est dirigée par une institution établie disposant de toutes les autorisations nécessaires. On est loin de notre profanateur de sépulture agissant en pleine nuit.

Il reprit sa respiration et Corrie comprit qu'il s'apprêtait à donner une leçon à toute l'assistance.

— Nous devons rester attentifs à un danger qui nous guette chaque jour, tous autant que nous sommes : les ordinateurs nous inondent d'informations. Le FBI luimême se noie sous un déluge de données, au point qu'il est devenu difficile d'opérer un tri entre les pistes pertinentes et celles qui relèvent de la coïncidence... ou de nos propres fantasmes.

Il marqua une pause afin de donner du poids à ses propos.

— Je vous conseille donc de poursuivre l'excellent travail que vous avez entamé, Mlle Swanson. Concentrezvous sur le meurtre de Serban tout en gardant ce lien avec le clan Parkin dans un coin de votre tête, au cas où surviendraient d'autres incidents. Parallèlement, tenez-vous informée des avancées de ces fouilles en Californie, au cas où les archéologues mettraient au jour les restes d'Albert Parkin.

Il adressa à Corrie un sourire encourageant, mais elle avait compris qu'il lui coupait l'herbe sous le pied.

— Très bien, reprit Morwood en se tournant vers Wantaugh après avoir avalé une longue gorgée de café. Nous sommes prêts à entendre le dernier chapitre en date de votre polar.

17

Au sortir de la vallée du Dollar Fork, Nora redescendit le cours du Hackberry jusqu'à la confluence avec le Poker Creek en veillant à ne pas glisser sur les rochers humides. À force de franchir le cours d'eau à gué, ses pieds s'étaient transformés en glaçons et ses souliers émettaient des couinements de ventouse à chacun de ses pas. La couverture nuageuse commençait à se dissiper, laissant apparaître un nouveau manteau de neige dans le sillage de l'orage, beaucoup plus bas en altitude.

Elle remonta le Poker Creek et sortit du défilé au terme de quarante minutes de marche. Au lieu de se mettre en quête du profil de vieille femme décrit par Tamzene, elle longea le pied des falaises en s'intéressant aux traces d'éboulements suggérant la présence d'amas rocheux récents. La tâche était relativement simple, les anciens éboulis étant recouverts de lichen ou bien à moitié enfouis dans le sol. Les parois rocheuses étaient parsemées de cavités naturelles et de failles. Un couple de corbeaux s'envola à son approche en croassant furieusement. L'air était imprégné du parfum des résineux et une brume glacée ne tarda à transformer la vallée en une mer de brouillard.

Parvenue à l'extrémité du canyon, elle rebroussa chemin en longeant la falaise opposée et découvrit très rapidement un éboulement récent. Celui-ci avait balayé sur son passage des sapins dont les troncs avaient tout juste commencé à se décomposer. Elle recula de plusieurs mètres et leva la tête. Le long de la crête, en contrebas des limites neigeuses, se trouvait un promontoire sur lequel aurait fort bien pu se trouver l'amas de rochers en forme de visage. Au pied du mur de roche s'étendait un espace plat d'un hectare, idéal pour y installer un campement.

Si les pionniers avaient fait halte à cet endroit, où auraient-ils installé leurs chariots ? Nora tenta de se mettre à leur place, sachant qu'il y avait une couche de trente centimètres de neige à leur arrivée et que le blizzard se renforçait. De façon générale, le lieu avait probablement peu changé depuis 1846 et, la neige en moins, le décor qu'observait Nora était celui qu'avaient découvert les pionniers à leur arrivée.

Si elle avait dirigé le groupe, où aurait-elle installé le campement ?

Elle explora le site d'un côté, puis de l'autre, en s'arrêtant avant la rive du Poker qui descendait en pente douce vers les eaux du torrent. Le meilleur emplacement était probablement au centre de cet espace dégagé et plat. De quel endroit précis aurait-on le mieux distingué l'amas rocheux en forme de profil humain ? La question n'était pas évidente, mais elle finit par fixer son dévolu sur un point bien arrosé par la pluie sur lequel poussait une prairie drue parsemée de fleurs.

Son expérience d'archéologue lui avait appris à s'intéresser en priorité aux zones les plus fertiles.

Elle s'agenouilla à même le sol détrempé, posa son sac à dos près d'elle et sortit la truelle, le masque et les gants qu'il contenait. Elle commença par dessiner un carré de cinquante centimètres de côté dont elle dégagea le tapis herbeux, puis elle gratta la terre avec mille précautions. Le campement, vieux de cent soixante-quinze ans seulement, n'aurait pas eu le temps d'être recouvert par un épais manteau de terre, surtout en pleine montagne.

Elle creusait à une dizaine de centimètres de profondeur lorsque la lame de la truelle rencontra un obstacle. Elle préleva dans son sac une brosse souple à l'aide de laquelle elle mit au jour l'objet.

Il s'agissait d'une dent humaine.

Le ciel achevait de se dégager lorsqu'elle regagna le camp en fin de journée, le soleil couchant allumant des reflets rouge sang sur les dernières écharpes nuageuses et les sommets recouverts de poudreuse fraîche. Jason et Clive n'étaient pas encore rentrés et Nora préféra ne rien dire de sa découverte pendant que Maggie préparait le repas du soir et que les cow-boys nourrissaient les chevaux. Au moment où elle commençait à s'inquiéter, Jason fit son apparition. Clive marchait dans son sillage, l'air découragé.

— Quel bide, déclara-t-il en laissant tomber son sac à ses pieds.

Il saisit la cafetière qui mijotait sur les braises et se versa une tasse avant de s'asseoir sur un tronc mort.

— Vous avez fait chou blanc ? l'interrogea Nora.

Il acquiesça.

— Vous n'avez rien trouvé ? Rien du tout ?

— Pas même un bouton de culotte.

Jason se servit à son tour un mug de café.

— Et toi, qu'en dis-tu ? lui demanda Nora.

Il haussa les épaules.

— Si le campement se trouve effectivement dans le coin, ce n'est pas dans la vallée du Dollar Fork.

La nuit tombait rapidement et une chouette hulula.

Nora se tourna vers Clive.

— C'est un peu égoïste, non ?

Il posa sur elle un regard perplexe.

— Je ne comprends pas. De qui parlez-vous ?

— De vous. Vous n'arrêtez pas de geindre au prétexte que vous n'avez rien trouvé. Pourquoi ne pas m'avoir demandé ce que j'avais trouvé, *moi* ?

Les deux hommes redressèrent vivement la tête.

— Pourquoi ? Vous avez fait une découverte ?

Elle hocha la tête.

— Quoi donc ?

— Une molaire.

Clive bondit sur ses jambes.

— Vous déconnez ou quoi ? C'est vrai ?

Les questions fusèrent de toutes parts.

— Je l'ai trouvée dans le canyon du Poker Creek, à moins de deux kilomètres de l'entrée du défilé, au creux du vallon que nous avons exploré hier.

— Nora, c'est fantastique ! s'enthousiasma Clive en serrant la jeune femme dans ses bras avant de se reprendre et de la gratifier d'une poignée de main vigoureuse.

Nora, qui n'était pas restée insensible à ces marques d'affection, s'étonna que Clive ne soit pas heurté de n'avoir pas été lui-même à l'origine de cette découverte.

— C'est génial ! Phénoménal !

Il se rassit en exprimant sa joie par un grand rire, ses yeux bleus pétillant de malice.

— Expliquez-nous comment vous en êtes arrivée là.

Pendant qu'elle faisait le récit de ses recherches, Burleson déboucha une bouteille de vin et distribua des verres à la ronde.

— Cette bonne nouvelle mérite un toast ! décréta-t-il en levant son gobelet en fer-blanc.

De fil en aiguille, la première bouteille fut suivie d'une seconde pendant que Maggie servait le dîner.

Le repas achevé, tous se retrouvèrent autour du feu et la conversation finit par s'épuiser après avoir roulé toute la soirée autour des spéculations les plus folles. Seuls le crépitement des braises, l'appel des chouettes et le soupir du vent dans les arbres troublaient le silence.

— Je vous propose de lever le camp demain, proposa Nora. J'ai déniché un endroit plat dans la vallée du

Poker Creek, à moins d'un kilomètre de l'emplacement des fouilles.

Burleson hocha la tête.

— Jack et Drew feront le nécessaire demain dès l'aube.

Le silence avait repris ses droits depuis quelques instants lorsque Jason se redressa.

— Vous avez entendu ?

Ils tendirent l'oreille et Nora crut identifier un battement sourd dans le lointain.

— Tenez ! Ça recommence ! s'écria Jason.

— Un pic-vert, suggéra Clive.

— Ils dorment la nuit, le contredit Maggie.

Le bruit se fit entendre une troisième fois, plus près. Une légère brise agita les arbres tout proches.

— Il ne manque personne ? demanda Maggie. Je veux dire, personne n'est allé se soulager dans les bois ?

— Pas aussi loin, répliqua Peel.

Par acquit de conscience, ils se comptèrent, mais tous les participants à l'expédition étaient présents.

— C'est bon, gronda Maggie d'une voix forte en se levant. Vous vous amusez à nous effrayer et ça a bien fonctionné. Maintenant, montrez-vous.

Le claquement mystérieux se répéta, suivi par un bruit sourd.

Nora se leva à son tour et alluma sa lampe frontale.

— Où allez-vous ? lui demanda Maggie.

— Je vais voir de quoi il retourne.

La jeune femme s'éloigna d'un pas décidé sans se soucier des conseils de prudence de ses compagnons. Elle s'enfonça entre les arbres dont les troncs gigantesques dessinaient les piliers d'une cathédrale naturelle dans l'obscurité, puis elle fit halte, tous les sens aux aguets.

Seul lui parvenait encore le murmure des voix autour du feu de camp.

Le bruit s'éleva dans la nuit, à moindre distance. Deux troncs qui s'entrechoquaient sous l'effet du vent ? Ou bien un élan frottant ses bois contre un arbre ?

Le battement se renouvela et elle repartit d'un pas vif en se laissant guider par le son avant de s'immobiliser quelques centaines de mètres plus loin.

Elle attendit. En vain.

Elle avança de quelques pas, franchit un rideau de sapins et se retrouva brusquement à l'orée d'une clairière. La forêt était trop dense autour d'elle pour qu'il puisse s'agir d'un cirque naturel. Elle fit courir le rayon de sa lampe frontale autour d'elle sans rien découvrir d'autre que des rochers recouverts de mousse.

Elle patienta cinq minutes et finit par reprendre le chemin du campement comme aucun bruit ne venait troubler le silence. Faute d'avoir laissé des repères à l'aller, elle crut un instant s'être perdue. Alors qu'elle sentait monter en elle un vent de panique, elle distingua dans le noir la lueur lointaine du feu de camp.

18

8 mai

Nora s'immobilisa au pied de la paroi rocheuse. La prairie, encore vierge la veille, s'était brusquement métamorphosée en site archéologique.

Tout s'était déroulé comme il se doit. Salazar et Adelsky avaient commencé par quadriller la zone en plantant des piquets en bois dans le sol à un mètre d'intervalle avant d'y fixer de la corde orange fluo. L'ensemble, un rectangle de six mètres sur dix, était désormais quadrillé en soixante espaces d'un mètre carré dont le sol serait méticuleusement passé au tamis et analysé. Toute la zone avait été sondée à l'aide du magnétomètre à protons, un appareil de la taille d'une tondeuse à gazon, susceptible de fournir de précieuses indications sur les objets métalliques enfouis ici – une quantité importante à en croire les mesures. Nora partait du principe que tout ce qui était enterré là avait été apporté par les membres de l'expédition Donner. De toute évidence, le foyer et les restes du refuge de fortune des pionniers se trouvaient au creux du vallon.

Clive avait participé à l'opération avec enthousiasme en bombardant les archéologues de questions. Il avait tout d'un ado passionné, ravi de participer à ses premières fouilles.

Dans le même temps, Maggie et les cow-boys s'employaient à déplacer le camp de base afin de l'installer dans la vallée du Poker, à un kilomètre du lieu des recherches. Il était prévu que les tentes soient installées le long du torrent – tout serait achevé le soir même. Burleson avait chargé Peel d'effectuer les allers-retours quotidiens entre le ranch et le campement, où il passerait la nuit avec les chevaux de bât avant de repartir le matin chercher des provisions.

Une vaste tente de toile, qualifiée de QG par Adelsky, avait été érigée près de la zone de recherche. Elle accueillait plusieurs tables, des caisses destinées au stockage des artefacts archéologiques une fois qu'ils auraient été photographiés, un ordinateur central, ainsi qu'une borne Wi-Fi alimentée par des panneaux solaires et une petite génératrice d'appoint. Le réseau wifi, à défaut de permettre aux chercheurs de se connecter à Internet, les autorisait à communiquer entre eux et à échanger des dossiers. Le coffre-fort portable avait été installé dans un coin, à côté des divers équipements techniques. Adelsky et Salazar, à l'autre extrémité de la zone, achevaient d'analyser le terrain à l'aide du magnétomètre. Depuis la fin de l'orage, la météo était au beau fixe. Il faisait même chaud en journée et il ne gelait plus la nuit.

Clive émergea du QG et se dirigea vers Nora.

— Il fait un temps magnifique ce matin. Je suis impatient de voir la suite, c'est la première fois que je participe à des fouilles. Nous autres historiens passons le plus clair de notre temps à nous étioler dans des bibliothèques.

L'expression fit sourire Nora.

— Belle chemise, déclara-t-elle en découvrant l'horreur du jour que portait son compagnon. Combien en avez-vous en réserve, Clive ? Vous risquez fort de vous salir si vous comptez vraiment nous aider sur le terrain.

Il tira sur son col, un sourire aux lèvres.

— Je sais, je sais, mais c'est plus fort que moi, j'adore les motifs cachemire. Plus sérieusement, je tiens à me rendre utile.

— Alors ça doit pouvoir s'arranger.

Depuis la mort de son mari, Nora avait pris l'habitude de travailler seule. Sans doute l'heure était-elle venue de reprendre goût à la vie.

— Super, répliqua Clive en embrassant d'un geste les sommets enneigés. La Sierra Nevada, la « montagne enneigée » ! Elle porte bien son nom, elle est toujours couronnée de blanc alors qu'on est au mois de mai. Vous n'imaginez pas à quel point je suis heureux de participer à cette expédition.

Il posa un regard circulaire sur la prairie.

— Vous ne trouvez pas qu'on devrait donner un nom à cette vallée ?

Nora y avait déjà pensé. Elle avait envisagé un moment de baptiser l'endroit « Le Pré de Tamzene », avant de se raviser. Même dans le soleil naissant de cette belle matinée, le vallon humide avait peu de charme du fait de l'austérité des remparts rocheux qui l'emprisonnaient, indépendamment du drame qui s'y était déroulé.

Les falaises qui enserraient le pré étaient encore couvertes de plaques neigeuses, en particulier au niveau d'une crête escarpée sur laquelle était posée une énorme congère de la taille d'un petit immeuble dont on peinait à comprendre comment elle pouvait se maintenir en équilibre.

— Sans doute est-ce l'un de ces amas neigeux contre lesquels nous a mis en garde Burleson, remarqua-t-elle.

— C'est une chance que la zone de recherche ne se trouve pas en dessous. Je n'aimerais pas me trouver sur son passage quand elle tombera.

Nora poursuivit son examen des lieux. Les résineux bordant le petit val, morts pour la plupart, dessinaient des taches sombres inquiétantes. Un peu plus loin, les eaux glacées du torrent formaient un petit lac avant de dessiner un tracé sinueux à travers la prairie. Au mieux, l'endroit était sinistre.

— Je vous propose de le baptiser « Le Pré perdu », suggéra Clive.

L'appellation, toute simple, convenait parfaitement.

— Bonne idée, approuva Nora.

La conversation fut interrompue par la voix de Maggie annonçant le petit-déjeuner.

Nora, son bacon et ses œufs avalés, vida son mug de café noir. Assis un peu plus loin, Salazar et Adelsky mangeaient avec appétit, prêts à affronter la journée qui les attendait. La jeune femme se leva et déposa son assiette dans la bassine réservée à la vaisselle sale.

— Alors, Jason ? demanda-t-elle à son assistant. Paré à plonger les mains dans le cambouis ?

— Plutôt deux fois qu'une !

— Je me mets sur les rangs, renchérit Clive.

Quelques minutes plus tard, les trois archéologues et l'historien rejoignaient la zone de recherche. De loin, Maggie leur souhaita bonne chance d'une voix sonore.

Nora récupéra au QG un iPad équipé de l'application dernier cri mise au point par l'Institut. Clive s'approcha au moment où elle la lançait.

— Comment marche votre appli ? demanda-t-il.

— C'est un outil extraordinaire. Une fois entrées toutes les données dont on dispose : la profondeur, le type de sol, l'emplacement de chaque objet retrouvé, il ne reste plus qu'à photographier les objets et l'application crée une image du site en 3D.

— Génial. Vous pourriez m'apprendre... ?

— À vous en servir ? Bien sûr. Je vous montrerai les détails une fois que vous aurez assimilé les rudiments d'un site archéologique. Je vous suggère de nous regarder travailler aujourd'hui, de façon à ce qu'on puisse vous confier une tâche demain.

— Merci, Nora. Tout ça est passionnant. L'histoire est une discipline relativement abstraite, alors que tout devient palpable sur le terrain. J'ai l'impression de toucher du doigt le passé.

— Vous venez d'exprimer en quelques mots les raisons qui me font aimer l'archéologie.

Nora était particulièrement sensible à l'enthousiasme de son compagnon, mais elle allait devoir tempérer ses ardeurs tant qu'il n'aurait pas un minimum de compétences pratiques.

Elle fit signe à Salazar et Adelsky de la rejoindre.

— Prenez votre matériel et allons-y. N'oubliez pas vos gants, vos filets à cheveux et vos masques.

Nora avait mis au point un protocole particulièrement exigeant, de façon à ne pas contaminer les restes humains avec leur propre ADN.

Une fois les iPads connectés et calibrés, elle assigna des carrés différents à Salazar et Adelsky, s'attribuant à elle-même le carré B3, celui dans lequel elle avait retrouvé une dent. Le mieux pour l'heure était encore de piocher au hasard des carrés de façon à obtenir une vision générale de la zone de recherche.

Elle enfila des genouillères et se mit à quatre pattes dans l'herbe sous le regard curieux de Clive. Il ne s'agissait pas d'un site ordinaire puisqu'une tragédie humaine s'était déroulée là, et elle en avait les intestins noués. En outre, les défunts dont elle comptait exhumer les restes avaient encore des descendants *vivants*, à commencer par celui qui observait ses faits et gestes par-dessus son épaule.

Elle commença par retirer la bâche protégeant la zone, puis elle se pencha sur la terre noire dans laquelle elle avait découvert une molaire. Elle avait calculé que le sol, tel qu'il affleurait en 1846, se trouvait à une vingtaine de centimètres de profondeur seulement, ce qui était peu.

Tout en travaillant, elle détaillait chaque étape à Clive avec beaucoup de patience. Elle prélevait la terre millimètre par millimètre à l'aide d'une truelle, puis elle la déposait dans un seau en attendant de la passer au tamis une fois séchée, au cas où elle contiendrait des cheveux ou des organismes carbonés.

Salazar et Adelsky imitaient son exemple un peu plus loin dans un raclement de terre remuée. Soudain, la truelle de Nora rencontra un obstacle. S'aidant d'une brosse, elle le dégagea prudemment.

— Il pourrait s'agir d'une boîte crânienne, annonça-t-elle.

Clive se mit à genoux et se pencha à côté d'elle, au point que leurs têtes se touchèrent presque.

— À la vue de ces restes humains, je suis pris d'une… une impression étrange.

— Moi aussi.

Salazar et Adelsky s'approchèrent aussitôt.

— Vous n'avez pas mis longtemps.

Nora acheva de nettoyer le morceau de calotte crânienne, avant de poursuivre sa tâche et de mettre au jour un front, deux orbites, l'ouverture nasale, ainsi que la mandibule de laquelle provenait la molaire.

— Il s'agit vraisemblablement d'un homme, à en juger par les arcades sourcilières, murmura-t-elle.

Le petit groupe continuait d'observer le moindre de ses gestes dans un silence religieux.

— On distingue bien la suture coronale, précisa-t-elle en posant l'extrémité de la brosse sur une ligne sinueuse au niveau de l'os. Je ne suis pas anthropologue, mais je dirais que ce crâne est celui d'un adulte.

Un silence accueillit sa déclaration.

— D'après mes recherches, il y avait sept adultes de sexe masculin dans le Campement perdu, déclara Clive d'une voix sourde. Un garçon de dix-sept ans, trois hommes dans leur vingtaine, deux trentenaires et un homme de quarante ans. Boardman, l'un des trois âgés d'une vingtaine d'années a réussi à rejoindre le campement Donner et Chears, celui qui avait quarante ans, a pu être sauvé, ce qui les élimine d'emblée.

— Je dirais que ce crâne est celui de l'un des trentenaires.

— Que pouvez-vous nous dire d'autre ? insista Clive.

Nora prit sa respiration.

— Vous voyez ces marques, ici, et ici ?

Elle s'empara d'une loupe qu'elle lui tendit.

— Il s'agit de l'un des signes caractéristiques du cannibalisme, provoqué par l'ouverture du crâne à l'aide d'une pierre.

Clive secoua la tête d'un air horrifié.

Elle pointa du doigt un nouvel endroit.

— Cette usure est un autre signe évident de cannibalisme. Elle est apparue lorsque le crâne a été cuit.

Elle redressa le torse.

— Cet individu a été décapité, sa tête a été cuite et la boîte crânienne ouverte de façon à prélever sa... sa cervelle.

Un court silence enveloppa le petit groupe.

— Je ne regrette pas d'avoir fait l'impasse sur le bacon ce matin, déclara Salazar.

— C'est vraiment effrayant, réagit Clive. Y a-t-il d'autres signes propres au cannibalisme ?

— Des griffures à l'intérieur des os pour le prélèvement de la moelle ; des traces d'outils en métal ou en pierre au moment où le corps est découpé ; l'écrasement des os les plus spongieux ; et enfin le frottement de casserole.

— Le frottement de casserole ?

— Il survient lorsque les os sont cassés, puis bouillis dans une cocotte ou une casserole afin d'en extraire la graisse. En mijotant, les extrémités pointues des os brisés frottent contre les parois du récipient, ce qui les polit. Un anthropologue se chargera d'examiner ces ossements au microscope en laboratoire.

Elle se releva.

— Je suis convaincue qu'il doit y avoir d'autres restes humains en grande quantité dans cette zone. Je vous propose de continuer à creuser avant de décider de la suite.

Elle reprit son travail, à genoux dans la terre, sous le regard de Clive, Adelsky et Salazar. Elle trouva très rapidement deux autres fragments de crâne, ainsi qu'une orbite calcinée, avant de découvrir un fémur et ce qui ressemblait à un humérus.

— Je ne suis pas archéologue, mais la densité des découvertes sur ce site est incroyable, commenta Clive. Je pensais que les vestiges seraient plus étalés.

— Je m'excuse d'avance si mon propos vous semble abrupt, mais tout indique que cet endroit était le dépotoir de ces gens.

— Vous voulez dire qu'on va retrouver là les restes des gens qu'ils ont mangés ?

— Oui, acquiesça-t-elle en se relevant. Jason et Bruce, étant donné les circonstances, vous feriez mieux d'abandonner provisoirement vos carrés de façon à travailler sur les carrés voisins de celui-ci, en commençant par A3 et B4. S'il s'agit bien de leur dépôt d'ordures, nous y trouverons de nombreux vestiges.

Les deux jeunes archéologues acquiescèrent et partirent chercher leur matériel. Nora en profita pour s'éloigner de quelques pas, suivie par Clive.

— Avez-vous déjà effectué des fouilles dans un site comparable ? s'enquit l'historien.

— D'une certaine façon. Il y a quelques années, j'ai exhumé les restes de jeunes gens assassinés par un tueur en série au XIXe siècle[1]. J'ai également participé à l'excavation d'un site cannibale pueblo datant de la préhistoire en Utah. C'est à cette occasion que j'ai rencontré mon mari.

— J'ignorais que vous étiez mariée.

— Bill, mon mari… il est décédé.

— Je suis sincèrement désolé, réagit Clive en prenant spontanément la main de Nora.

Elle hésita à la retirer, mais n'en fit rien. Elle voulut n'y voir qu'un geste amical.

— Je m'évertue à tourner la page, dit-elle, négligeant de préciser que six années s'étaient écoulées depuis le drame.

Alors qu'elle était convaincue d'avoir surmonté le pire, voilà que son chagrin refaisait surface en force au moment où elle s'y attendait le moins.

— J'ai perdu une amie, avoua Clive. Ma fiancée, en vérité. Cancer du pancréas diagnostiqué tardivement, comme souvent. Elle est partie en deux mois.

— C'est terrible. Vous m'en voyez désolée.

— On avance dans la vie en se disant que le malheur n'arrive qu'aux autres, jusqu'au jour où un piano vous tombe sur la tête. Je n'avais pas imaginé qu'on puisse souffrir autant.

Elle hocha la tête. Lui aussi était passé par là, mais il donnait l'impression d'avoir surmonté l'épreuve.

— Quand est-ce arrivé ?

— Il y a deux ans. C'est comme si le temps s'était arrêté, mais nous n'avons pas vraiment le choix, il faut avancer.

Elle marqua une nouvelle fois son approbation d'un mouvement de tête. Il lui tenait toujours la main. Au terme d'un long silence, il la serra gentiment dans la sienne et la libéra.

---

1. Voir *La Chambre des curiosités*, des mêmes auteurs, L'Archipel, 2003.

— Je suis prêt, Nora. Vous pouvez me confier un carré.

La requête la désarçonna.

— C'est-à-dire que je ne suis pas certaine que…

— En plus de ce que vous m'avez appris hier soir, je vous ai observée attentivement ce matin.

— Ces quelques heures ne suffiront probablement pas à…

— Je vous promets d'y aller très doucement, en prenant toutes les précautions nécessaires. Si je trouve quoi que ce soit, je vous appelle immédiatement.

Voyant que Nora mûrissait longuement sa décision, il poursuivit :

— N'oubliez pas que mes ancêtres faisaient partie de l'expédition. Patrick et Peggy Breen avaient sept enfants âgés de un à quatorze ans. Ils ont surmonté leurs scrupules en leur donnant à manger de la chair humaine pour les sauver. Ils en sont restés marqués à jamais, d'autant qu'ils ont tous survécu. Ça paraît horrible, je sais, mais si le petit Edward ne s'était pas prêté au cannibalisme, je ne serais pas là.

Il poussa un long soupir.

— À présent que nous avons découvert ces restes humains, je… je m'aperçois que j'ai besoin de mouiller ma chemise à motifs cachemire.

L'expression fit sourire Nora. Tout en comprenant ses motivations, elle ne souhaitait pas prendre de risque. Elle consulta son iPad, à la recherche d'un carré éloigné, proche des bois, où il ne risquait pas de provoquer de dégâts. L'emplacement E10 était idéal de ce point de vue. Le magnétomètre n'avait signalé la présence que de vestiges assez ténus.

— Très bien, déclara-t-elle. Mais promettez-moi de procéder très lentement. Ne creusez pas à plus de vingt-cinq centimètres de profondeur et prévenez-moi à l'instant où vous trouvez ne fût-ce qu'un caillou.

— C'est promis.

— Dans ce cas, je vous confie le carré E10. Enfilez un masque et des gants, je vais vous montrer où il se trouve.

19

Les découvertes se succédaient, toutes passionnantes, au point que personne ne songea à interrompre les recherches à l'heure du déjeuner. Au début, Nora s'assura toutes les demi-heures que Clive s'acquittait correctement de sa tâche avant de lui laisser la bride sur le cou en constatant qu'il travaillait de façon lente et méthodique. Depuis que Salazar et Adelsky l'avaient rejointe, le dépotoir du Campement perdu livrait tous ses secrets : outre un troisième crâne et de nombreux ossements humains, les archéologues mirent au jour des lambeaux de vêtements, des boutons, des pendentifs et des bijoux. Chaque vestige était précieusement étiqueté, numéroté et localisé grâce au logiciel de l'Institut. Salazar apporta la preuve que le dépôt d'ordures avait été fouillé ici et là par des animaux sauvages, sans doute à l'époque de la tragédie, lors de la fonte des neiges. La faune n'était pas nombreuse à cette altitude et les ossements avaient rapidement été recouverts de terre et de végétation.

Aux alentours de 15 h 30, alors que le jour commençait lentement à décliner et que le soleil embrasait les sommets enneigés, Clive rejoignit Nora, occupée à photographier le carré qu'elle fouillait.

— Puis-je vous déranger une minute ? Je voudrais vous montrer quelque chose.

Il s'exprimait d'une voix posée, mais elle lut sur son visage une expression inconnue.

Elle passa autour de son cou le cordon de l'appareil photo et suivit l'historien à l'extrémité du site, loin des autres. L'ombre des pins recouvrait déjà les carrés délimités par les cordons fluo et une légère brise agitait les herbes, porteuse d'un parfum de fleurs.

Nora constata qu'après avoir scrupuleusement fouillé le carré E10 sur la profondeur requise, sans rien y avoir découvert, Clive était passé au carré E9. Il le lui montra du doigt.

Nora s'agenouilla afin de l'examiner de plus près. Clive avait retiré le tapis herbeux d'un seul tenant avant de creuser le sol sur cinq centimètres tout au plus. Ce faisant, il avait fait apparaître un objet rugueux et plissé. Nora cru reconnaître un morceau de selle, ou peut-être la peau d'un animal, avant de s'apercevoir qu'il s'agissait d'une vieille botte. Des ossements s'en échappaient au niveau des orteils.

— La botte se trouvait en surface, elle est apparue dès que j'ai retiré l'herbe et je me suis contenté de la débarrasser de sa terre à l'aide d'une brosse.

Nora examina la trouvaille de tous côtés.

— Peut-être s'agit-il d'une sépulture. À moins que cet homme soit mort ici. Personne n'aurait songé à ronger une botte en cuir. Malgré la faim, tout le monde savait qu'il serait insensé de manger le seul objet capable de protéger du froid et de la neige.

— C'est logique, mais ce n'est pas la raison pour laquelle je vous ai fait venir.

Il s'agenouilla à côté de Nora.

— La vraie raison, c'est celle-ci, poursuivit-il en dégageant au pinceau un petit monticule de terre voisin de la botte.

En l'espace de quelques instants, il fit apparaître un petit sac de cuir fermé par un lacet qui tombait en poussière. À travers un trou apparut un éclat d'or.

Nora resta quelques instants pétrifiée par ce spectacle, puis elle se tourna vers son compagnon.

— Je me suis empressé de le recouvrir de terre après l'avoir dégagé une première fois, lui expliqua-t-il. Je tenais à vous en parler en privé.

Nora lança un coup d'œil en arrière. Salazar et Adelsky étaient occupés sur leurs parcelles, de l'autre côté du rectangle. Elle croisa le regard de Clive. En principe, on ne recouvrait jamais un vestige, sinon au terme d'une campagne de fouilles, mais en l'occurrence, elle lui donna raison.

— En premier lieu, il nous faut découvrir précisément de quoi il s'agit avant de le déterrer et de l'enfermer dans le coffre-fort.

Sur ces mots, elle prit le relais de l'historien et acheva de dégager le reste de la parcelle. La terre était meuble, comme le lui avait précisé Clive, si bien qu'elle put libérer de leur carcan en moins d'une demi-heure la partie inférieure des jambes, les pieds et les bottes de deux hommes allongés côte à côte. Nulle trace de cannibalisme n'était visible sur leurs ossements, et chacun des deux défunts avait dissimulé dans une botte une bourse remplie de pièces. Après avoir soigneusement photographié et localisé les vestiges, Nora déposa les bourses sur une bâche étalée près d'elle.

— Hé !

Nora releva vivement la tête et constata que Salazar lui adressait de grands signes.

— On n'a même pas pris le temps de déjeuner. On ne pourrait pas fermer le chantier pour la nuit ?

Elle échangea un regard avec Clive qui haussa les épaules.

— Vous avez terminé vos parcelles ?

— Oui.

— Consigné les coordonnées et les notes dans l'application ?

— Absolument.

— Alors allez-y. Rangez votre matériel et regagnez le camp. On finira de tout boucler avec Clive. Vous pouvez également éteindre l'ordinateur. On n'a plus rien à rajouter aujourd'hui.

— D'accord.

— Dites à Maggie de nous garder de quoi manger. Nous n'en avons pas pour longtemps.

Laissant les deux jeunes gens retirer les masques, leurs filets à cheveux et leurs gants avant de ranger leurs outils, Nora et Clive se penchèrent sur les goussets de cuir en piteux état. Nora saisit le premier à l'aide d'une pince et il tomba en poussière, laissant échapper cinq pièces d'or.

Clive saisit l'une des pièces entre deux doigts et l'examina. Malgré la poussière et la terre, elle brillait au soleil.

— C'est une pièce de dix dollars à tête d'aigle. Elle semble toute neuve, en dépit des traces d'usure provoquées par le sac dans lequel elle se trouvait, et elle a été frappée à Philadelphie en 1846.

— Il s'agit du trésor de Wolfinger, à votre avis ?

Sans répondre, Clive prit la pince des mains de Nora et écarta les rabats de l'autre bourse. Elle aussi contenait cinq pièces de dix dollars en or, toutes identiques.

— L'année et le lieu correspondent, mais pas la quantité. Il n'y en a que dix, alors qu'on aurait dû en trouver mille.

— Vous êtes la dernière personne que j'aurais soupçonnée de pessimisme.

Un sourire étira les lèvres de Clive.

— Pessimiste, moi ? Alors que ces pièces nous narguent si joliment ? Je ne sais pas ce que vous pensez, mais il me semble au contraire qu'elles confirment ma théorie. Il ne nous reste plus qu'à découvrir les autres.

— Si elles sont ici.

— Je n'en doute pas un instant. Réfléchissez plutôt : ces deux hommes, soupçonnés d'avoir commis un forfait, ont été rejetés par les autres qui ont refusé de les laisser accéder à leur refuge ; ils n'ont eu d'autre choix que de monter leur propre campement de fortune après avoir caché leur butin dans les environs. Vous n'êtes pas d'accord ?

Nora n'aimait guère travailler sur des hypothèses, mais elle ne pouvait que souscrire à la théorie de Clive.

— Si, je suis d'accord.

Armée de la brosse et de la truelle, elle s'employa à déblayer la parcelle sans perdre un instant. En l'espace d'une heure, les deux squelettes étaient dégagés jusqu'à la cage thoracique. Au passage, elle avait exhumé de vieilles planches pourries, arrachées à un chariot, qui avaient dû servir d'abri aux deux hommes.

En position accroupie, elle laissa à Clive le soin de photographier l'ensemble.

— Alors ? demanda-t-elle à son compagnon. Qu'en dites-vous ?

— C'est vous l'archéologue.

— Et vous l'historien. Très bien, je me lance. À première vue, nous sommes en présence de deux individus d'une trentaine d'années. Faute d'avoir dégagé leurs crânes, il est impossible de déterminer leur sexe avec certitude, mais il semble s'agir d'hommes. Je ne note aucun signe de violence ou de cannibalisme. Leur emplacement à l'écart du groupe, ainsi que la présence de pièces d'or sur eux, laisse penser qu'il s'agit de Reinhardt et Spitzer.

— Il ne manque plus que le reste du trésor. Comme je le disais tout à l'heure, ils l'auront caché à proximité, déclara Clive avec animation. Réfléchissez à ce que nous avons déjà accompli en moins d'une semaine, Nora. Je ne parle pas uniquement de ces pièces d'or, mais du

Campement perdu. Nous l'avons découvert ! *Vous* l'avez découvert !

Nora avait eu l'occasion de découvrir plusieurs sites majeurs au cours de sa carrière, mais les compliments de l'historien la firent rougir.

Trop émus pour parler, ils protégèrent les squelettes avec une bâche et déposèrent les pièces dans le coffre-fort du QG avant de reprendre le chemin du camp.

20

9 mai

Aidée par Clive, Adelsky et Salazar, Nora concentra ses efforts sur la sépulture de Reinhardt et Spitzer toute la matinée. Elle acheva de déblayer les squelettes en laissant le soin aux trois autres de dégager les parcelles voisines sur un mètre de profondeur. Ils creusèrent au-delà du niveau de 1847, au cas où l'or aurait été enterré sur place, sans rien découvrir d'autre que de vieux lambeaux de vêtements et quelques boutons.

Peu après le déjeuner, Nora décida de s'accorder une pause. L'expérience lui avait montré qu'il était parfois utile de prendre le temps d'« écouter » le site. À force de se concentrer sur un mètre carré de terrain, elle en arrivait à perdre de vue les enseignements globaux qu'elle aurait pu tirer de l'ensemble. Et l'or n'était qu'une partie de la richesse archéologique du site. Tout en arpentant les lieux, elle s'obligea à oublier ce trésor de façon à laisser la terre « raconter son histoire », ainsi que l'exprimait l'un de ses maîtres lorsqu'elle était étudiante. Elle s'efforça de reconstruire le campement dans sa tête. La neige qui recouvrait tout, les falaises menaçantes, et l'unique obsession des prisonniers de cette contrée sauvage : survivre. En jetant autour d'elle un regard circulaire, elle prit soudain la mesure de l'angoisse qui fut sans conteste celle de ces gens. Aujourd'hui encore, à moins de vingt kilomètres d'une autoroute, elle avait l'impression de se trouver au bout du monde. En 1847, ces pionniers avaient dû ressentir un sentiment d'isolement impossible à concevoir au XXIe siècle.

Ses pas la conduisirent jusqu'à l'extrémité de la zone de recherche, sur la rive du Poker. Lors des mesures initiales, une ombre était apparue sur l'écran du magnétomètre au niveau de la parcelle F2. Pour une raison qu'elle s'expliquait mal, cet endroit parlait à Nora. Peut-être parce qu'il était plus riant que le reste de la vallée. Son intuition d'archéologue lui murmurait à l'oreille des secrets qui ne demandaient qu'à émerger. Surtout, ce lieu lui faisait oublier le trésor de Wolfinger.

Elle se mit au travail, bercée par les voix de Salazar et d'Adelsky un peu plus loin. Du coin de l'œil, elle aperçut Clive. Les mains dans les poches, il s'était éloigné du refuge de Reinhardt et Spitzer et observait le ciel d'un air songeur.

Elle commençait à dégager la terre de sa parcelle lorsqu'une ombre se posa près d'elle. Elle se retourna et découvrit Clive.

— Vous avez décidé de tenter votre chance par ici ?

Nora s'essuya le front avec le revers de sa main gantée avant de hocher la tête.

— Ça vous ennuie si je vous regarde travailler ?

— Pas du tout.

Clive s'accroupit près d'elle en veillant à ne pas déplacer les cordes de la parcelle, puis il tira un cigare de sa poche et l'alluma.

— S'il vous plaît, se plaignit Nora en tournant la tête afin d'échapper à la fumée.

— Oh, désolé, s'excusa Clive en changeant de place. J'ai longtemps fumé comme un pompier, trois paquets par jour. J'ai fini par passer à ces Dunhill qui coûtent une fortune dans l'espoir de dompter mon addiction.

— C'est seulement le deuxième que je vous vois fumer depuis notre arrivée.

— Oui, j'ai réduit ma consommation ces dernières années. Je fume uniquement pour me détendre.

Il laissa s'écouler quelques minutes avant de se décider.

— Je me disais…

Comme il n'achevait pas sa phrase, Nora le pressa :

— Vous vous disiez quoi ?

— Que j'étais un fieffé crétin.

Nora, toujours en position accroupie, se redressa.

— Pour quelle raison ?

— Pourquoi Reinhardt et Spitzer cachaient-ils ces pièces d'or au fond de leurs bottes ?

— Je ne sais pas.

— Parce que c'était la totalité de leur putain de fortune.

Clive s'était exprimé d'un ton amer, tête baissée. C'était la première fois que Nora l'entendait jurer.

— Expliquez-vous.

— Nous pensons tous les deux que s'ils avaient été en possession de l'or de Wolfinger ils l'auraient caché à proximité. Or nous avons entièrement dégagé les vestiges de leur misérable masure sans rien découvrir.

— Ils ont pu ensevelir le trésor au pied d'un arbre.

Clive secoua la tête.

— Ce n'est pas ce que me dit mon instinct.

Nora n'en croyait pas ses oreilles.

— Mais enfin, Clive ! C'est vous qui avez effectué toutes ces recherches et qui nous avez exposé vos conclusions dans le bureau de Jill Fugit. Tout indique que Wolfinger avait bien retiré cet or à la banque.

Clive aspira une bouffée de son cigare.

— Je n'ai rien trouvé d'autre qu'un avis de retrait dont rien ne prouve qu'il concernait Wolfinger.

— Peut-être, mais nous savons qu'il a été tué pour son argent.

— Par deux abrutis qui en ont tiré cent dollars. En examinant ces pièces hier, je vous ai dit qu'elles étaient neuves, mais qu'elles présentaient des traces d'usure. J'y ai longuement réfléchi. Ces griffures n'ont pas été provoquées parce que les pièces s'entrechoquaient dans un sac, mais parce que Reinhardt et Spitzer les avaient cachées au fond de leurs bottes depuis le meurtre de Wolfinger.

— Mais..., tenta Nora avant de s'arrêter en voyant le visage défait de l'historien.

— Ils ont assassiné Wolfinger en pensant trouver un trésor, mais ils n'ont découvert que dix pièces d'or. Ce n'était pas une petite somme en 1846, mais ce n'était pas non plus une fortune. C'est exactement de cette façon que naissent les légendes, et celle-ci a suffi à éblouir le piètre historien que je suis.

— Clive, comment pouvez-vous affirmer que l'or n'est pas caché ailleurs et que... ?

— Mettez-vous à leur place, la coupa Clive. Qu'auriez-vous fait ?

Nora médita sa réponse.

— Je n'aurais pas voulu le quitter des yeux.

— Exactement ! Et c'est là que je me suis trompé comme un amateur. Je n'ai aucune excuse.

— En quoi vous êtes-vous trompé ?

— Je suis parti de l'idée que Wolfinger avait effectué ce retrait, alors que les archives de la banque sont incomplètes. Le Pr Fugit avait raison de se montrer dubitative. Wolfinger a bien effectué un retrait, mais d'un montant de cent dollars. Faute de disposer des documents originaux, on ne saura jamais à qui étaient destinées les autres pièces d'or. Reinhardt et Spitzer se sont contentés de se partager les dix pièces avant de les cacher dans leurs bottes.

Il leva la tête vers le ciel, ainsi qu'il l'avait fait un peu plus tôt.

— J'ai honte, Nora. J'ai affirmé à l'Institut que nous trouverions cet or, et nous ne rapportons que ces dix pièces.

Nora garda le silence, surprise de ressentir du regret au fond d'elle-même. En tant qu'archéologue, elle n'avait jamais accordé d'importance à cet or dont pas un centime ne lui reviendrait de toute façon. Et voilà qu'au moment où elle s'apprêtait à découvrir un vrai trésor, enfoui dans un site archéologique de première importance, elle ne pouvait s'empêcher d'être déçue.

— Ces dix pièces ont déjà beaucoup de valeur.

— Pas assez pour financer cette expédition, rétorqua Clive. Sans compter que ces pièces ne sont pas neuves. Leur valeur historique en fera légèrement monter le prix, mais elles valent seulement un millier de dollars chacune.

— Peut-être, mais nous n'avons jamais eu l'assurance de trouver le trésor. Ce n'est plus l'essentiel à présent que nous avons retrouvé le Campement perdu. Cette découverte est un coup majeur pour l'Institut, et Fugit ne manquera pas de s'en servir pour lever des fonds.

— Je l'espère, mais ça ne change rien au fait que je n'ai pas été à la hauteur.

Il écrasa dans l'herbe son cigare à peine entamé.

— N'oubliez pas de le ramasser, lui enjoignit Nora.

— Oui, bien sûr. Désolé, s'excusa Clive en enveloppant le mégot dans un mouchoir en papier. Mais je vous ai interrompue dans votre tâche en vous imposant mes jérémiades. Voyons donc ce que recèle cette parcelle.

Nora, armée d'une brosse, préleva un peu de terre avec sa truelle avant de la récupérer dans un seau en attendant de la tamiser par la suite. Très vite, elle sentit les poils de la brosse buter contre un objet. Elle s'empara d'un pinceau avec lequel elle exécuta des mouvements circulaires et fit apparaître une mâchoire humaine de petite taille.

— Elle est minuscule, remarqua Clive.

— Le maxillaire supérieur d'un enfant. Vous remarquerez la présence de dents de lait. Son propriétaire devait être âgé de six à huit ans.

Elle se tut, submergée par l'émotion. Le souvenir de l'or s'était estompé dans sa tête.

— Le groupe ne comptait qu'un seul enfant de cet âge, murmura Clive.

Avec le plus grand respect, Nora s'appliqua à dégager la terre qui emprisonnait l'os depuis plus d'un siècle et demi.

— Vous devriez prendre des photos pendant que je travaille, conseilla-t-elle à son compagnon.

Clive s'exécuta en prenant des clichés du maxillaire sous tous les angles. Le crâne de l'enfant apparut bientôt à la vue, parfaitement intact.

Pressentant une découverte importante, Adelsky et Salazar rejoignirent leurs aînés.

Sous les coups de pinceau de Nora apparurent les vertèbres cervicales, puis une petite cage thoracique. Une pince à cheveux en forme de ruban se matérialisa, dans laquelle restait serrée une mèche blonde. Nora s'arrêta, hypnotisée comme les trois hommes par ces cheveux. Le doute n'était plus permis, il s'agissait de la petite Samantha Carville. Son squelette gisait sur le dos, ses bras délicatement croisés sur sa poitrine.

Clive rompit le silence.

— C'est incroyable que ces cheveux aient survécu pendant tout ce temps.

— Grâce au froid et à l'altitude, lui expliqua Salazar.

Nora, les jambes ankylosées, se releva péniblement en se massant les mollets. Elle se retourna et découvrit avec surprise une silhouette dans leur dos, à l'orée de la forêt. Elle reconnut Jack Peel. Tout à son labeur, elle ne l'avait pas vu arriver. Coiffé d'un chapeau de cow-boy et vêtu d'un cache-poussière, il les observait avec des yeux de braise. Nora retira ses gants et lui adressa un petit signe de la main, imitée par Adelsky.

Peel resta un long moment immobile, ses traits impossibles à déchiffrer, puis il leva à son tour la main, fit volte-face et s'évanouit dans les bois.

— Drôle de type, grommela Clive.

Adelsky et Salazar regagnèrent leur parcelle tandis que Nora achevait de dégager la sienne avec l'aide de Clive. Son travail achevé, elle reposa ses outils en soupirant. Deux corbeaux, posés sur des arbres morts, entamèrent un dialogue discordant. À mesure que le jour déclinait, un voile de brume envahissait la vallée. Nora contempla le frêle squelette avec sa barrette en argent et ses cheveux blonds. Seuls le buste et la tête de Samantha étaient visibles, le reste du corps étant prisonnier de la parcelle voisine. Nora dégagerait celle-ci le lendemain. Elle déplia une bâche et l'étala au-dessus de la dépouille de l'enfant.

Le dîner autour du feu fut silencieux ce soir-là. Nora et ses deux assistants étaient épuisés et Clive se montrait anormalement taciturne. Seule Maggie affichait sa bonne humeur habituelle en distribuant des louches de chili, sans oublier de se moquer gentiment d'Adelsky qui peinait à finir son assiette tant le plat était épicé, le front ruisselant de transpiration. Avec la nuit, un froid glacial s'abattit sur le camp. Burleson remit du bois sur les braises et Maggie, après avoir distribué du café à la ronde, se lança dans l'une des histoires grivoises dont elle avait le secret, mettant en scène une prostituée, un ecclésiastique borgne et un perroquet s'exprimant en français. Nora en profita pour laisser errer ses pensées, elle ne reprit pied dans la réalité qu'en entendant la cantinière entamer une histoire de fantôme liée à la petite Samantha Carville.

— Maggie, l'interrompit-elle sur un ton conciliant. Je ne crois pas que le moment soit bien choisi.

Maggie feignit l'indignation.

— Et pourquoi donc ? À quoi ça sert de se retrouver autour d'un feu de camp si on peut pas raconter d'histoires ?

— C'est juste que cette histoire-là…

Elle reprit sa respiration avant de poursuivre.

— Nous avons découvert le squelette de Samantha Carville tout à l'heure.

Un silence choqué lui répondit. Maggie recouvra ses esprits la première.

— Vous avez retrouvé sa jambe ?

— Je n'ai pu dégager que la partie supérieure de son corps, lui expliqua Nora.

Peel, la mine sombre, remua les braises d'un air mauvais.

Clive vint à la rescousse de Nora.

— Pour ce qui est de la jambe de Samantha, Maggie, je suis le premier à aimer les légendes, mais aucun élément historique n'est jamais venu confirmer celle-là. On en saura davantage demain.

Wiggett, assis à côté de lui, le fit taire en lui posant une main sur l'épaule tout en lui montrant la forêt du menton.

En dehors des craquements du feu et de la plainte du vent, pas un son ne troua la nuit jusqu'à ce qu'un bruit de sabots se fasse entendre, ponctué par un hennissement.

Tous restèrent tétanisés.

Le claquement des sabots se rapprocha et une silhouette se matérialisa dans l'obscurité : celle d'une jeune femme, vêtue d'un épais blouson, tirant d'une main gantée la longe d'un palomino.

21

L'inconnue se figea dans la lumière du feu et dévisagea successivement les membres du groupe d'un air légèrement perplexe. De près, elle était encore plus jeune que ne l'avait initialement pensé Nora, avec son petit nez en trompette, son teint pâle encadré de cheveux bruns savamment décoiffés. Elle se tenait parfaitement immobile, mais rien n'échappait à son regard vif. Burleson se leva.

— Je reconnais l'un de mes chevaux, s'étonna-t-il.

— Je l'ai loué en arrivant à votre ranch. Je... je suis désolée de vous interrompre de la sorte.

Elle fit apparaître d'une main hésitante le badge qu'elle portait autour du cou, attaché à un cordon.

— Je suis l'agent Corinne Swanson, du FBI. J'aurais besoin de vous parler dans le cadre d'une enquête.

Nora ouvrit de grands yeux. Cette gamine faisait partie du FBI ? C'était une plaisanterie, elle sortait tout juste du lycée ! Et quelle enquête pouvait bien la mener là ?

Burleson fut le premier à revenir de sa surprise.

— Soyez la bienvenue, Mlle Swanson.

Il se tourna vers Wiggett.

— Drew, si tu veux bien conduire son cheval jusqu'à l'enclos ?

Le cow-boy se leva et prit les rênes des mains de la jeune femme avant de s'éloigner dans la nuit avec le palomino.

— Asseyez-vous, mademoiselle. Je vous en prie, reprit Burleson.

— Merci.

Elle se posa sur l'une des chaises de camping disposées autour du feu.

— Je n'ai pas pu vous prévenir de ma venue. J'espérais arriver avant la tombée de la nuit, mais votre camp se trouve plus loin que je ne l'imaginais. J'aurais mieux fait de prendre un guide, comme on me l'a conseillé. Je me suis perdue une ou deux fois en chemin.

Elle ponctua sa phrase d'une ombre de sourire et ramena ses cheveux en arrière.

— Vous vous demandez sans doute ce que je fais ici.

— Ça, vous pouvez le dire, s'écria Maggie. Y a eu un meurtre ?

À la façon dont elle avait posé la question, on aurait pu penser qu'elle l'espérait.

La jeune fille s'agita sur son siège, mal à l'aise. Nora n'arrivait pas à croire qu'elle puisse appartenir au FBI. Le seul agent du Bureau dont elle avait croisé la route, un personnage fort pittoresque, n'était pas une référence, mais cette fille ne correspondait en rien à l'idée qu'on pouvait se faire d'un agent fédéral.

— Je tiens à préciser d'emblée que personne ici n'est soupçonné de quoi que ce soit, expliqua Swanson.

— Tant mieux, réagit Wiggett qui venait de rejoindre le groupe. Je commençais à m'inquiéter au sujet du PV pour excès de vitesse que j'ai récolté en Utah il y a deux ans.

La boutade provoqua l'hilarité générale.

— J'enquête actuellement sur une affaire de profanation de sépultures, à laquelle s'ajoutent un meurtre et une disparition.

Les rires se figèrent dans les gorges.

— Quel rapport avec nous ? s'enquit Nora qui s'exprimait pour la première fois.

— Au cours des sept derniers mois, trois sépultures ont été ouvertes de façon illégale et une femme a disparu dans des circonstances suspectes en Arizona.

— Seigneur Jésus ! s'exclama Maggie en se resservant un verre de vin.

— Les occupants des tombes en question et la femme disparue possèdent tous un point commun.

— Holà ! poursuivit Maggie. Vous dites qu'elles ont été ouvertes « de façon illégale ». Vous voulez dire qu'on a volé les macchabées, ou quoi ?

— Les détails sont confidentiels, mais c'est en partie exact.

— Merde alors !

— Quel rapport avec nous ? insista Nora.

— Les individus concernés descendent tous d'une même personne, un certain Parkin.

Clive sursauta.

— Albert Parkin ? Qui faisait partie de l'expédition Donner ?

— Exactement. J'ai cru comprendre qu'il se trouvait dans le campement que vous fouillez actuellement.

— Comment êtes-vous entrée en possession de ces informations ?

— Au cours de l'enquête que je mène sur ces profanations, je me suis intéressée aux origines de la famille Parkin. Ayant été informée de votre expédition, j'ai contacté la directrice de l'Institut qui m'a fourni tous les détails. À commencer par la liste des personnes dont vous souhaitiez localiser les restes.

— Attendez une seconde, s'interposa Nora. Si Parkin est mort ici, comment a-t-il pu avoir des descendants ?

— En abandonnant avant de partir sa femme et ses six enfants dans l'Illinois.

— Vous parlez d'un pataquès, déclara Maggie avec délectation. Vous nous avez aussi parlé d'un meurtre.

— Le corps d'un homme récemment abattu a été découvert dans l'une des sépultures profanées. Il avait été engagé pour exhumer le corps.

Cette annonce provoqua un froid. La jeune enquêtrice du FBI en profita pour exposer le but de sa venue.

— J'aimerais savoir si vous avez pu retrouver la dépouille d'Albert Parkin.

— Non, répliqua Nora. Nous avons jusqu'à présent identifié les restes de trois individus : une enfant de six ans nommée Samantha Carville, ainsi que deux hommes, Reinhardt et Spitzer. Il s'agit d'ailleurs d'identifications provisoires, dans l'attente des analyses ADN.

— Combien de corps avez-vous retrouvé, en tout ?

— C'est difficile à dire, dans la mesure où nous avons déterré de nombreux ossements mélangés. Mais outre les trois personnes dont je viens de parler, nous avons mis au jour trois autres crânes.

— Il se peut donc que celui de Parkin en fasse partie, sans que vous le sachiez ?

— C'est possible.

— Tout ça est bien beau, intervint Clive, mais je ne vois pas le rapport entre nos recherches et ces vols de cadavres. Vous avez bien précisé qu'aucun de nous ne faisait l'objet de soupçons.

Swanson se tortilla sur sa chaise et Nora comprit que son assurance était fragile.

— Nous en sommes au stade où nous réunissons les éléments.

— En d'autres termes, dit Burleson, vous êtes dans le noir.

— Nous trouvons étrange que les restes de l'ancêtre commun à toutes ces personnes soient sur le point d'être retrouvés au moment précis où leurs tombes sont ouvertes illégalement.

— À ceci près que nos propres fouilles sont parfaitement *légales*, remarqua Nora. Si vous avez parlé à Mme Fugit, elle vous aura confirmé que nous disposons de toutes les autorisations nécessaires.

— J'aimerais me rendre demain sur le site des fouilles afin d'examiner les restes humains que vous avez découverts, rétorqua Swanson. J'en profiterai pour vous poser à tous quelques questions. Si vous n'y voyez pas d'inconvénient, bien sûr.

— Vous êtes libre de poser toutes les questions que vous voulez, mais Clive le disait très justement, je ne vois pas en quoi la mort d'un homme en 1847 pourrait avoir un lien avec la profanation des tombes de ses descendants à près de deux siècles d'intervalle.

— C'est précisément la nature de ce lien que je cherche à établir.

— Il s'agit d'un site archéologique extrêmement fragile, poursuivit Nora. En tant que chef des fouilles, je ne peux autoriser une personne dépourvue d'habilitation à s'y promener en touchant à tout. Disposez-vous d'un mandat quelconque ?

Swanson lui répondit d'une voix aussi neutre que la Suisse :

— Vous vous trouvez en territoire fédéral. En ma qualité d'agent fédéral, je n'ai pas besoin de mandat pour procéder à des recherches ou mener une enquête. Si cela peut vous rassurer, je suis titulaire d'un master en anthropologie criminelle de l'Institut John Jay.

Elle laissa s'écouler un léger laps de temps avant de poursuivre.

— À la lecture de votre CV, tel qu'il apparaît sur le site de l'Institut archéologique de Santa Fe, je suis aussi « habilitée » que vous à manipuler des restes humains, Mme Kelly.

Nora dévisagea longuement la jeune femme à la lueur du feu et fut autant frappée par sa détermination que par son manque d'assurance. Pour quelqu'un d'aussi qualifié, elle la trouvait curieusement sur la défensive.

Nora crut deviner qu'il s'agissait de sa première enquête.

22

10 mai

Corrie Swanson se leva tôt, comme à son habitude, et enchaîna une centaine d'abdos avant de s'habiller et de sortir de sa tente de fortune.

Les conversations cessèrent dès qu'elle rejoignit les archéologues occupés à prendre leur petit-déjeuner, et c'est avec soulagement qu'elle les suivit jusqu'au site des fouilles, un peu plus tard. Elle découvrit une vallée oppressante, fermée de tous côtés par des murailles sombres et des amas rocheux, au sol recouvert d'une végétation rabougrie. Un étang sinistre bordé de rochers dessinait une tache noire dans un coin d'ombre, alors que les premiers rayons du soleil peinaient à franchir les sommets enneigés barrant l'horizon. Un quatuor de corbeaux interprétait une symphonie funèbre.

Elle s'arrêta au bord de la zone de fouilles, recouverte à plusieurs endroits de bâches bleues fixées au sol à l'aide de piquets. Elle repensa à une enquête à laquelle elle avait été mêlée quelques années plus tôt dans le Colorado, à l'époque de ses études, et retrouva brusquement la même fascination morbide qu'elle avait éprouvée alors. Elle n'eut aucune peine à se figurer le calvaire des membres de l'expédition Donner, condamnés par la faim à manger leurs semblables dans ce lieu envahi par plusieurs mètres de neige.

Tout en observant l'endroit, elle se demanda si elle ne se lançait pas sur une fausse piste. C'était clairement l'avis de Morwood, qui avait commencé par refuser de l'envoyer sur place avant de céder lorsqu'elle était revenue à la charge une troisième fois. Encore ne lui avait-il accordé qu'une seule journée, un vendredi, sachant qu'elle disposait de trois jours en tout puisqu'elle était libre de son week-end.

La question qui la taraudait revint en force à la vue de cette vallée mystérieuse. Pourquoi cet engouement soudain pour les dépouilles des membres de la famille Parkin ? Elle s'était longuement creusé la cervelle, à la recherche d'une réponse satisfaisante. Pouvait-il s'agir d'une question d'héritage ? Non, puisqu'aucun des descendants d'Albert Parkin n'était riche. En outre, les sépultures profanées étaient celles de cousins éloignés qui ne se connaissaient pas. Une maladie rare, alors ? Un syndrome héréditaire ? Toutes les recherches qu'elle avait menées dans ce sens n'avaient rien donné. Une vengeance ? Un culte obscur, plus ou moins lié au vaudou ?

Elle avait envisagé d'autres hypothèses plus saugrenues encore, en vain.

Elle vit Nora Kelly s'approcher en compagnie de l'historien.

— Alors, que souhaitez-vous voir ? s'enquit l'archéologue d'une voix pincée en se plantant devant elle, les bras croisés.

Corrie afficha une mine décidée.

— Je veux bien que vous retiriez les bâches, afin que je puisse examiner les restes que vous avez découverts.

— Je serais mieux en mesure de vous aider si je savais ce que vous cherchez.

Corrie se cabra.

— Mme Kelly, nous ne sommes pas autorisés à évoquer les détails d'une enquête tant qu'elle n'est pas terminée.

— Fournissez-moi au moins quelques indications. Ni vous ni moi n'avons de temps à perdre.

Corrie lui désigna les bâches les plus éloignées.

— Qu'avez-vous découvert là-bas ?

— Les deux hommes dont je vous ai parlé hier soir. Reinhardt et Spitzer. Ils vivaient à l'écart des autres.

— Et là, au bord de l'eau ?

— Ce sont les restes de Samantha Carville, une fillette qui a été l'une des premières à mourir.

— Il n'y a personne avec elle ?

— Pas à notre connaissance, mais nous n'avons pas encore dégagé les parcelles voisines.

— À quoi correspond cette zone centrale ?

— Il s'agit d'un dépotoir. C'est là que nous avons découvert le plus grand nombre de vestiges pour le moment. Il nous reste à mettre au jour le refuge principal, et l'endroit où ils faisaient du feu.

— Vous avez fait allusion à six crânes hier, dont ceux de cette petite fille et de ces deux hommes. Dois-je en déduire que les trois autres se trouvaient dans le dépotoir ?

— Oui. Ils appartenaient à deux hommes et une femme. On a retrouvé autour de nombreux ossements, des morceaux de vêtements, des bottes, ainsi que les restes des chiens et des bœufs des pionniers, qui ont été mangés en premier.

— L'un de ces crânes pourrait-il être celui d'Albert Parkin ?

— C'est tout à fait possible, mais nous n'avons pas encore pu procéder à leur identification. On sait que neuf personnes ont trouvé la mort ici, de sorte qu'il nous reste trois crânes à découvrir : un homme et deux femmes. Il sera difficile d'identifier précisément Parkin sans analyse ADN.

Corrie éprouva intérieurement une certaine satisfaction à l'idée de remettre à sa place cette Madame Je-sais-tout.

— Vraiment ? Il ne devrait pourtant pas être difficile d'identifier Parkin.

Nora Kelly décroisa les bras.

— Et pour quelle raison ?

— Il a été blessé lors de sa traversée du désert. Une flèche lui a cassé la clavicule.

— C'est exact, acquiesça Benton. Des Indiens ont tiré sur le convoi à plusieurs reprises.

— La fracture, consolidée ou pas, devrait rester visible, déclara Corrie.

Nora ne répondit rien.

— Bien. Je n'ai pas besoin de me pencher sur les deux premiers sites, je voudrais uniquement examiner le dépotoir. Si vous voulez bien le dégager ?

— À votre guise, finit par accepter Nora après une hésitation. Nous retirerons les bâches l'une après l'autre. Il n'est pas souhaitable que les ossements restent exposés trop longtemps à la lumière.

Elle se tourna vers l'un de ses assistants.

— Jason ? Je veux bien que vous dégagiez d'abord la parcelle B3 avec Bruce.

Tandis que les deux jeunes gens s'exécutaient, l'archéologue désigna à Corrie une série de boîtes sur une table.

— Je vous demanderai d'enfiler des gants, des chaussons de protection, un masque et un filet à cheveux. Ne touchez surtout à rien, s'il vous plaît, il ne s'agit pas de contaminer ces restes avec notre ADN.

— Bien sûr.

Une fois prête, Corrie sortit une loupe. Des ricanements s'élevèrent dans son dos et elle entendit quelqu'un murmurer : *Nous voici à pied d'œuvre, mon cher Watson.*

Corrie s'approcha de la parcelle la plus proche et s'agenouilla sur la planche placée là exprès. Une forte odeur d'humus lui monta aux narines. Elle observa attentivement le tas d'ossements jetés pêle-mêle. Peu d'entre eux étaient encore intacts et il n'y avait là aucun squelette complet. Elle approcha sa loupe des premiers ossements et remarqua des striures provoquées par une lame de couteau, des parties calcinées, des éraflures aux endroits où avait été prélevée la moelle, autant de confirmations des scènes de cannibalisme qui s'étaient déroulées là. Les trois crânes avaient visiblement été mijotés avant d'être ouverts afin d'en extraire la cervelle. Ainsi que l'avait affirmé Nora Kelly, ils appartenaient à deux hommes et une femme.

Corrie se pencha sur le premier crâne d'homme, cassé en deux. La partie occipitale, présentée aux flammes au moment de la cuisson, montrait des traces de brûlure. Le second crâne masculin avait subi un sort analogue. Les deux reliques étaient posées sur un amas d'ossements et de débris humains difficilement identifiables. Des petits drapeaux ornés de lettres et de chiffres étaient plantés à divers endroits du dépotoir.

C'était là que les naufragés de l'expédition Donner avaient abandonné les restes de leurs ragoûts successifs au fil des semaines. Il était impossible de savoir quelles côtes, quelles vertèbres ou quelles clavicules correspondaient à tel crâne en particulier, et Corrie dissimula sa déception du mieux qu'elle le pouvait.

— Comme je le disais hier soir, reprit l'archéologue, ces fouilles sont *en cours*. La tâche qui nous attend est encore longue.

— À quoi correspondent ces drapeaux ? lui demanda Corrie.

— Il s'agit d'étiquettes disposées par mes équipes à chaque nouvelle séance de travail. Elles sont associées aux informations que nous entrons dans notre logiciel.

Corrie opina. Il ne faisait aucun doute que ces fouilles étaient gérées avec tout le professionnalisme requis. Sa présence sur place n'était d'aucune utilité tant que les travaux des archéologues n'auraient pas abouti, et elle devait regagner Albuquerque dès le lendemain.

— J'aimerais vraiment en savoir un peu plus au sujet de votre enquête, demanda l'archéologue. Ce que vous avez le droit de m'en dire, en tout cas.

— Je peux difficilement vous fournir davantage de détails. Je vous serais très reconnaissante si vous acceptiez de me prévenir si jamais vous parvenez à identifier Parkin. En veillant à ce que ses restes soient conservés dans les règles de l'art, bien évidemment.

Corrie comprit que la formule était condescendante lorsqu'elle vit Nora froncer les sourcils. Elle s'empressa de rectifier le tir.

— Je ne cherche nullement à vous apprendre votre travail. Je souhaitais simplement vous signaler qu'il était essentiel de mettre en lieu sûr les restes de Parkin tant que nous ne saurons pas quel rôle il joue dans cette affaire.

L'archéologue hocha la tête.

— Quoi d'autre ?

— Tenez-moi informée. Si jamais Parkin peut être identifié, il est possible que nous demandions que ses os nous soient envoyés aux fins d'analyse.

Nora Kelly héla ses deux assistants et leur demanda de recouvrir le dépotoir.

— J'aurais quelques questions à vous poser, ainsi qu'à M. Benton, poursuivit Corrie. Si vous m'y autorisez.

— Je vous propose d'aller nous asseoir.

Ils rejoignirent la tente servant de QG à l'expédition et s'installèrent sur les sièges en toile disposés sous un auvent de toile.

Corrie sortit un carnet et un stylo.

— Uniquement pour mémoire, vous avez pu identifier les trois corps les plus éloignés du centre du campement, ceux de deux hommes et d'une enfant, et vous avez découvert dans le dépotoir les crânes de trois adultes, deux hommes et une femme, encore anonymes.

L'archéologue acquiesça.

— Vous avez fait référence au fait que neuf des onze occupants de ce campement étaient morts ici. Qu'est-il advenu des deux autres ?

— Un dénommé Boardman a réussi à rejoindre le campement Donner où il est décédé. Un autre, nommé Chears, a pu être secouru, mais il est mort peu après son retour à la civilisation. Sur les neuf restants, nous en avons retrouvé six et identifié trois.

— Espérez-vous découvrir les trois derniers dans ce dépotoir ?

— Il est trop tôt pour le dire. Il est possible que nous fassions des découvertes importantes à l'endroit du refuge.

— Quel refuge ?

— Les pionniers avaient érigé un refuge de fortune à l'aide des planches en bois de leurs chariots. Notre magnétomètre signale la présence d'objets à l'écart du dépotoir, mais il nous faudra attendre d'avoir procédé à des fouilles dans les parcelles concernées pour le savoir.

— Vous voulez dire que les restes de Parkin se trouvent potentiellement là-bas ?

— C'est une possibilité, puisqu'il nous reste à découvrir le squelette d'un adulte de sexe masculin.

Corrie prit des notes.

— Expliquez-moi comment est née l'idée de cette expédition.

— Clive est mieux placé que moi pour vous en parler.

L'historien entreprit de raconter, avec force détails, la découverte du journal de Tamzene, son intervention auprès de Nora Kelly et de l'Institut afin de monter une expédition. L'archéologue prit le relais en expliquant comment ils avaient retrouvé le campement, et la façon dont ils comptaient procéder. Corrie, noyée sous les informations, avait le plus grand mal à suivre. À première vue, tout semblait normal.

Elle referma son carnet en se demandant quelle serait la réaction de Morwood quand elle lui expliquerait qu'elle n'avait rien découvert d'anormal.

— J'ai tout ce dont j'ai besoin pour le moment, conclut-elle en regardant sa montre. Je ferais mieux de repartir, après vous avoir remerciés de votre coopération.

Elle se leva, imitée par l'archéologue.

— Si jamais vous parvenez à identifier Parkin, n'oubliez pas de me prévenir.

Le soulagement de Nora Kelly lorsqu'elle lui serra la main en guise d'adieu ne faisait aucun doute.

23

11 mai

Au terme d'une nuit sans nuages qui avait permis à Nora d'admirer la comète dont son frère Skip lui avait recommandé de ne pas rater le passage, le soleil apparut dans un ciel limpide jusqu'à ce que des cumulonimbus s'accumulent au-dessus des sommets en milieu de journée. Dès le matin, Nora s'employa à dégager la parcelle où reposait la partie inférieure du corps de Samantha Carville. Elle commença par retirer le tapis herbeux avec l'aide de Clive, puis ils dégagèrent la terre à coups de brosse, de pinceau et de pointe de bambou jusqu'au niveau du squelette. Un peu plus loin, Salazar et Adelsky s'intéressaient de leur côté à une parcelle voisine du dépotoir.

Si Nora était habituée à la lenteur éprouvante de ce type de tâche, son compagnon avait tendance à vouloir aller trop vite.

— Doucement, le tempéra-t-elle. Ces ossements ne risquent pas de s'envoler.

— Désolé, s'excusa l'historien. La curiosité me rend impatient. Ce n'est pas votre cas ?

— Si, mais j'ai appris à modérer mes ardeurs.

Clive éclata de rire et posa sur elle deux yeux bleus.

— Je trouve qu'on se ressemble beaucoup, tous les deux.

Nora ne répondit rien, mais les recommandations de Skip lui revinrent à l'esprit. S'ouvrir aux autres n'était pas trahir Bill. Il lui fallait tourner la page. Elle était sortie à quelques reprises avec des losers, mais Clive n'avait rien d'un loser. Au-delà de ses diplômes, c'était un garçon intelligent qui s'intéressait à des sujets passionnants. Sans compter qu'il en pinçait visiblement pour elle.

Rouge de honte, elle s'efforça de cacher sa gêne en s'activant.

— Regardez ! s'écria Clive.

Nora découvrit l'extrémité d'un os de petite taille. Elle chassa délicatement la terre avec sa brosse sous le regard de Clive dont l'haleine lui caressait la nuque.

— On dirait qu'il s'agit de la patella gauche.

— Il s'agit de la dénomination scientifique de la rotule, c'est bien ça ?

— Exactement.

Peu à peu apparurent l'extrémité inférieure du fémur ainsi que la partie supérieure du tibia, en même temps qu'un lambeau de tissu qu'elle déposa dans une enveloppe à l'aide d'une pince à épiler. Une rangée de boutons et des restes de cuir signalèrent la petite bottine de l'enfant. Nora, évitant d'y toucher, acheva de dégager la jambe gauche avant de la photographier.

Clive s'était attaqué dans le même temps à la partie voisine de la parcelle qu'il dégageait à l'aide du pic en bambou avant de repousser lentement la terre avec la brosse. Nora, qui suivait son travail du coin de l'œil, ressentit un malaise étrange à mesure qu'apparaissait la jambe droite.

— Mon Dieu ! murmura Clive en se redressant.

Nora acheva de mettre au jour le fémur droit dont l'extrémité inférieure, très abîmée, n'était reliée à rien. Elle examina l'os et découvrit des griffures caractéristiques.

Le tonnerre gronda dans le lointain.

— La légende n'avait donc pas menti, dit Clive.

— La jambe a été découpée au niveau du genou à l'aide d'un instrument rudimentaire, sans doute une hachette.

— Je n'arrive pas à y croire. Les archives…

Clive laissa sa phrase en suspens.

Nora finit par rompre le silence.

— Qu'en pensez-vous ? Faut-il en parler au reste de l'équipe ? Maggie met tout le monde sur les nerfs avec ses histoires de fantôme, on ferait peut-être mieux de ne rien dire.

Clive caressa machinalement sa barbe naissante.

— Ils savent que nous avons découvert les restes de Samantha. Ils ne manqueront pas de nous poser la question.

— Je sais, mais je trouve que l'ambiance qui règne au camp est déjà assez lourde comme ça.

— C'est vrai. Et l'irruption soudaine de cette fille du FBI n'a pas aidé.

Nora hocha la tête.

— Nous déciderons plus tard. Le mieux est de finir de dégager la parcelle, au cas où nous retrouverions…

Elle se tut brusquement en voyant une ombre se poser sur le squelette de la fillette. Jack Peel, enveloppé dans son cache-poussière, observait l'horrible spectacle en affichant un mélange de chagrin et de colère. Il tendit un doigt tremblant en direction des ossements.

— C'est Samantha Carville ?

— Oui, reconnut Nora.

Peel resta sans réaction, parfaitement immobile au bord de l'excavation.

— Que… voulez-vous savoir ? lui demanda Nora, effrayée par sa réaction.

— J'en ai vu assez.

Sur ces mots, il fit volte-face et repartit d'un pas vif en direction du chemin menant au camp, les pans de son manteau volant dans son sillage.

— Si on voulait leur cacher cette découverte, c'est raté, déclara Nora.

— Qu'est-ce qui lui prend, à ce type, avec ses airs de figurant de western spaghetti ?

Nora haussa les épaules.

— Commençons par bâcher la parcelle. Adelsky nous fait signe de venir déjeuner.

Clive se retourna.

— Il a beau être maigre comme un coucou, celui-ci, il mange comme quatre. Je n'aimerais pas vraiment rester tout un hiver coincé par la neige avec *lui*.

Le déjeuner achevé, Nora et Clive retournèrent à leur tâche.

— J'espère que cette fille du FBI est sagement installée à son bureau d'Albuquerque, remarqua Clive.

— Elle aurait été capable d'ordonner la fermeture du site si nous avions pu identifier le squelette de Parkin. Ou repartir avec ses ossements.

— Je lui souhaite bonne chance. Ce dépotoir est un puzzle inextricable. Il fallait voir sa tête quand vous avez soulevé la bâche.

— À vrai dire, la chance pourrait la servir, répliqua Nora.

— Que voulez-vous dire ?

— Le puzzle n'est pas nécessairement aussi difficile à reconstituer que vous l'imaginez.

— Pourquoi donc ?

— Le logiciel avec lequel nous travaillons est capable de prouesses. Laissez-moi vous montrer.

Elle entraîna l'historien jusqu'au dépotoir.

— Aidez-moi à retirer la bâche.

Ils retirèrent les piquets et firent apparaître le tas qu'avait examiné l'agent Swanson la veille. Nora enfila une paire de gants neuve et s'empara de l'un des iPads de l'Institut.

— Comme je vous l'expliquais l'autre soir, nous entrons dans le logiciel tout un tas d'informations : la localisation précise de chaque vestige, sa profondeur dans la terre, ses photos, et ainsi de suite. Le logiciel effectue alors des calculs et recrée une image en 3D de chaque objet avant de le remettre à son emplacement d'origine.

— Oui, je me souviens.

— Mais ce n'est pas tout. Nous n'avons pas accès à Internet ici, bien sûr, mais nous avons en revanche la possibilité de nous brancher sur l'ordinateur central grâce au Wi-Fi, et nous téléchargeons toutes nos données en fin de journée, par souci d'économiser les batteries.

— Justement, j'allais vous poser la question de l'alimentation des machines.

— On dispose d'une petite génératrice et de chargeurs solaires pour obtenir un minimum d'électricité.

L'iPad en main, elle s'approcha du dépotoir.

— C'est un vrai puzzle, comme vous dites, mais l'intelligence artificielle trouve le moyen de trier les vestiges et de les repositionner dans leur emplacement d'origine en 3D. On peut même obtenir des coupes très précises du dépotoir.

Sur l'écran apparut une représentation du tas d'ossements qu'elle tourna dans toutes les directions avant d'en mettre en lumière certaines parties, teintées de couleurs différentes.

— On dirait un vieux jeu vidéo, plaisanta Clive.

— Entrer toutes les données prend beaucoup de temps, reprit-elle avec un sourire amusé, mais une fois ce travail effectué, on dispose d'un outil extraordinaire.

Elle posa l'extrémité de son stylet sur une série d'icônes et l'une des parties du dépotoir s'éclaira en vert.

— Voici le secteur qu'a fouillé Jason il y a deux jours, expliqua-t-elle. Les taches sombres représentent les vestiges.

Elle posa le stylet sur l'un d'eux au hasard et l'objet s'afficha en 3D sur l'écran. Clive reconnut un vieux bouton en bois, accompagné de notes.

— Vous pouvez donc savoir qui a déterré ce bouton, et à quel moment ?

— Absolument, mais ce n'est pas tout. L'intelligence artificielle est suffisamment puissante pour reconstituer des objets. Je me souviens d'un site datant du paléolithique où le logiciel avait réuni des éclats de silex, jusqu'à former la pointe de flèche originale. Dans le cas qui nous préoccupe, je vais demander au programme de retrouver tous les métatarses et les fragments d'os susceptibles de s'y rattacher. Regardez.

Elle tapota l'écran à l'aide du stylet et plusieurs ossements verts et bleus se détachèrent de la masse du dépotoir.

Clive laissa échapper un petit sifflement.

— Je commence à comprendre ce que vous me disiez au sujet du puzzle.

— Et maintenant, poursuivit Nora, je vais demander au logiciel de retrouver toutes les clavicules.

Plusieurs fragments se matérialisèrent à l'écran.

— Vous remarquerez que nous en avons identifié onze, dont aucune n'est intacte. Vous verrez que les fragments concernés sont souvent regroupés. On en voit trois par ici, et quatre là. Je vous propose d'aller les examiner en vrai.

Guidée par la tablette, elle fouilla le dépotoir avec ses mains gantées, à la recherche des trois premiers fragments et les rapporta jusqu'à la table avant de les déposer sur un plateau recouvert de feutrine noire. Elle mit l'iPad de côté, manipula longuement les fragments et finit par reconstituer une clavicule.

— C'est incroyable, fit Clive. Vous avez reconstitué cet os comme par magie.

— La magie n'a rien à voir là-dedans, sourit Nora. C'est le résultat d'un travail de fouille méticuleusement documenté et d'années d'apprentissage. Sans oublier un budget digne de ce nom.

Elle montra du doigt la clavicule cassée.

— Vous remarquerez que cet os n'était pas fracturé à l'origine.

Elle s'empara des trois fragments qu'elle alla remettre à leur place dans le dépotoir.

— Pourquoi ne pas les laisser ensemble, à présent que vous avez pu reconstituer la clavicule ? s'étonna Clive.

— C'est le plus beau de cette technique. Elle nous permet de documenter un site au millimètre près et de le reconstituer à volonté grâce au logiciel.

— Pourriez-vous identifier d'autres fragments de clavicule ?

— Vous vous intéressez à celle de Parkin, j'imagine ? Essayons.

Elle commença par fouiller le dépotoir tel qu'il apparaissait sur la tablette, puis elle sélectionna les quatre fragments identifiés par le logiciel, les déposa sur le plateau de feutrine, les nettoya délicatement à l'aide d'un pinceau, les assembla et les examina à la loupe.

— Pauvre Parkin, murmura-t-elle. Il a dû avoir très mal.

— Vous voulez dire… ?

Nora se contenta de lui tendre la loupe.

— Mon Dieu, balbutia-t-il. S'agit-il vraiment de ce que je crois ?

Nora acquiesça.

— On distingue très bien la fracture provoquée par une pointe de flèche. On voit même qu'elle était pratiquement consolidée.

Clive se redressa.

— Incroyable. Peut-on retrouver le reste de son squelette ?

— Nous allons bien voir.

Nora s'activa sur l'écran de l'iPad pendant plusieurs minutes, puis elle tendit l'appareil à Clive.

— Je vais demander à l'ordinateur de retrouver les fragments d'os les mieux susceptibles de correspondre à cette clavicule.

Elle consulta à nouveau l'iPad sur l'écran duquel s'affichaient en vert plusieurs vestiges osseux. Elle rejoignit le dépotoir et saisit délicatement quatre ossements et une mâchoire qu'elle déposa sur le plateau de feutrine, à côté de la clavicule. Il s'agissait du maxillaire supérieur, d'une boîte crânienne à laquelle il manquait une orbite, de l'os occipital et de l'apophyse mastoïde. Une fracture étoilée au niveau de la tempe montrait que le sujet était mort d'un coup violent à la tête, ou bien que des survivants avaient tenté d'extraire sa cervelle.

Clive eut un haut-le-corps.

— Mais alors… il s'agit de… ?

— Je vous présente M. Albert Parkin.

L'historien n'en revenait pas.

— Waouh !

— Je procéderai à des tests ADN pour m'en assurer, mais nous devrions trouver confirmation de mon hypothèse en examinant ces griffures, suggéra Nora en pointant du doigt la clavicule. J'ai remarqué que la jeune femme du FBI s'intéressait de près à ces traces lorsqu'elle s'est penchée sur le dépotoir. Je crois savoir pourquoi. Chaque lame laisse sa signature particulière. Voyez par exemple la similitude entre ces deux griffures sur la clavicule, et celle-ci sur la boîte crânienne. Nous sommes en présence d'un véritable cas d'école.

Elle s'empara du maxillaire qu'elle approcha du crâne.

— Vous noterez que ce condyle correspond à la mandibule.

— Oui, la mâchoire s'articule parfaitement.

Nora reposa les ossements à leur place exacte dans le dépotoir et recouvrit celui-ci de sa bâche.

— Alors ? demanda-t-elle en se retournant vers son compagnon. Vous croyez toujours à la chance ?

Clive manifesta sa stupéfaction d'un mouvement de tête.

— Vous êtes vraiment sûre ?

— À quatre-vingt-dix-neuf pour cent.

Un silence accueillit la réponse de l'archéologue.

— Swanson nous a demandé de l'avertir lorsque nous aurions identifié les restes de Parkin, réagit Clive. À l'évidence, vous auriez pu réaliser la même opération hier quand elle se trouvait sur place. Je me trompe ?

— Oui, probablement, mais en courant le risque qu'elle emporte ces os et nous oblige à stopper les fouilles.

— Il s'agit tout de même du FBI. Vous ne voudriez quand même pas être accusée de dissimulation de preuves ?

— Laissez-moi vous expliquer comment je vois le problème. S'agit-il vraiment de Parkin ?

— Mais vous venez de m'expliquer...

— Je vous ai dit que j'étais sûre à *quatre-vingt-dix-neuf pour cent*. Pour procéder à une identification réelle, nous avons besoin d'une analyse ADN. Je m'en chargerai lorsque les fouilles seront achevées.

— D'accord, mais...

— Quand bien même j'aurais procédé à la même démonstration hier, nous n'aurions pas davantage la preuve qu'il s'agit de Parkin, et j'aurais mis en péril cette expédition.

— Je comprends.

Nora poursuivit sa démonstration.

— La vérité, c'est que je ne savais pas à qui appartenaient ces os il y a cinq minutes, et que je ne le sais toujours pas, faute des analyses adéquates.

— Si vous voulez, concéda Clive d'un air dubitatif.

— Ne me dites pas que ma décision vous dérange.

Un nouveau roulement de tonnerre vint ponctuer la déclaration de Nora. Le soleil s'était caché derrière d'épais nuages, plongeant la vallée dans l'ombre.

Les traits de Clive se déridèrent lentement.

— Nous sommes d'accord. Je viens d'assister à un exemple hypothétique d'identification hypothétique. Nous n'avons donc rien à signaler tant que nous n'avons pas de certitude.

Le sentiment de culpabilité qui rongeait Nora se dissipa partiellement.

— Exactement. Ce qui ne nous empêchera pas de tenir l'agent Swanson informée, comme promis, dès que les fouilles seront achevées et que nous disposerons d'une analyse ADN.

Le vent s'était levé, qui agitait les branches mortes.

— Allons, dit-elle en lançant vers le ciel un regard inquiet. Nous ferions mieux de protéger le site et de regagner le camp. Il va pleuvoir d'une minute à l'autre.

24

Le dîner terminé, ils passèrent la soirée autour du feu. L'orage avait été aussi violent que bref et les nuages avaient disparu, cédant la place aux étoiles. L'atmosphère était pesante au sein du groupe, Nora était convaincue que Peel avait parlé de Samantha Carville à ses collègues.

Maggie, anormalement silencieuse, n'avait pas sorti sa guitare. Quant à Peel, personne ne l'avait vu depuis la fin de l'après-midi, ce qui inquiétait Nora.

Comme par un fait exprès, il émergea brusquement de l'obscurité en tenant d'une main un bâton, et de l'autre un couteau de chasse. Il se laissa tomber sur un rondin près du feu, le regard perdu au milieu des flammes, en taillant son morceau de bois. La conversation, plutôt timide jusque-là, acheva de s'éteindre.

La voix sourde de Peel troua soudain le silence.

— J'ai une question pour les archéologues.

Ça y est, pensa Nora.

— Les restes humains retrouvés là-bas. Que vont-ils devenir ?

Nora se tourna vers lui.

— Une fois nos travaux sur place achevés, nous emporterons les restes afin de les étudier en laboratoire avant de donner aux ossements une sépulture.

— Ça veut dire quoi, *les étudier* ?

— Nous procéderons à des analyses ADN de façon à pouvoir les identifier. Ensuite, nous chercherons des traces de maladies éventuelles, de malnutrition, de cannibalisme. À ce stade, nous essaierons de trouver des descendants de façon à ce qu'ils nous fassent part de leurs désirs pour les inhumer avec tout le respect qui leur est dû.

Un long copeau de bois sauta sous la lame du couteau de chasse.

— Et cette petite que vous avez retrouvée, Samantha, qu'adviendra-t-il d'elle ?

— Comme je vous l'ai expliqué, elle aura droit à une sépulture digne de ce nom.

Un autre copeau de bois jaillit au passage de la lame.

— Pourquoi ces gens n'ont-ils pas bénéficié d'une sépulture chrétienne *digne de ce nom* à l'époque ? Pourquoi a-t-on laissé leurs ossements tels quels ?

Un long silence lui répondit. Nora adressa un coup d'œil à Clive.

— Je peux vous répondre, déclara l'historien. Lorsqu'un membre de l'équipe de secours a enfin pu rejoindre le Campement perdu au printemps 1847, la vallée était encore recouverte par six mètres de neige. Impossible de procéder à la moindre inhumation dans ces conditions, comme vous pouvez l'imaginer. Quant à emporter les dépouilles des défunts, c'était tout simplement inenvisageable. C'est tout juste s'il a été possible de rapatrier Chears, l'unique survivant.

— Pourquoi ne pas revenir les enterrer par la suite ?

— Ce lieu était extrêmement isolé à l'époque. En outre, les gens étaient superstitieux, et j'imagine qu'ils n'ont pas souhaité retourner dans un lieu qu'ils estimaient habité par le mal. Les équipes de secours avaient assisté à des scènes horrifiques dans les différents campements et la presse à sensation en a fait des gorges chaudes, ce qui a dissuadé quiconque de revenir après la fonte des neiges.

— Si je comprends bien, ces ossements sont restés sans sépulture pendant cent soixante-treize ans.

— C'est malheureusement le cas.

Un long copeau atterrit aux pieds de Peel.

— Le type de l'équipe de secours, qu'est-ce qu'il a trouvé exactement en arrivant ici ?

— L'homme en question s'appelait Joshua Best. Il n'a hélas laissé aucun témoignage écrit de son expérience. Il s'est contenté d'en parler brièvement à quelques personnes à son retour dans le campement du lac Truckee, en compagnie de Chears. Il n'y a plus jamais fait allusion par la suite et s'est abstenu de fournir les indications nécessaires à la localisation du Campement perdu, ce qui explique le mystère attaché à ce lieu.

— Mais il a vu quoi exactement, ce Best ?

Burleson crut bon d'intervenir.

— Jack, tu crois vraiment que toutes ces questions sont bien utiles ? La journée a été longue.

— Je vois pas pourquoi on devrait nous cacher la vérité. Quand je suis monté là-haut tout à l'heure, ils ont voulu m'empêcher de voir le corps de Samantha Carville.

— Une petite minute, s'indigna Nora. Nous n'avons rien dissimulé du tout. Les fouilles sont toujours bâchées, c'est une règle de base dans notre profession.

— Il n'y a rien de secret, renchérit Clive. Le problème avec Best, c'est qu'il n'a pas laissé de trace écrite. On dispose uniquement de témoignages indirects qui ont ensuite été recueillis et publiés par un journaliste. Nous n'avons aucun moyen de savoir s'il est resté fidèle à ce qu'on lui avait raconté, ou bien s'il a cherché à embellir son compte rendu, rédigé qui plus est à la première personne.

Peel posa sur lui un regard insistant.

— Il disait quoi, dans son article ?

— Vous aimeriez que je vous le lise ?

— Volontiers.

Clive se leva et se dirigea vers sa tente dont il rapporta un carnet. Il alluma sa lampe frontale, s'éclaircit la gorge, et entama la lecture de ses notes.

Le Campement perdu offrait un spectacle tel que je n'en avais jamais vu. Un refuge de fortune sortait de la neige, érigé avec des planches de chariot, son accès limité à un trou en partie obstrué par ce manteau blanc maculé de sang. Des ossements gisaient un peu partout au milieu des ordures. À l'intérieur de la hutte, posée sur les restes d'un feu éteint, trônait une marmite contenant un pied et une tête coupée en deux, son visage méconnaissable.

Un scalp avait été jeté dans un coin, duquel pendait lamentablement une chevelure noire ramassée en chignon. Il ne faisait guère de doute que les restes de l'âme infortunée baignant au fond de la marmite étaient ceux d'une femme. Un peu plus loin, j'aperçus deux corps. M. Chears chantait à tue-tête à l'extérieur de la masure sans se soucier des éléments, occupé à fabriquer un objet à l'aide d'ossements. Il se laissa faire lorsque je voulus le relever afin de l'aider à enfiler de gros souliers en prévision de la longue marche qui nous attendait. Dans mon souvenir, il ne prononça pas une parole intelligible de tout le temps que je passai en sa compagnie. Tout indiquait que le diable en personne avait pris possession de cette terre maudite. Jamais de toute mon existence je n'avais assisté à un spectacle aussi saisissant, et je prie le Ciel que jamais il ne me soit donné d'en connaître un semblable.

Un silence horrifié accueillit la lecture de ces lignes. Nora aurait préféré que Peel n'insiste pas pour connaître le contenu de l'article, mais Clive avait fait de son mieux au vu des circonstances.

— Pourquoi n'a-t-on pas un prêtre avec nous ? se décida enfin à demander Peel d'une voix sourde. Il aurait pu bénir les restes de ces gens.

— Nous ferons appel au clergé dès que nous aurons pu identifier les dépouilles, répliqua Nora. Je vous l'ai dit, celles-ci seront enterrées religieusement, conformément aux souhaits de leurs descendants. Et si nous ne sommes pas en mesure d'en retrouver, l'État de Californie prendra les dispositions nécessaires.

— Après le 11-Septembre, insista Peel, il y avait des prêtres sur place chaque fois qu'on découvrait des restes humains. Vous autres scientifiques, vous vous moquez bien de l'âme immortelle de ces gens quand vous les déterrez.

— Jack ! le rappela à l'ordre Burleson. Je vous ai clairement expliqué à tous la nature de cette expédition. Il est un peu tard pour y trouver à redire.

Peel se tourna vers lui.

— Je n'avais pas compris qu'il s'agirait de *ça*.

— C'était une évidence, s'emporta Burleson.

— Je comprends très bien les réticences de Jack, s'interposa Nora. J'insiste sur notre intention d'impliquer le clergé, mais une fois que notre mission sera terminée. Cet endroit est trop compliqué d'accès pour que l'on se permette de solliciter des prêtres. Nous ne savons même pas quelle était la religion de ces gens, s'ils étaient protestants, catholiques ou juifs.

— Vous touchez au sacré, gronda Peel. Vous avez beau enrober tout ça de belles paroles, c'est rien que de la profanation. Ces gens qui perdaient la boule et mangeaient de la chair humaine, cette référence à l'enfer sur terre, ces corps éparpillés, on est en présence du diable. Depuis qu'on est là, ce lieu oublié de Dieu me hante, et tout ce que vous pourrez me dire n'y changera rien.

Nora sentit croître son inquiétude. Jamais elle n'avait imaginé être confrontée à des réticences de ce genre.

— Je comprends votre malaise, répondit-elle d'une voix apaisante. En tant qu'archéologues, nous essayons de comprendre ce qui s'est passé autrefois, sans la moindre volonté de profanation.

Jack se leva d'un bloc.

— C'est pas normal.

Clive prit alors la parole.

— L'un de mes ancêtres faisait partie de l'expédition Donner, rappela-t-il d'une voix tremblante de colère, et je prends très mal vos accusations. Je cherche la vérité, toute la vérité, aussi douloureuse soit-elle. Voltaire a dit : « Nous devons le respect aux vivants, et la vérité aux morts. » Les recherches que nous menons sont le meilleur moyen de saluer la mémoire de ces gens, de savoir ce qu'ils ont vécu. Je n'ai pas l'intention de laisser un cow-boy intégriste me dire ce qui est bien et ce qui ne l'est pas.

Peel le dévisagea longuement, puis il replaça son couteau de chasse dans l'étui qu'il portait à la ceinture, se débarrassa de son bâton dans le feu, et s'éloigna dans la nuit.

Burleson se tourna vers Clive.

— Je suis désolé de cet incident, je ne saurais tolérer des interférences de ce genre au sein de mon équipe. Je m'occupe de trouver un remplaçant à Peel.

— Ne nous emballons pas, le tempéra Nora. Laissons-lui la nuit pour se reprendre.

Quelques minutes plus tard, la petite assemblée se dispersait. Nora en profita pour prendre Clive à part.

— Qu'est-ce qui vous a pris de rabrouer Peel de cette façon ? lui demanda-t-elle à voix basse.

— Je ne supporte pas tous ces moralisateurs qui entendent dicter leur comportement aux scientifiques.

— Des moralisateurs ? rétorqua Nora sans chercher à cacher son agacement. C'est le comble, venant de vous qui citez Voltaire. En tout cas, bravo pour votre brillante défense des scientifiques, vous nous avez mis dans une belle merde.

25

12 mai

Nora fut réveillée bien avant l'aube par la voix de Burleson. À la façon dont il enguirlandait Wiggett, elle comprit que l'atmosphère était orageuse. Elle renonça péniblement au confort de son sac de couchage et sortit de sa tente. Maggie venait tout juste d'allumer le feu et préparait des petits pains près de son four de campagne. Clive et les deux jeunes archéologues dormaient encore.

— Que se passe-t-il ? voulut-elle savoir.

— Peel est parti, lui répondit Burleson. Il a rassemblé ses affaires avant de disparaître.

— Je ne suis pas surprise outre mesure, réagit Nora.

— Je demanderai à un autre de mes gars de venir le remplacer, mais cette histoire m'agace, d'autant que Peel travaille bien. Dommage qu'il ait des positions aussi outrancières.

Tout le monde ne tarda pas à se retrouver autour du feu afin de prendre le petit-déjeuner alors que le soleil faisait son apparition au-dessus des arbres dans un ciel sans nuages. Une journée idéale pour la poursuite des fouilles, pensa Nora. Le dépotoir ne tarderait pas à livrer ses derniers secrets, ce qui permettrait à l'équipe de s'intéresser au refuge, sachant y découvrir de nombreux vestiges ainsi que d'autres fragments osseux.

Elle enfourna son déjeuner, de l'eau et quelques outils dans son sac à dos et rejoignit le site archéologique en compagnie de Clive, Adelsky et Salazar. Comme de juste, les corbeaux habituels manifestèrent leur mécontentement en croassant. La vallée était toujours plongée dans l'ombre lorsqu'ils y parvinrent et des écharpes d'une brume froide s'échappaient du sol herbeux.

— C'est quoi ce bordel ? s'exclama soudain Clive au détour du petit chemin. De loin, Nora constata que plusieurs bâches avaient été arrachées. Elle crut un instant que l'orage de la veille était responsable des dégâts avant de remarquer de nombreuses empreintes de bottes et de sabots dans la boue.

— Le site a été pillé ! s'écria Clive en s'accroupissant près du dépotoir.

Nora ouvrit des yeux incrédules à la vue du triste spectacle qui les attendait. Les trois crânes avaient disparu, de même que les ossements les plus importants.

Affolée, elle tourna la tête en direction du petit cours d'eau et s'aperçut que la bâche recouvrant les restes de Samantha Carville était repliée.

— Oh non !

Elle se rua vers les parcelles concernées, suivie par ses compagnons. Le squelette de la petite fille avait disparu.

— Peel ! fit Clive. C'est un coup de ce salopard !

— Il aura voulu leur donner une sépulture, ajouta Nora, affolée à l'idée du scandale qui ne manquerait pas de rejaillir sur elle et sur l'Institut, sans parler de conséquences désastreuses pour l'expédition.

— Le coffre-fort, s'inquiéta Clive. J'espère au moins qu'il ne l'a pas volé aussi.

Il se précipita jusqu'à la tente, laissant à Nora le soin d'évaluer les dommages. La bâche recouvrant les dépouilles de Reinhardt et Spitzer était intacte, fort heureusement, mais le reste du site avait été contaminé.

— L'or n'a pas bougé, déclara Clive en sortant du QG.

Nora se tourna vers ses assistants.

— Jason et Bruce, je vais vous demander de photographier la zone de fouilles en vous intéressant plus particulièrement aux empreintes de bottes et de sabots avant de remettre en place les bâches du mieux que vous pourrez. Pendant ce temps, je retourne au campement avec Clive afin de signaler le pillage.

Elle s'éloigna sans attendre en compagnie de l'historien.

— Que fait-on ? s'enquit ce dernier.

— On appelle le service des parcs nationaux et on signale ce vol. Ensuite… je vais devoir téléphoner à l'Institut.

Clive garda un moment le silence avant de répondre.

— Je suis d'accord qu'il faut appeler l'Institut, mais vous ne trouvez pas qu'il est prématuré de prévenir les autorités ?

— Pour quelle raison ?

— Vous l'expliquiez vous-même hier. Il suffit qu'on donne l'alerte pour que cette Swanson rapplique en quatrième vitesse. Elle est capable d'exiger l'arrêt des fouilles.

Nora jura entre ses dents en se souvenant que le crâne de Parkin faisait partie de ceux qui avaient disparu.

— Vous avez raison, mais comment éviter de signaler ce vol à la police ?

— Je doute que la valeur marchande de ces ossements atteigne les mille dollars. Nous sommes en présence d'un simple larcin.

— Mille dollars ? Mais enfin, Clive ! Ces vestiges ont un coût inestimable.

— De notre point de vue, sans aucun doute, mais la police locale ne l'entendra pas de cette oreille. Commençons par voir ce qu'en pense Burleson. Peel n'est pas forcément très loin. Il a très bien pu décider de redescendre en ville et de confier ces ossements à un prêtre.

— D'accord, concéda Nora en soupirant.

Burleson se montra fou de rage en apprenant ce qui s'était produit. Il tapa du pied par terre en laissant échapper un flot d'injures et se tourna vers Wiggett.

— Selle les chevaux immédiatement, on va essayer de rattraper cet abruti de Peel pour lui reprendre ces ossements. Je vois mal le shérif remuer son gros cul pour lui courir après.

Nora et Clive échangèrent un regard en coin.

Burleson finit par se calmer.

— À votre avis, qu'a-t-il l'intention de fabriquer avec ces squelettes ? On sait déjà qu'il ne les a pas volés pour les revendre ou les détruire. Je vais passer un coup de fil à mes gars au ranch, en leur demandant d'appeler les prêtres du coin, de surveiller la maison de Peel, de monter la garde à l'entrée des cimetières les plus proches. Il n'y en a que deux. Accordez-moi quarante-huit heures pour remettre la main sur vos ossements. Si ça ne marche pas, on appellera la cavalerie. En attendant, autant garder tout ça pour nous. Inutile d'affoler Maggie.

Nora manifesta son assentiment d'un hochement de tête.

— Si ça peut vous rassurer, poursuivit Burleson, Peel aura pris le plus grand soin de ces vestiges.

Nora pria le ciel qu'il ait raison et qu'ils retrouvent rapidement le voleur et son butin.

— Vous savez quoi ? réagit Clive en voyant Burleson s'éloigner à cheval quelques minutes plus tard en compagnie de Wiggett. Je n'ai jamais envisagé un développement pareil.

Nora poussa un soupir en s'emparant de son téléphone satellite.

— Je ferais mieux d'appeler l'Institut.

Clive laissa échapper un gémissement.

— C'est de pire en pire. Je commence par leur promettre vingt millions de dollars, on se retrouve tout juste avec dix pièces d'or, et voilà qu'on nous vole une bonne partie des vestiges. Je ne suis pas fâché de ne pas avoir à passer ce coup de fil moi-même.

— Merci infiniment, répliqua Nora sur un ton sarcastique en composant le numéro.

26

Une heure plus tard, Nora et Clive reprenaient le chemin du site archéologique. La conversation avec Jill Fugit avait été orageuse, la directrice de l'Institut ne s'était pas privée de reprocher à Nora son manque de professionnalisme. Elle en avait profité pour savoir si l'or avait été retrouvé et Nora avait dû lui avouer la vérité. Fugit s'était montrée plus perturbée encore par cette annonce, menaçant de mettre un terme immédiat à la campagne de fouilles, avant de signaler son intention de convoquer un conseil d'administration extraordinaire afin d'envisager des mesures d'urgence.

La situation était tout simplement catastrophique.

Prostrée à l'orée de la zone de fouilles, Nora demanda à Adelsky de lui dresser la liste des dégâts. Elle sentit s'alléger le poids qui lui pesait sur les épaules en constatant que les dommages étaient moindres qu'elle ne l'imaginait. Peel s'en était pris à six parcelles seulement : les quatre situées sur le devant du dépotoir, et les deux dans lesquelles reposait le corps de la petite Samantha. Il ne s'était pas approché des squelettes de Reinhardt et Spitzer, pas plus qu'il n'avait fouillé l'arrière du dépotoir.

— On a découvert un truc bizarre, signala Adelsky. Autant il a récupéré les ossements du dépotoir sans aucune précaution en piétinant la zone, autant il a prélevé avec le plus grand soin les os de Samantha. On n'a retrouvé aucune empreinte de bottes au fond du trou.

Nora, intriguée, s'approcha des parcelles concernées.

— C'est inouï ! On pourrait croire que le squelette est sorti tout seul de la fosse.

— C'est peut-être le cas, ricana Salazar.

Nora fit la moue avant d'appeler l'historien.

— Clive ! Venez voir ça.

L'intéressé s'approcha et afficha une mine perplexe.

— Peut-être s'est-il montré particulièrement délicat parce qu'il s'agissait d'une enfant, ou que le squelette était quasiment intact.

— Ou bien alors il a commencé par Samantha et s'est dépêché en croyant entendre du bruit au moment de s'attaquer au dépotoir.

— Allez savoir ? répliqua Clive. Que fait-on à présent ?

— Le mieux serait d'enfermer dans le coffre les vestiges les plus précieux. Je n'ai aucune envie que quelqu'un d'autre s'en empare.

L'opération ne prit guère de temps. À l'exception d'un médaillon en or, d'une croix en argent, de quelques bagues et d'une boucle de ceinturon en argent, les objets retrouvés n'avaient guère de valeur. Au moment de les enfermer dans le coffre, Nora souleva le boîtier contenant les pièces d'or. Celles-ci scintillèrent à la lumière, enfermées dans leurs bourses de cuir déchiré. Elle sortit les dollars à tête d'aigle l'un après l'autre et les déposa sur un plateau recouvert de feutrine.

— Rien de bien extraordinaire d'un point de vue numismatique, commenta Clive par-dessus son épaule.

— C'est tout de même curieux, ces rumeurs sur la fortune de Wolfinger. En fin de compte, il a été assassiné pour cent dollars.

— Reinhardt et Spitzer se sont laissés mystifier. Comme nous.

Le silence retomba à l'intérieur de la tente et Nora examina soigneusement les pièces. Toutes étaient datées de

1846. Une idée pour le moins étrange se forma soudain dans son esprit.

— Rafraîchissez-moi la mémoire, Clive. Lorsque vous avez consulté ces vieux registres de banque, vous avez remarqué un retrait de dix mille dollars. C'est bien ça ?

— Pas tout à fait. Le registre précisait que la banque avait reçu mille pièces en prévision d'un retrait. Il était impossible d'en savoir davantage, le bas de la page manquait. Je n'ai pas pu connaître le nom du bénéficiaire de ce retrait, ni même savoir s'il s'agissait d'une seule personne ou de plusieurs. Je sais juste que Wolfinger a retiré de l'argent grâce à une note rédigée par la banque. J'en ai déduit que Wolfinger avait retiré ces dix mille dollars en prévision de son départ pour l'Ouest. C'est là que je me suis trompé.

— J'aurais une autre hypothèse. Lorsque nous avons retrouvé ces dix pièces sur Reinhardt et Spitzer, nous avons pensé qu'il s'agissait de toute leur fortune.

— Cela paraissait logique.

— Supposons à présent que Wolfinger ait bien retiré à la banque les mille pièces d'or.

Clive haussa les épaules.

— Dans ce cas, où se trouvent-elles ?

— Laissez-moi aller jusqu'au bout de mon raisonnement. Si nous supposons ensuite que Reinhardt et Spitzer ont volé le coffre contenant les mille pièces d'or, on peut penser qu'ils l'ont caché après avoir pris la précaution de prélever quelques dollars qu'ils ont gardés sur eux.

Clive fronça les sourcils.

— À quoi bon s'encombrer de cinq pièces chacun, puisqu'ils n'avaient aucun moyen de dépenser cet argent ?

— Pour une raison simple : *ils espéraient être secourus*. Auquel cas ils auraient besoin de cet argent plus tard pour monter une expédition et revenir chercher le reste.

Clive la dévisagea.

— Réfléchissez, insista Nora. Sans cette précaution, ils seraient arrivés à bon port sans un sou. À mon sens, ces pièces ne sont pas la preuve que le trésor de Wolfinger n'existe pas, mais qu'il existe bel et bien.

L'historien médita longuement l'hypothèse de Nora.

— Tel que vous exposez le problème, ça paraît logique. Mais comment expliquer que nous n'ayons pas découvert le coffre dans leur refuge ?

— Parce qu'ils l'ont bien caché. Ils n'allaient tout de même pas le laisser traîner en pleine vue dans le Campement perdu, même enfoui sous la neige, sachant que celle-ci finirait par fondre. Ils ont donc dissimulé leur butin afin que personne ne mette par hasard la main dessus, en attendant de revenir le chercher.

— Nora ? Clive ? tonna une voix derrière eux.

Ils se retournèrent brusquement et découvrirent Burleson à l'entrée de la tente, hypnotisé par les pièces sur leur plateau de feutrine.

Un long silence se fit.

Burleson finit par s'avancer.

— Nous n'avons pas réussi à rattraper Peel. Au lieu de redescendre en ville, il s'est enfoncé dans les montagnes.

Il repoussa son chapeau sur sa tête.

— J'ai demandé à Wiggett de suivre sa trace et plusieurs de mes gars sont prêts à l'intercepter s'il rejoint Truckee. D'une façon ou d'une autre, je vous rapporterai vos ossements. Maintenant, expliquez-moi un peu à quoi correspondent ces pièces d'or.

27

— Que voulez-vous savoir ? demanda Nora après un silence.

— Ce que je veux *savoir* ? J'ai comme l'impression que vous avez découvert un trésor.

— Il ne s'agit pas d'un trésor, mais de vestiges, au même titre que les squelettes. Ces pièces ne nous appartiennent pas. Nous les avons trouvées au fond des bottes de deux des pionniers. Nous avons également découvert quelques bijoux en or. Rien d'exceptionnel.

Burleson se rembrunit.

— Ce n'est pas tout à fait ce que j'ai entendu il y a quelques minutes quand vous discutiez d'un coffre contenant mille pièces d'or.

— Vous nous espionniez ?

— Vous parliez suffisamment fort pour que je vous entende. J'ai comme l'impression que vous ne me dites pas tout.

Nora rougit. Le mieux était encore de révéler la vérité à son interlocuteur.

— Je suis désolée. Nous connaissions l'existence d'un coffre depuis le début, mais nous n'avons retrouvé que ces dix pièces jusqu'à présent.

— Dans ce cas, pourquoi avoir menti ?

— Nous n'avons pas menti, se justifia Clive. Nous n'avons pas voulu ébruiter des informations confidentielles, c'est tout.

— Combien vaut ce coffre plein d'or dont vous avez oublié de nous parler ? demanda Burleson en haussant le ton.

Nora adressa un coup d'œil à Clive. Il n'était plus temps de finasser.

— À peu près vingt millions de dollars, mais cet argent ne nous appartient pas, précisa-t-elle. Si jamais nous mettons la main dessus, il sera partagé entre les autorités fédérales, l'État de Californie et l'Institut. C'est précisé en toutes lettres dans les autorisations de fouille dont nous disposons. Tout est parfaitement légal et transparent.

— C'est peut-être légal, mais sûrement pas *transparent*. Je n'apprécie pas vraiment que vous ne m'ayez pas averti. Mes gars sont déjà sur les nerfs avec toutes ces histoires de fantômes, sans parler de la cavale de Peel.

— S'ils sont déjà sur les nerfs, je vous laisse imaginer ce qui pourrait se produire s'ils apprenaient qu'un coffre contenant vingt millions de dollars en pièces d'or est caché dans le coin.

— Ça n'aurait posé aucun problème si nous avions été tenus au courant depuis le début. Vous avez passé votre temps à nous raconter des conneries, Nora. Vous auriez été mieux inspirée de m'accorder votre confiance.

— Du calme ! s'énerva Clive. Vous n'avez pas le droit de lui parler sur ce ton.

Burleson lui fit face.

— C'est vous qui allez vous calmer, jeune homme. Avec mes gars, on se doutait depuis le début qu'il y avait anguille sous roche. On est fixés, à présent.

— Vous auriez mieux fait de gérer vos « gars », au lieu de laisser l'un d'eux détruire un site archéologique d'une valeur inestimable.

Burleson avança d'un pas en serrant les poings.

— Espèce de sale petit merdeux.

— Je n'ai pas l'intention de me battre avec un grabataire, ricana Clive.

Il esquissa le coup de poing que Burleson voulut lui envoyer à la figure.

— Vous avez encore des progrès à faire, mon vieux.

— Arrêtez tout de suite ! s'emporta Nora en s'accrochant au bras de Burleson. Où vous croyez-vous ?

— Je compte donner une leçon à ce merdeux.

— Pour qu'il porte plainte contre vous pour coups et blessures ?

— C'est à se demander si vous n'avez pas été obligé de changer de métier à cause de votre foutu caractère, renchérit Clive.

— Comment osez-vous ? s'emporta Burleson, au bord de l'implosion.

Les trois protagonistes se tétanisèrent en entendant un bruit de galop. L'animal s'arrêta devant l'entrée de la tente en s'ébrouant bruyamment.

— C'est quoi, encore ? gronda Burleson en tournant le dos à Nora et Clive afin d'aller voir de quoi il retournait.

L'archéologue et l'historien lui emboîtèrent le pas et reconnurent Prince, le cheval de Peel. Il roulait des yeux terrifiés en écumant, sa selle à moitié détachée. Sa longe était usée à force de traîner dans les broussailles. Burleson s'approcha lentement de l'animal en prononçant à voix basse des paroles apaisantes.

— Doucement, Prince. Doucement. Tout va bien.

Il voulut lui flatter le col, mais le cheval recula en aplatissant les oreilles.

— Doucement.

Burleson saisit délicatement la longe et caressa longuement le col de l'animal jusqu'à ce que celui-ci se calme. Adelsky et Salazar observaient la scène de loin. Burleson détacha la selle d'une main douce.

— Où se trouve son cavalier ? s'étonna Nora.

Burleson ramassa la selle sans lui répondre et s'éloigna avec Prince, le visage fermé. Quelques instants plus tard, il s'enfonçait entre les arbres en direction du camp.

— Putain de caractère, commenta Clive.

— À quoi vous attendiez-vous ? Il n'a pas tort de dire qu'on lui a menti. Et puis vous l'avez cherché. À quoi correspondait cette allusion à sa carrière d'avocat ?

— Je serais curieux de savoir pour quelle raison un type qui a gagné des mille et des cents en enchaînant les procédures de divorce peut se retrouver du jour au lendemain coincé dans un ranch paumé.

Nora poussa un long soupir. Après avoir débuté sous les meilleurs auspices, cette campagne de fouilles virait au cauchemar.

— En attendant, je me demande ce qui est arrivé à Peel.

28

Il ne fut question que du cheval sans cavalier ce soir-là pendant le dîner.

Maggie, plus bavarde que jamais, enchaînait les hypothèses en touillant son ragoût de bœuf.

— À mon avis, Peel a fait une chute et il est blessé quelque part, peut-être même en train de mourir.

— Je ne suis pas d'accord, la contredit Burleson. Je suis convaincu que Peel, une fois arrivé à destination, a chassé Prince d'une claque sur la croupe pour qu'il retourne au camp. Les chevaux retrouvent toujours leur chemin.

— Comment pouvez-vous le savoir ?

— Parce que Peel est un excellent cavalier. Je le vois mal tomber de cheval.

— Vous dites qu'il est arrivé « à destination ». De quelle destination parlez-vous ?

La question jeta un froid.

— Voilà qui ouvre la boîte de Pandore, soupira Burleson. Pas vrai, Nora ?

L'archéologue hocha la tête. Burleson n'avait pas voulu révéler à ses employés le vol commis par Peel, mais le retour de son cheval en piteux état ne lui laissait guère le choix.

— À notre arrivée ce matin, expliqua Nora, nous avons découvert le site archéologique pillé.

— Quoi ? s'étrangla Maggie. *Pillé* ?

— Peel s'est emparé d'une partie des ossements. Sans doute voulait-il les enterrer, tout du moins nous empêcher de les manipuler.

— Quels ossements ? insista Maggie.

— Ceux qui étaient en bon état. À commencer par le squelette de Samantha Carville.

— Il a volé le squelette de Samantha ? En *entier* ?

— Oui, reconnut Nora. À l'exception de la partie de jambe qui manquait.

Un grand silence accueillit cette révélation.

— Nom de Dieu, grommela Wiggett.

— On ferait bien d'ouvrir une bouteille de vin, suggéra Burleson sur un ton aussi apaisant que celui grâce auquel il avait calmé Prince plus tôt dans la journée.

Loin de rassurer Nora, le flegme apparent de Burleson fit renaître son inquiétude.

— C'est la meilleure idée que j'ai entendue depuis le début de la semaine, déclara Maggie en se laissant tomber sur un siège près du feu après avoir couvert la marmite.

Burleson tira deux bouteilles de sa réserve, les déboucha et remplit à la ronde les tasses en fer-blanc avant de reprendre sa place.

— Tout d'abord, se lança-t-il en balayant l'assistance du regard, je voulais vous dire que j'ai alerté les gars du ranch, ils finiront par retrouver Peel tôt ou tard. Je n'ai pas l'intention de prévenir la police si je peux l'éviter. Jack laisse peut-être la religion prendre le pas sur la raison, mais ce n'est pas un voleur. Je préfère de loin qu'on le retrouve nous-mêmes et qu'on lui remette les idées en place plutôt que de l'envoyer moisir en prison.

— Comment savez-vous que c'est lui qui a volé ces ossements ? demanda Wiggett.

Le cow-boy était manifestement vexé d'avoir passé une bonne partie de la journée à chercher Peel sans que son patron lui fournisse d'explication.

— On a retrouvé ses empreintes et celles de Prince dans la zone de fouilles, répondit Clive.

— Merde alors ! réagit Maggie. Comme je dis toujours, faut se méfier de l'eau qui dort. Quand je pense à cette pauvre gamine, après tout ce qu'elle a vécu, qui se retrouve au milieu de toute cette histoire…

Elle se consola en avalant une gorgée de vin.

— Je voudrais que vous appreniez une autre information, dont je n'ai eu moi-même connaissance que cet après-midi. Je laisse Nora vous en parler.

L'archéologue vit du coin de l'œil Clive s'agiter sur sa chaise. Elle le fit taire en lui posant une main sur le bras. À ce stade, la vérité était encore la meilleure solution. Elle se donna du courage en buvant à son tour un peu de vin.

— Je ne vous ai pas fourni tous les détails relatifs à l'expédition Donner, commença-t-elle. Au cours du périple, la rumeur a couru que l'un des pionniers, un certain Wolfinger, transportait une cassette remplie de pièces d'or. Il a été assassiné en chemin par deux de ses compagnons de route qui lui ont volé son or en prétendant que Wolfinger avait été tué par les Indiens. Par la suite, cet épisode a été oublié par les historiens, sans doute parce que le grand public s'intéressait avant tout au cannibalisme. Il y a quatre jours, nous avons retrouvé les corps des deux assassins. Ils avaient chacun cinq pièces d'or au fond de leurs bottes. Il est fort possible qu'ils aient caché le reste du trésor avant de mourir.

— Y'a quoi, dans ce trésor ? s'enquit Maggie.

— Dix mille dollars.

La cantinière bondit sur ses jambes.

— Je le savais ! J'en parlais encore à Drew l'autre jour. Je lui disais : « Je suis sûre qu'ils ne cherchent pas uniquement de vieux squelettes. » Pas vrai, Drew ? Eh bien, j'avais raison.

Elle posa sur Nora et Clive un regard brillant de convoitise.

— Ils valent combien, aujourd'hui, ces dix mille dollars ?

Clive chercha des yeux l'approbation de Nora, qui hocha la tête.

— Vingt millions.

L'ampleur de la somme fit l'effet d'une bombe.

— Vingt *millions* ? finit par répéter Maggie.

— À peu près.

— Et vous ne les avez pas trouvés ?

— Non.

— Ça veut dire qu'il y a vingt millions qui traînent dans le coin ?

La cantinière n'en revenait pas.

— C'est possible.

— Dieu du ciel ! siffla-t-elle. Et à qui il revient, cet argent ?

— Cet argent sera partagé entre les autorités fédérales, l'État de Californie et l'Institut. Nous n'en toucherons pas un centime, répliqua Clive en articulant chaque syllabe.

— Subtiliser une seule de ces pièces serait un délit passible de vingt ans de prison, au même titre qu'un hold-up, renchérit Nora.

— C'est pas juste ! s'écria Maggie.

Wiggett s'agita sur sa chaise.

— Il doit bien y avoir une récompense, tout de même.

— Aucune, le détrompa Nora. C'est la loi.

— Je me fiche de la loi ! s'emporta Maggie. Le trésor appartient à celui qui le trouve.

— Qu'allez-vous dire là, Maggie ? la reprit sèchement Burleson. Parce que vous avez peut-être l'intention de vous mettre à chercher cet or demain ? C'est bien pour cette raison qu'ils ne voulaient pas nous en parler. Écoutez-moi bien : il n'y a pas la moindre récompense à la clé et je vous *interdis* de vous mettre en quête de ces pièces.

Il s'agit de fouilles archéologiques, et non d'une fichue chasse au trésor !

— C'est injuste, grommela Maggie.

— Je peux comprendre votre position, mais c'est ainsi. Si ça ne vous convient pas, vous êtes libre de démissionner. Tout de suite.

Maggie avala bruyamment une gorgée de vin dans le silence qui régnait autour du feu, puis elle s'essuya la bouche.

— C'est bon, pas la peine de vous exciter. Mais ça m'empêchera pas de dire que c'est dégueulasse de refuser qu'on aide. J'ai toujours rêvé de trouver un trésor.

— La situation ne m'enchante pas davantage que vous, mais l'époque du Far West est terminée. L'or qui sera trouvé par les archéologues ne nous appartient pas. Je veux que ce soit clair.

Wiggett finit par acquiescer en soupirant et Maggie imita son exemple. Nora se fit la réflexion que cet or avait provoqué des réactions contrastées au sein de l'équipe : la surprise, le ravissement, la consternation, la rancune et, pour clore, l'acceptation forcée de la loi.

Burleson se frappa la cuisse.

— Bon ! Nous avons fait le tour de la question. J'espère que nous aurons récupéré Peel et les ossements volés avant l'aube de sorte que les archéologues puissent remettre le site en état. Quant à l'or, souvenez-vous de ce que je vous ai dit : je ne tolérerai pas que quiconque dans mon équipe parte à sa recherche. Maggie, si vous voulez bien nous servir votre ragoût, je ne pense pas être la seule personne affamée ici.

29

13 mai

Assise à l'extrémité de la table du QG pour le briefing quotidien, Nora remarqua l'inquiétude de ses assistants. Le coup de téléphone passé à son frère Skip lui avait confirmé que Fugit ne décolérait pas. Comme si cela ne suffisait pas, Mitty était déprimé et passait ses journées à la fenêtre dans l'attente de sa maîtresse.

Elle s'efforça de chasser ses idées noires.

— Tant que nous n'aurons pas récupéré les ossements dérobés par Peel, je ne vois pas l'intérêt de poursuivre le travail sur les parcelles qu'il a souillées. Je vous propose à la place de chercher l'or. Le meilleur moyen d'éviter que quiconque cède à la tentation est encore de le trouver le plus rapidement possible.

Voyant briller les yeux de Salazar et d'Adelsky, elle s'empressa de préciser :

— Je compte entamer les recherches avec Clive. Pendant ce temps-là, Jason et Bruce poursuivront les fouilles derrière le dépotoir. Avec un peu de chance, ils pourraient bien découvrir le refuge principal et l'endroit où les pionniers faisaient du feu.

— On trouverait le trésor plus vite si on s'y mettait à quatre, remarqua Adelsky.

— Sans doute, mais nous ne devons pas délaisser les fouilles pour autant. La valeur archéologique de vos découvertes pourrait bien dépasser celle d'un coffre rempli d'or.

Salazar leva les yeux au ciel.

— Ce sera nettement moins drôle, en tout cas, commenta Adelsky.

— Ne vous inquiétez pas, j'ai entendu le message. Vous nous aiderez à mettre cet or en sécurité si nous arrivons à mettre la main dessus. Je comptais d'ailleurs sur cette réunion pour réfléchir aux cachettes possibles. J'ai quelques idées à vous soumettre.

— J'ai également réfléchi à la question, répondit Salazar. J'ai calculé que les mille pièces devaient peser dans les quinze kilos. Si on ajoute à ça le poids du coffre, le trésor doit peser dans les vingt-cinq kilos.

Nora s'étonna intérieurement qu'il ait pris la peine d'effectuer le calcul. Elle l'avait pourtant effectué elle-même.

— Excellent boulot. On peut en déduire que deux hommes au bord de l'épuisement n'auront pas pu aller très loin en transportant un objet aussi lourd dans la neige.

— Le plus simple pour eux était encore de fabriquer une luge de fortune avec des planches.

— L'idée est intéressante, approuva Nora.

— Autre détail, reprit Salazar. Il n'était pas possible d'enterrer le coffre puisque la terre était gelée. Ils ne pouvaient pas davantage le recouvrir de neige, sachant que celle-ci fondrait au printemps.

Clive éclata de rire.

— Vous avez réfléchi au problème au moins autant que nous, les gars.

— Éliminons d'emblée la possibilité que le coffre soit caché dans un arbre, au risque de tomber ou d'être vu, poursuivit Nora. Il ne nous reste guère qu'une possibilité : les parois rocheuses.

— Hélas pour nous, il doit y avoir un bon millier de crevasses dans ces falaises. En outre, ils ont très bien pu refermer leur cachette avec des pierres pour masquer le trou.

— C'est vrai, mais nous pouvons singulièrement réduire le champ de nos recherches, intervint Clive.

— Comment ?

— Il nous faut estimer l'épaisseur de neige au moment où ils ont caché le coffre.

— Mais oui ! s'enthousiasma Adelsky. S'il y avait six mètres de neige, le coffre se trouve tout au plus à sept mètres de hauteur dans la roche.

— Exactement.

Adelsky prit un air pensif.

— Oui… mais comment savoir combien il y avait de neige à ce moment-là ?

Un sourire illumina le visage de Nora.

— Rien de plus simple.

— Ah bon ?

— Reprenons point par point. Les pionniers sont arrivés dans cette vallée un jour de blizzard. La nuit même, il est tombé cinquante centimètres de neige et les tempêtes se sont succédé au cours des mois suivants. En février, le niveau de neige avait atteint son maximum, avec un peu moins de huit mètres d'épaisseur. À condition de savoir *à quel moment* a été caché le trésor, il est facile de calculer à quelle hauteur il se trouve.

— Comment pourrait-on le savoir ? s'enquit Adelsky.

— Pour paraphraser Clive, le mieux est encore d'examiner les documents historiques.

Elle posa sur l'historien un regard interrogateur.

— Tamzene Donner relevait le détail de l'enneigement au jour le jour dans son journal. Quant à Boardman, le pionnier qui a réussi à s'échapper du Campement perdu, il lui a fourni de nombreuses indications sur le quotidien là-bas. Je vais pourtant avoir besoin de vos lumières pour résoudre le problème suivant : au départ, les deux assassins ont probablement caché le coffre dans leur chariot. Bannis par leurs compagnons, ils ont été contraints de se réfugier à l'écart. Aux alentours du 15 novembre, ils ont désossé leur chariot pour se construire une hutte. Nous savons déjà que le coffre ne se trouvait pas dans cette masure de fortune, puisque nous ne l'avons pas retrouvé. La logique veut donc qu'ils l'aient caché *avant* d'utiliser les planches du chariot, c'est-à-dire avant le 15 novembre. Nous sommes d'accord ?

Ses trois compagnons acquiescèrent.

— Toujours selon le journal de Tamzene, il était tombé un mètre quatre-vingts de neige à la mi-novembre dans la région, au campement principal comme ici. On peut donc estimer que le coffre se trouve dans une crevasse, entre un mètre quatre-vingts et trois mètres soixante de hauteur. CQFD.

Il sourit à ses interlocuteurs.

— Tout le monde me suit ?

— Il n'en reste pas moins que ça nous laisse une tonne de failles à explorer, remarqua Salazar.

— C'est indéniable, approuva Nora.

— Comment procède-t-on ? s'enquit Adelsky.

— Le mieux est de diviser les parois rocheuses en secteurs et de fouiller ceux-ci l'un après l'autre, répliqua Nora en se levant. Pendant que nous entamons les recherches avec Clive, occupez-vous des parcelles restantes à l'arrière du dépotoir.

Salazar et Adelsky grognèrent à l'unisson.

— Avec la surface de falaise qu'il faudra explorer, il y en aura pour tout le monde, voulut les rassurer Nora.

Pendant que ses deux assistants réunissaient leurs outils et enfilaient gants et masques, Nora sortit un croquis des falaises réalisé la veille dans sa tente à partir de photos qu'elle avait prises.

— J'ai divisé la zone de recherche en six secteurs, expliqua-t-elle à Clive. Trois de part et d'autre du défilé.

— Je constate que vous n'avez pas chômé, déclara l'historien en étudiant le dessin. Vous aurez remarqué, je suppose, que la partie la plus éloignée du secteur six se trouve en dessous de *ça*.

Il pointa du doigt ce qu'ils avaient surnommé avec humour la « congère de la mort », une énorme masse de neige en équilibre instable au sommet du canyon.

— Oui, j'ai vu. Espérons que nous aurons découvert le trésor avant d'arriver jusque-là. En outre, ce secteur se trouve à quatre cents mètres du refuge de Reinhardt et Spitzer. Je me dis que c'est bien loin pour deux types à bout de forces qui devaient porter une lourde charge.

Elle replia le croquis qu'elle fourra dans une poche.

— Il faudra aussi se méfier des serpents à sonnette qui doivent pulluler dans ces creux de rocher.

Il prit un air de conspirateur.

— Quand nous aurons trouvé le trésor, dit-il à voix basse, nous n'aurons plus qu'à filer au Mexique et à couler des jours heureux sur une plage de sable fin.

Il conclut sa boutade par un éclat de rire.

— On finirait l'un et l'autre par mourir d'ennui, rétorqua Nora.

Ils rejoignirent le secteur un. Si la plupart des anfractuosités étaient aisément accessibles en s'agrippant à la roche, d'autres nécessiteraient l'utilisation de cordes.

— Vous avez déjà fait de l'alpinisme ? demanda-t-elle à Clive.

— Jamais, mais j'ai toujours voulu apprendre.

— Je vous montrerai les bases.

Ils commencèrent par explorer les trous et les failles les plus faciles d'accès. Les premières fissures qu'examina Nora à l'aide de sa lampe frontale étaient vides. Elle se contentait d'écarter avec un bâton les broussailles qui y poussaient parfois et découvrit dans un creux de roche un nid de corbeaux occupé par une demi-douzaine d'oisillons qui piaillèrent bruyamment en tendant le cou. Leur mère, furieuse, tournoya au-dessus de Nora en croassant. Un peu plus loin, un serpent à sonnette enroulé sur lui-même se mit en position d'attaque, dérangé par le rayon de la lampe. La jeune femme eut un haut-le-corps et manqua de lâcher le rocher auquel elle était agrippée avant de redescendre précipitamment.

— Vacherie, murmura-t-elle.

— Je viens d'en voir un, moi aussi, déclara Clive.

En l'espace d'une heure, ils avaient fini d'examiner les trous les plus accessibles. Nora montra à son compagnon comment se harnacher et s'assurer avant de lui enseigner les rudiments de l'escalade. Quelques instants plus tard, elle plantait un premier piton auquel elle se suspendit. Par des mouvements de balancement, elle se trouva à même d'explorer les anfractuosités dans un rayon de quelques mètres. Un corbeau s'envola soudain d'un trou de roche et Nora lâcha prise. Clive, qui ne s'y attendait pas, laissa filer trente centimètres de corde avant de la bloquer.

— Désolé, s'excusa-t-il.

— Souvenez-vous de ce que je vous ai expliqué. Vous ne lâchez jamais la corde.

Ses explorations terminées, elle redescendit et répéta l'opération quelques mètres plus loin.

À mesure que la matinée s'écoulait, les joies initiales de cette chasse au trésor cédèrent la place à la lassitude. En dehors des nids de corbeaux abandonnés et de quelques serpents en colère, les crevasses étaient vides.

Vers midi, un cri retentit dans la vallée et Salazar rejoignit Nora et Clive au pas de course, un grand sourire aux lèvres.

— On a trouvé le foyer ! s'écria-t-il.

L'archéologue s'empressa de redescendre après avoir marqué sa position et elle suivit Salazar avec l'historien jusqu'au site de fouilles.

En dégageant la deuxième des quatre parcelles, les deux jeunes gens avaient découvert des restes de planches retenues par des clous, ainsi qu'une masse charbonneuse entourée de pierres : le foyer du camp.

Nora grimaça en découvrant un crâne dans une marmite. Des fragments osseux partiellement calcinés étaient mêlés aux restes de charbon de bois et le squelette intact d'une main gisait à cinquante centimètres du foyer. Pour une raison ou une autre, les survivants n'avaient pas eu le temps de la manger. Sans doute étaient-ils morts de faim avant.

Nora se tourna vers ses assistants pendant que Clive photographiait ces découvertes.

— Beau boulot, les garçons.

— Et l'or ? répliqua Adelsky.

— Rien pour l'instant.

Salazar s'éclaircit la gorge.

— Vous pensez qu'on pourra vous aider cet après-midi ?

Nora s'étonna une nouvelle fois que des archéologues confirmés puissent se laisser prendre de la sorte par la fièvre de l'or.

— Vous nous relaierez demain, après en avoir terminé avec les deux dernières parcelles.

Après la pause déjeuner, elle rejoignit le pied des falaises avec Clive qui l'aida à se harnacher.

— Je souhaite qu'on trouve rapidement ce trésor. Je commence à m'inquiéter de leur réaction à tous, remarqua-t-elle.

— Moi aussi, approuva l'historien, mais ce n'est pas gagné. C'est comme chercher une aiguille dans une botte de foin. Une botte de foin qui grouille de serpents.

30

Lorsque Nora et ses compagnons regagnèrent le camp en fin d'après-midi, ils trouvèrent l'endroit désert. Nora s'assit près du feu pour se réchauffer, les membres endoloris, et ranima les flammes en jetant une brassée de branches sur les braises.

— Où sont les autres ? s'étonna Salazar.

— Ils se sont lancés dans une course au trésor, plaisanta Adelsky en sortant sa cigarette électronique.

— J'espère que non, fit Nora.

Au même instant, un bruit de voix se fit entendre et Burleson arriva à cheval en compagnie de Maggie. Ils mirent pied à terre et l'ancien avocat se chargea des bêtes pendant que la cantinière s'activait dans sa cuisine de campagne.

— Où étiez-vous ? demanda Adelsky à Maggie en recrachant un nuage de fumée. Vous ne vous seriez pas mis en quête du Graal, par hasard ?

— Tu ne crois pas si bien dire, petit malin. On est partis à la recherche de Peel.

Adelsky laissa échapper un ricanement.

— Mais oui, c'est ça.

Burleson, de retour, s'empressa de confirmer les dires de Maggie.

— On a exploré le sentier qui redescend dans la vallée, au cas où il aurait fait une chute dans les rochers. Sans succès.

Il marqua une pause avant de poursuivre.

— Personne n'a vu Wiggett ? Il était censé veiller sur les chevaux.

— Il faut croire qu'il s'est lancé dans des recherches, lui aussi, railla Adelsky.

— Je vous laisse deviner ce qui l'intéresse, renchérit Salazar.

— Ça suffit, tous les deux, s'interposa Nora.

Les dernières lueurs du jour doraient les montagnes lorsque Maggie servit le dîner. Le repas avalé, alors que le crépuscule jetait des ombres mauves sur le camp, Nora crut entendre un cri dans le lointain.

Tous tendirent l'oreille.

Quelques instants plus tard résonnait un bruit de sabots et Wiggett émergea de la forêt au galop. Il tira sur les rênes et s'arrêta brutalement près du feu sans descendre de sa monture.

— J'ai trouvé Peel dans les Black Buttes, annonça-t-il, essoufflé.

Burleson se leva d'un bond.

— Comment ? Tu veux dire qu'il s'est enfoncé dans les montagnes ?

— Il est mort.

— Mort ? s'étrangla Maggie. Tu es sûr ? Qu'est-ce qui s'est passé ?

— Il est tombé dans un ravin.

— Seigneur ! réagit Burleson en regardant le ciel. Il fait encore jour et c'est une nuit de pleine lune. Conduis-moi sur le lieu du drame.

— Nous vous accompagnons, décida Nora.

Wiggett entraîna la petite troupe vers une sente qui grimpait en altitude et ils ne tardèrent pas à découvrir un paysage granitique tourmenté peuplé de pins tordus. Une lune jaune et ronde se leva à l'est, baignant le paysage dans une lumière crue.

Ils chevauchaient depuis une demi-heure lorsque Wiggett fit halte. Les autres se regroupèrent autour de lui le long d'une crête.

— Il se trouve en contrebas de ce pic rocheux, annonça le cow-boy. Son corps est coincé dans un ravin sur la gauche. Je ne l'aurais pas vu si je n'avais pas été obligé de descendre de cheval pour franchir ce passage étroit.

Il fut pris d'une hésitation avant de poursuivre.

— Faut que je vous dise. Peel avait commencé à fabriquer un cairn. Ou peut-être une tombe.

Il reprit sa route et ses compagnons le suivirent en file indienne le long de la crête que bordait sur la gauche un gouffre dont s'échappait un vent glacial.

— Le mieux est de s'arrêter ici, d'attacher les chevaux et de terminer à pied, suggéra Burleson. J'aime autant préserver l'endroit le plus possible.

— Bonne idée, approuva Clive.

Ils démontèrent et nouèrent les rênes autour de pins nains, à l'abri du vent. Wiggett alluma sa lampe frontale et un cairn apparut à la vue, au détour d'un amas de rochers.

Burleson fit courir le rayon de sa lampe sur l'empilement de cailloux granitiques.

— Il est récent, en effet. Vous avez vu ces morceaux de bois, là-bas ? Il souhaitait probablement fabriquer une croix. Je me suis trompé sur son compte. Il n'avait pas l'intention de retourner en ville chercher un prêtre, mais d'enterrer ces ossements en pleine nature, dans un coin où personne ne viendrait troubler leur repos.

Il examina attentivement les lieux.

— Tout indique qu'il construisait le cairn quand il a fait une chute. L'endroit est particulièrement dangereux.

Nora fouilla en vain le ravin avec sa lampe.

— Il se trouve là-bas, précisa Wiggett en désignant un point précis.

Nora s'agenouilla prudemment au bord du précipice. La lune éclairait un corps désarticulé, cent cinquante mètres en contrebas, au milieu d'une mer de taches claires. Elle s'empara de ses jumelles et constata qu'il s'agissait des fragments osseux échappés des deux sacoches que transportait Peel lorsqu'il avait roulé dans le vide.

Clive se mit à genoux près d'elle et lui prit les jumelles des mains sans une parole.

— Mon Dieu, quelle horreur.

Un silence pesant enveloppa le groupe.

— Comment un type aussi expérimenté que Peel a-t-il pu tomber dans ce ravin ? s'interrogea Burleson.

— Il faisait nuit et la lune s'était couchée, répondit Wiggett. J'imagine surtout qu'il était extrêmement agité. Il n'avait pas les idées claires.

Nora scruta à nouveau le gouffre en s'efforçant de résister au vertige.

— On ferait mieux de retourner au camp et d'appeler la police.

31

14 mai

L'agent Swanson avait pris place à l'arrière de la file de cavaliers qui se dirigeaient vers la crête. Pas moins de six personnes la précédaient : le cow-boy qui lui servait de guide, le shérif du comté, un personnage solidement charpenté nommé Blake Devlin, son adjoint, deux responsables du service des forêts, ainsi que le médecin légiste local, un petit homme taciturne qui paraissait minuscule sur son énorme cheval. Corrie se fit la réflexion qu'ils formaient un groupe pour le moins disparate dans ce décor granitique.

Cette balade à cheval n'amusait guère Corrie. L'étui de son arme de service lui rentrait dans les côtes et ses menottes lui labouraient le dos. Elle emportait dans ses fontes tous les accessoires dont elle aurait besoin pour collecter des indices : chaussons de protection, gants, masques, filets à cheveux, appareil photo numérique, sachets hermétiques, lampe de poche, pinces à épiler. Les équipes scientifiques du FBI auraient été mieux équipées encore, mais Morwood avait refusé de s'adresser à elles au prétexte que la mort de Peel était apparemment accidentelle. En outre, Corrie avait été formée pour ce genre de tâche, même si elle n'avait jamais eu l'occasion d'opérer sur le terrain.

Les autorités locales l'avaient accueillie froidement à son arrivée au ranch Red Mountain, la considérant comme une trouble-fête. Corrie, consciente de paraître jeune et inexpérimentée, s'était d'emblée adressée à eux avec détermination. *Même s'il s'agit d'un accident*, lui avait expliqué Morwood, *ce déplacement vous sera utile.*

Le petit groupe arriva en vue de la crête et Corrie nota que le sentier était barré par une longueur de corde. Elle se réjouit que quelqu'un ait pensé à sécuriser la scène du crime.

Elle descendit de cheval, détacha ses fontes et les balança sur son épaule tandis que les quatre flics se lançaient dans un long conciliabule avant d'éclater de rire.

Corrie enjamba la corde et rejoignit le bord du précipice. Elle se pencha au-dessus du vide et aperçut le corps en contrebas. La présence d'un tas de pierres et de deux bâtons taillés lui confirma que la victime était occupée à réaliser une croix lorsqu'elle avait fait une chute. Le sol granitique parsemé de fleurs de montagne était peu propice à la collecte d'indices.

Elle sortit l'appareil numérique et entreprit de photographier la scène. Le shérif, son adjoint et leurs collègues du service des Forêts s'approchèrent en discutant et en riant, peu concernés par le drame. De vrais cow-boys avec leurs chapeaux et leurs bottes.

Corrie se retourna en sentant une présence derrière elle et vit Nora Kelly s'approcher timidement. Elle était accompagnée de Benton, l'historien de l'expédition, et de ses deux jeunes assistants.

— Vous avez une idée de ce qui a pu se passer ? l'interrogea l'archéologue.

— Je doute qu'on trouve quoi que ce soit ici, répondit Corrie. J'aimerais descendre au fond du ravin afin d'examiner le corps. Savez-vous par où je peux passer ?

— Je vais vous montrer. Le médecin légiste a déjà entamé la descente.

Corrie suivit Nora Kelly jusqu'à une sente escarpée qui leur permit de rejoindre la gorge. Au creux de celle-ci s'écoulait un torrent bordé de sapins qu'elles longèrent avant d'être arrêtées par une corde.

— J'ai demandé à Wiggett de barrer le chemin afin d'éviter que quiconque touche aux ossements volés par Peele.

— Merci de cette initiative.

Des éclats de voix leur parvinrent : les quatre flics descendaient à leur tour la sente.

Le torrent dessinait un coude et Corrie s'arrêta afin de graver tous les détails de la scène dans sa mémoire, la mine grave. Le médecin légiste était penché au-dessus du corps dont il prenait la température. C'était la première fois qu'elle assistait à une telle opération et elle grimaça intérieurement.

— Qui est descendu jusqu'ici avant nous ? s'enquit-elle.

— Uniquement Wiggett et le médecin légiste. Nous avons veillé à rester à l'écart.

Corrie hocha la tête. Le corps, atrocement mutilé, gisait à moins de dix mètres au milieu de roches acérées. Elle se demanda s'il était vraiment nécessaire d'enfiler des vêtements de protection puisque le légiste ne l'avait pas fait. Elle décida pourtant de respecter la procédure et tira de son sac le nécessaire.

— Si cela ne vous ennuie pas d'attendre, dit-elle à l'archéologue, je voudrais examiner le corps de plus près.

— Bien sûr.

Corrie s'approcha et le légiste la salua d'un mouvement de tête.

— J'en ai encore pour quelques minutes et je vous le laisse.

— Merci.

Elle en profita pour prendre des photos des lieux, s'attardant sur les ossements éparpillés autour des sacoches déchirées de Peel. Il y en avait de toutes sortes, y compris un crâne en piteux état. La lampe frontale de la victime se trouvait près du corps et Corrie la photographia en gros plan.

— Agent Swanson ? fit le légiste. J'ai terminé.

Il s'écarta et prit des notes tandis que Corrie s'approchait de la dépouille du cow-boy. Sous la violence du choc, la tête de ce dernier s'était presque détachée. L'arrière du crâne, en miettes, trempait dans une mare de sang. Il souffrait de fractures multiples aux bras et aux jambes, certains os dépassaient par endroits. La chemise et le pantalon de Peel étaient en lambeaux et l'une de ses bottes avait volé à une vingtaine de mètres de là.

Pendant qu'elle poursuivait son examen en prenant des photos, Devlin, son adjoint et les deux policiers du service des Forêts s'approchèrent en pérorant à voix haute, sans prendre la précaution d'enfiler des gants.

— Alors, agent Swanson, déclara le shérif. Vous avez déjà résolu l'affaire ?

— Je me contente de réunir ce qui peut l'être, répondit-elle, sa voix étouffée par le masque sans cesser de photographier le corps.

— À votre avis… c'est un meurtre ?

La question de Devlin fit pouffer son adjoint.

— Je vous l'ai dit, il est trop tôt pour tirer des conclusions.

— En tout cas, ça me paraît clair.

Corrie ne prit pas la peine de répondre dans l'espoir vain qu'il n'insiste pas.

— Nous sommes en présence de ce qu'on appelle techniquement une *mauvaise chute*.

Sans se troubler, elle changea d'objectif et photographia en gros plan les plaies au visage.

— Notre homme construisait une petite tombe là-haut et il a basculé dans le vide en voulant ramasser des pierres.

Corrie refusa de se laisser détourner de sa tâche.

— Ce n'est pas votre avis, agent Swanson ?

— La question n'est pas de savoir s'il a fait une chute, mais comment.

— Je peux vous l'expliquer, si ça vous intéresse, rétorqua Devlin en remontant son pantalon dans un cliquetis de menottes. Avant-hier, la nuit où il est mort, la lune se couchait à 3 heures du matin. Notre homme s'active dans le noir autour de la tombe destinée à tous ces ossements. Il fait nuit, mais il refuse de s'arrêter et pouf ! Il bascule dans le vide.

Corrie ne put s'empêcher de tendre l'index en direction de la lampe frontale.

— Il ne travaillait pas dans le noir, sa lampe était allumée. L'interrupteur le confirme.

— Peut-être, mais il était pressé et l'endroit est dangereux.

Corrie se redressa et constata que Devlin lui adressait un sourire condescendant. *Reste cool*, se dit-elle.

— Je vous remercie, shérif, dit-elle avant de se tourner vers les trois autres qui arpentaient la scène du drame sans raison.

L'un d'eux marcha par inadvertance sur un fragment osseux et Corrie entendit le Pr Kelly protester.

Elle se retourna vers Devlin.

— Je demanderai à toutes les personnes qui ne procèdent pas au collectage des indices de bien vouloir se tenir de l'autre côté de la corde.

Le shérif ouvrit de grands yeux.

— Mais on est là pour collecter des indices. Je me sers de mes deux petits yeux, comme mes collègues.

Le cœur de Corrie s'emballa et elle sentit monter en elle le sentiment de colère qu'elle s'efforçait de maîtriser depuis quelques années. Elle prit sa respiration à plusieurs reprises afin de se calmer.

— Vous n'aurez qu'à reprendre vos observations quand j'en aurai terminé. Pour le moment, je vous serais reconnaissante de bien vouloir patienter de l'autre côté de la corde.

Le shérif laissa s'écouler un long silence avant de réagir.

— Mam'zelle, puis-je vous demander de quel droit vous donnez des ordres au shérif élu par les citoyens du comté de Nevada, en Californie ?

Le *mam'zelle* était de trop et c'est d'une voix glaciale que Corrie lui répondit.

— Nous nous trouvons sur un territoire fédéral relevant du FBI. Vous êtes ici uniquement parce que je le veux bien, shérif.

Elle se tourna vers les deux policiers du service des Forêts.

— J'en profite pour préciser que vous vous trouvez tous les deux sous mon autorité.

Les deux hommes la fusillèrent du regard. Elle se demanda un instant comment elle réagirait s'ils refusaient d'obtempérer, jusqu'à ce que l'un d'eux lui réponde « Bien, madame », avant de s'éloigner avec son collègue.

Corrie reporta son attention sur le shérif. Devlin était cramoisi. Il ouvrit la bouche, se ravisa et battit en retraite, la mine sombre, en compagnie de son adjoint.

La jeune femme, soulagée, acheva la série de gros plans qu'elle avait entamée, puis elle effectua un dernier tour et rejoignit les autres derrière la corde.

— Si vous souhaitez examiner le corps, il est à vous.

— On n'a pas besoin d'examiner quoi que ce soit, rétorqua le shérif. Ce qui est arrivé est clair comme de l'eau de roche.

Nora Kelly et l'historien s'approchèrent en voyant Corrie ranger ses affaires.

— J'ai assisté à votre échange. Bien joué.

Corrie afficha une expression neutre, mais elle en fut reconnaissante à l'archéologue.

— J'aurais une question à vous poser, enchaîna celle-ci. Que va-t-il advenir des ossements volés par Peel ?

Corrie prit le temps de méditer la question.

— Ce sont des pièces à conviction. En tant que telles, nous sommes censés les conserver.

— Puis-je vous proposer une alternative ?

— Je vous écoute.

— Il s'agit de restes humains qui méritent une attention particulière, au-delà de leur valeur archéologique. Ils ont subi des dommages au moment de leur chute, il est donc nécessaire de les étudier et de les réparer au besoin, ce qui est impossible si vous les conservez.

— Je suis d'accord avec Nora, renchérit Benton. En tant que descendant d'un membre de l'expédition Donner, je ne voudrais pas que les restes de mon ancêtre se trouvent enfermés à jamais dans un placard.

— Sachant que le FBI y aura accès à tout moment s'il en a besoin, ajouta Kelly.

— Si jamais ces ossements servent un jour de preuve, nous aurons besoin de savoir qui a pu y avoir accès, et à quel moment précis.

— Ce n'est pas un problème. Dans la mesure où nous comptons procéder à des tests ADN, nous entendons les protéger de tout risque de contamination. Le protocole même d'analyse ADN induit une traçabilité parfaite.

— Très bien, décida Corrie après réflexion. Vous pourrez les récupérer dès que le médecin légiste aura fait enlever le corps.

— Je vous remercie.

Corrie acheva de prendre des notes pendant que les policiers du service des Forêts déposaient la dépouille de Peel dans une housse mortuaire sous la direction du légiste avant de charger leur fardeau sur un cheval. Les trois hommes, auxquels s'étaient joints le shérif et son adjoint, repartirent dans la foulée.

Avec l'accord de Corrie, l'archéologue et ses assistants passèrent la zone au peigne fin en ramassant les fragments osseux à l'aide de pinces aux mâchoires munies d'embouts caoutchoutés avant de les enfermer dans des sachets hermétiques. Une partie importante des ossements se trouvait encore dans les sacoches de Peel, ce qui leur avait permis de mieux résister à la chute. Corrie, constatant le soin avec lequel travaillaient Kelly et ses hommes, se fit la réflexion que les techniciens du FBI n'auraient pas été plus méticuleux.

L'après-midi tirait à sa fin lorsque les archéologues achevèrent leur tâche. Ils remontèrent la sente jusqu'à la crête où les attendaient leurs chevaux et repartirent en direction du camp dans la lumière dorée du soir.

32

15 mai

Installée dans le QG face à une table pliante sur laquelle était étalée une nappe de feutrine noire, Nora contemplait d'un air perplexe les ossements récupérés la veille près du corps de Peel. Nombre d'entre eux avaient été abîmés par leur chute et les archéologues avaient passé leur matinée à tenter de les identifier en s'aidant des nombreuses photos prises au moment de leur découverte. Le logiciel de l'Institut les avait grandement aidés.

— C'est extrêmement ennuyeux, déclara Clive à côté d'elle. Pour ne pas dire plus.

Nora secoua la tête.

— Quand la fille du FBI apprendra ça…

— Vous pensez qu'on aurait pu passer à côté, hier au fond du ravin ?

— Non, nous avons écumé toute la zone.

— Dans ce cas, a-t-il pu l'enterrer ailleurs ?

— On dirait bien. Mais pour quelle raison ?

Une voix les interrompit.

— Je peux ?

Seigneur, pensa Nora. À son grand agacement, l'agent Swanson avait planté sa tente près du camp, preuve qu'elle avait l'intention de s'incruster.

— Entrez, je vous en prie, l'invita Nora.

La jeune femme s'avança à l'intérieur de la tente.

— Il s'agit des ossements retrouvés près de Peel ?

Nora poussa un soupir. Autant en finir tout de suite.

— Oui, mais nous avons un problème.

— Lequel ? demanda Swanson en sortant un carnet de sa poche.

— Il nous manque un crâne et plusieurs vertèbres.

— À qui appartenaient-ils ?

— À Parkin.

La surprise qu'elle lut dans les yeux de Swanson céda la place à ce qui ressemblait fort à de l'excitation.

— Vous êtes sûre qu'il s'agit du crâne d'Albert Parkin ?

— Oui.

— Et vous êtes certaine qu'il n'a pas pu vous échapper hier ?

— Oui.

— Il ne manque rien d'autre ?

— Pas à ma connaissance.

La policière griffonna quelques notes dans son carnet.

— Nous en avons conclu que Peel avait enterré ce crâne avant sa chute, suggéra Clive.

Swanson se tourna vers Nora.

— Vous êtes également de cct avis ?

— Je ne sais pas. Je ne vois pas pourquoi Peel aurait enterré ailleurs un fragment de corps. Tout est étrange dans cette affaire. S'il avait vraiment tenu à leur donner une sépulture chrétienne digne de ce nom, pourquoi les emporter en pleine montagne au lieu de les redescendre dans un cimetière ?

Clive secoua la tête.

— Tout simplement parce que ce type était cinglé. Prenez le squelette de Samantha Carville, par exemple : pourquoi le voler alors qu'il avait été enterré là normalement ?

Corrie sonda longuement le regard de Nora.

— Lors de ma première visite, vous n'aviez pas réussi à identifier les restes de Parkin et vous aviez promis de m'avertir si vous y parveniez. Et voilà que vous affirmez avoir la certitude que le crâne de Parkin a disparu. Que dois-je en déduire ?

Le pincement de culpabilité qu'avait ressenti Nora lorsqu'elle avait réussi à identifier les ossements de Parkin, essentiellement dans le but d'impressionner Clive, revint au galop.

— Nous avons procédé à des analyses il y a deux jours à peine, en tenant compte de la fracture à la clavicule à laquelle vous aviez fait allusion. Nous avons pu identifier le crâne grâce à notre logiciel, sans avoir une certitude absolue tant que nous n'aurions pas procédé à des tests ADN.

— Vous avez donc retrouvé cette clavicule fracturée.

Nora acquiesça.

— Vous dites qu'il vous manque un crâne et quelques vertèbres. La clavicule se trouve donc toujours ici ?

— Absolument.

— Puis-je la voir ?

— Bien sûr, le temps de la récupérer. Souhaitez-vous la voir immédiatement, ou bien... ?

— Ça peut attendre, je vous remercie. J'aurais avant cela quelques questions à vous poser, ainsi qu'aux autres.

— Vous voulez dire qu'il s'agit d'un interrogatoire ?

— Non, je cherche à réunir des informations spontanées. Si ça ne vous dérange pas, j'aimerais me servir de cette tente qui est isolée.

— Est-ce vraiment nécessaire ?

— Absolument, et j'aimerais commencer par vous, Mme Kelly.

— Moi ? Et quand ? soupira Nora.

— Tout de suite.

33

L'archéologue et l'historien commencèrent par ranger soigneusement les ossements dans un petit placard qu'ils fermèrent à clé, puis ils dégagèrent une petite table à l'intention de Corrie.

— Je vous remercie, c'est parfait, fit celle-ci en s'asseyant avant de poser devant elle son téléphone afin d'enregistrer la conversation.

Constatant que Benton restait à l'entrée de la tente, Corrie ajouta à son intention :

— Si ça ne vous dérange pas, j'aimerais m'entretenir en privé avec le Pr Kelly.

— Bien sûr, s'empressa-t-il de répondre. Je vais aider Bruce et Jason.

Corrie fit signe à l'archéologue de s'asseoir en face d'elle.

— J'aimerais vous enregistrer, si vous n'y voyez pas d'inconvénient.

Kelly haussa les épaules.

— Je vous en prie. Et appelez-moi Nora. Personne ne s'adresse aux autres par leur titre ici. J'ai l'impression d'être en face de l'un de mes étudiants chaque fois que vous m'appelez professeur Kelly.

— Très bien, mais pour les besoins de cet entretien, je continuerai de vous appeler par votre titre.

Corrie lança l'enregistreur de son téléphone, indiqua son nom et la date, et posa l'appareil devant l'archéologue.

— Je vous demanderai de décliner votre identité.

— Nora Kelly.

Corrie prit une longue respiration.

— Professeur Kelly, vous m'avez expliqué que Clive Benton était à l'origine de cette campagne de fouilles. Quand précisément vous a-t-il contactée ?

— Au mois de novembre dernier.

— Pouvez-vous me préciser dans quelles circonstances ?

Malgré la présence de l'enregistreur, Corrie prit des notes pendant que Nora détaillait la découverte du journal de Tamzene et sa décision de contacter l'Institut.

— Qui a donné son feu vert au sein de l'Institut ?

— La directrice, Mme Fugit, ainsi que le conseil d'administration.

— Dois-je en déduire que l'Institut a accepté de financer cette expédition coûteuse sur la foi d'un vieux journal ?

— Oui, répondit Nora d'une petite voix.

Sa gêne n'échappa pas à Corrie.

— Quelles sont les sources de financement d'une telle campagne, précisément ? S'agit-il de donations privées ? De subventions ?

L'archéologue se montra à nouveau hésitante.

— J'imagine que vous n'êtes pas au courant d'un élément important.

— Je vous écoute.

— L'Institut espère un retour sur investissement grâce… grâce à une importante quantité d'or probablement dissimulée aux alentours du Campement perdu.

Corrie n'en croyait pas ses oreilles.

— Vous parlez d'un trésor caché ?

— Oui, plus ou moins.

— Pourriez-vous me fournir des explications plus précises ?

Nora évoqua les circonstances dans lesquelles Wolfinger avait emporté un coffre rempli de pièces d'or avant d'être assassiné, puis elle relata la découverte des pièces de dix dollars.

— Nous sommes convaincus que le reste de la somme est caché près d'ici, conclut-elle.

— Avez-vous procédé à des recherches ?

— Oui, suite au départ de Peel. Nous avons estimé qu'il était plus prudent de mettre ce trésor à l'abri le plus tôt possible.

— Mais vous ne l'avez pas retrouvé.

Nora répondit par la négative d'un mouvement de tête.

— À combien est estimé le contenu de ce coffre ?

— Vingt millions de dollars.

— Vingt *millions* ? répéta Corrie, abasourdie. Cette somme revient-elle à celui qui découvre le trésor ?

— Non. La somme sera divisée à parts égales entre l'État de Californie, le gouvernement fédéral et l'Institut. Pour des raisons évidentes, nous n'avons pas fait de publicité autour de ce volet de l'expédition, mais tout est précisé dans les permis de fouilles.

Corrie masqua son trouble en prenant force notes. Elle hésita à demander à Nora pourquoi elle ne lui en avait pas parlé plus tôt, mais il était clair que l'archéologue se montrerait évasive. Elle s'était déjà montrée peu coopérative en omettant de l'avertir de la découverte du squelette de Parkin. Cette histoire n'était pas claire depuis le début, Corrie avait la conviction que la disparition des descendants de Parkin était liée à ce mystère.

— Qui d'autre est au courant de l'existence de cet or ?

— Tout le monde au sein de l'équipe et quelques personnes à l'Institut, mais nous avons fait preuve de la plus grande discrétion. Nous n'avons aucune envie de voir débarquer dans le coin une nuée de chasseurs de trésor.

— Peel était donc au courant ?

— À la vérité, non. Il s'est enfui avant que nous en parlions à l'équipe.

— Et le Pr Benton ?

— C'est lui qui a découvert l'existence de ce trésor.

Corrie prit le temps de réfléchir. Elle s'attendait si peu à un tel développement qu'elle était à court de questions.

— Pour en revenir à la mort de Peel, quelles relations entretenait-il avec les autres membres de cette expédition ?

— C'était un personnage taciturne, je n'ai pas eu l'occasion de le connaître vraiment.

— Pas d'ennemis ?

— Pas à ma connaissance, mais il n'avait pas d'amis non plus.

— Personne ici n'aurait eu de raison de vouloir sa mort ?

Nora écarquilla les yeux.

— Vous ne pensez tout de même pas qu'il a été assassiné ?

La question méritait réflexion. Corrie n'était pas sûre de la réponse, mais créer quelques remous produirait peut-être des résultats.

— C'est possible.

— *Tout* est toujours possible. Quelles raisons vous permettent de douter ?

— J'ai cru comprendre que Peel était un cavalier aguerri, habitué aux randonnées en pleine montagne. Il était équipé d'une lampe frontale, mais surtout, il a reçu un choc à la tête qui pourrait être antérieur à sa chute.

— Vous voulez dire qu'on l'a assommé avant de le précipiter dans ce ravin ?

— Oui.

— J'ai vu à quoi ressemblait Peel, j'ai remarqué un grand nombre de contusions. Comment savoir si elles n'ont pas toutes été provoquées par sa chute ?

La question était fondée, et Corrie n'était pas en mesure d'y répondre tant que n'aurait pas été pratiqué un examen poussé en laboratoire.

— Qui aurait pu le frapper ? poursuivit Nora en voyant que Corrie restait silencieuse. Nous étions les seuls présents dans les parages.

Corrie sentit monter la tension. On lui avait appris, lors des enseignements consacrés aux interrogatoires, que le silence était une arme redoutable.

— Vous suggérez qu'il s'agirait de l'un d'entre nous ? demanda Nora en haussant le ton.

— Je n'exclus pas la possibilité que des inconnus se trouvent dans ces montagnes, mais un tel scénario me semble improbable.

Nora, incrédule, sentit monter en elle une bouffée de colère.

— C'est pour cette raison que vous souhaitez nous interroger ?

— Oui.

— Je peux vous assurer qu'il n'y a aucun assassin parmi nous. En outre, quelle raison aurait-on de vouloir s'en prendre à Peel ?

— Les sépultures de trois descendants de Parkin ont été pillées ces derniers mois, un homme a été assassiné et un quatrième membre de la famille Parkin a été enlevé, probablement supprimé lui aussi. Et voilà que le crâne d'un autre Parkin disparaît tandis que l'homme qui l'avait volé meurt dans des circonstances troublantes. Tout indique que quelqu'un s'intéresse de près au clan Parkin.

— Tout ça est complètement fou. Pourquoi ? réagit Nora, désarçonnée.

— C'est précisément ce que je cherche à découvrir. Pourriez-vous demander au Pr Benton de me rejoindre ? J'interrogerai ensuite vos assistants, et les autres demain.

34

En attendant Benton, Corrie nota quelques questions dans son carnet et s'assura que l'enregistreur avait fonctionné correctement. La température était agréable à l'intérieur de la tente alors que le fond de l'air était frais. Corrie n'était pas mécontente de se trouver dans un tel cadre pour sa première enquête. Elle calma sa nervosité en prenant de longues inspirations. Les travaux pratiques auxquels elle avait participé à Quantico l'avaient mal préparée à cette affaire dépourvue de mobile apparent.

Ses profs avaient insisté sur l'importance d'éviter toute idée préconçue, mais en voyant Clive Benton s'avancer sous la tente, Corrie s'aperçut qu'elle avait à son endroit un préjugé défavorable. Loin du cliché de l'historien chétif à lunettes, Benton était un beau gosse au visage buriné percé de deux yeux bleus qui l'observaient. Peut-être était-ce son charme naturel qui lui déplaisait.

— Asseyez-vous, je vous en prie, l'invita-t-elle.

Il tira à lui un siège pliant, ses traits troublés par une expression maussade qu'il ne cherchait nullement à dissimuler. Corrie mit en route son enregistreur et procéda aux questions d'usage avant d'entrer dans le vif du sujet.

— Monsieur Benton, j'aimerais savoir ce qui vous a conduit à vous intéresser à l'expédition Donner.

Il soupira d'impatience.

— Je suis un descendant lointain de la famille Breen qui faisait partie de l'expédition. Cette histoire me fascine depuis l'enfance. La thèse que j'ai soutenue à Stanford y était consacrée, mais vous connaissez déjà tous ces détails.

— Comment en êtes-vous arrivé à lancer cette campagne de fouilles ?

Il ne cacha pas son agacement.

— Les historiens connaissaient l'existence du journal de Tamzene Donner, mais personne n'avait réussi à le retrouver. J'y suis parvenu.

— De quelle façon ?

— Je l'ai découvert dans une maison abandonnée ayant appartenu autrefois à la fille de Jacob Donner.

— Pourquoi l'avoir cherché là-bas ?

— Simple hypothèse.

— C'est une raison bien vague. Vous ne disposiez d'aucune information plus spécifique ?

— J'étais persuadé que la fille de Jacob, nièce de George et Tamzene, l'avait en sa possession et j'ai pensé qu'il se trouvait toujours dans ses affaires.

— Vous l'avez donc retrouvé et ensuite ? Vous l'avez racheté à la famille ?

L'hésitation de Benton trahit sa gêne.

— C'est-à-dire que… non. La maison était abandonnée depuis des années.

Il se redressa sur sa chaise en défiant Corrie du regard.

— J'ai pénétré dans cette maison qui était promise aux bulldozers.

— Je souhaiterais clarifier ce point. Vous avez pénétré dans cette propriété et récupéré ce journal sans autorisation légale. En d'autres termes, vous l'avez volé.

La mine de l'historien était plus provocante que jamais.

— Il s'agit d'un document d'une valeur historique inestimable qui risquait de disparaître à jamais. Alors, oui, j'ai enfreint la loi. Arrêtez-moi si vous le souhaitez.

Il tendit ses poignets d'un geste théâtral.

— Je ne vais pas vous passer les menottes, monsieur Benton.

Pas encore, faillit ajouter Corrie.

Il retira ses mains.

— Découvrir le journal était une première étape. Comment en êtes-vous arrivé à monter cette expédition ?

— À la lecture du journal, je me suis aperçu qu'il contenait des informations capitales sur la localisation du Campement perdu. N'étant pas archéologue, je me suis adressé à Nora et à l'Institut. Je leur ai suggéré de financer ces fouilles grâce à l'or qui se trouvait probablement caché dans les environs.

Il écarta les mains.

— Voilà toute l'histoire.

À l'inverse de Nora Kelly, Benton n'avait pas hésité un instant à lui parler du trésor, ce qui n'était pas anodin.

— Est-ce vous qui avez pu établir l'existence de cet or ?

— On savait de longue date que Wolfinger, l'un des pionniers, emportait un coffre de pièces d'or, mais j'ai été le premier à en déterminer la valeur exacte.

— De quelle façon ?

— J'ai consulté de vieux registres bancaires.

— Je vois. À votre avis, où est caché cet or ?

— Quelque part dans les parois rocheuses qui encerclent le site des fouilles.

Il se pencha vers son interlocutrice.

— J'ajoute que j'aurais très bien pu venir ici tout seul et récupérer le trésor sans que personne ne le sache puisque je savais depuis près d'un an qu'il se trouvait ici. Je ne l'ai pas fait.

— Pourquoi ?

La question provoqua son hilarité.

— On ne peut pas dire que vous prenez des gants, vous. Je ne l'ai pas fait parce que je suis honnête. L'Histoire m'intéresse davantage que l'argent.

Ses arguments tiennent la route, pensa Corrie en prenant des notes avant de passer à la suite.

— Où étiez-vous le 2 mai ?

— Que s'est-il passé ce jour-là ?

— C'est le jour où Rosalie Parkin a été enlevée.

— Vous me demandez si j'ai un alibi, c'est ça ? demanda-t-il en riant. Je n'ai même pas besoin de consulter mon agenda, c'est le jour où nous avons presque rejoint le ranch depuis Santa Fe, avec les autres membres de l'expédition.

— Et le 22 avril ?

— Le 22 avril…

Il consulta l'agenda de son téléphone.

— J'ai délaissé les préparatifs de cette expédition pour assister à un congrès consacré à l'Histoire de l'Ouest. J'ai pris l'avion à Santa Fe pour me rendre à l'université d'Oklahoma, à Norman, en présence de plusieurs centaines de témoins. Le 22 avril est la date d'un autre drame ?

— C'est la nuit où a été exhumé le corps d'une descendante de Parkin au cimetière de Glorieta Pass. On a retrouvé sur place le corps de celui qui avait ouvert la tombe.

— Eh bien, je ne peux pas être le coupable. Ouf ! ajouta-t-il en faisant mine de s'éponger le front pour plaisanter.

— Ce sont des questions de routine, professeur.

— De routine ?

Il se leva, posa les mains à plat sur la table et se pencha vers la jeune femme.

— Laissez-moi vous dire ce que j'en pense : toute cette histoire est ridicule.

Corrie s'apprêtait à lui répondre lorsqu'elle se souvint des recommandations de l'un de ses profs à l'école du

FBI : *Quand ils sont en colère, ne dites rien et laissez-les parler.*

— À vous entendre, s'énerva Benton, les enlèvements des cadavres de la famille Parkin ont débuté il y a moins d'un an, alors que je consacre des recherches à l'expédition Donner et au Campement perdu depuis *deux décennies.* Sans me vanter, j'ai un pedigree de chercheur sans tache et j'ai démontré mon honnêteté en ne cherchant pas à m'approprier cet or. Vous vous trompez sur toute la ligne et je doute que ça fasse avancer votre carrière. D'autres questions ?

— Pas pour le moment. Il est possible que je veuille éclaircir d'autres points après avoir interrogé les autres.

— Je ne doute pas qu'ils se pressent devant votre porte, grinça Benton en prenant congé.

— Si ça ne vous ennuie pas de m'envoyer Jason Salazar ? lui demanda Corrie.

— Bien sûr, répondit-il en levant les yeux au ciel.

35

Les entretiens avec Salazar et Adelsky n'ayant pas contribué à l'avancement de l'enquête, Corrie invita Nora à lui montrer la clavicule de Parkin, puis elle rangea ses affaires et regagna le camp aux alentours de 15 heures. Trouvant le lieu désert, elle s'enferma dans sa tente où elle relut ses notes avant d'entamer la rédaction d'un rapport préliminaire à l'intention de son chef.

Elle ressortit en fin d'après-midi lorsqu'elle entendit des bruits de casseroles, signe que Maggie préparait le dîner. Elle alla s'asseoir près du feu, à côté de Burleson, occupé à lire *L'Éducation d'Henry Adams*.

L'ancien avocat releva la tête en l'entendant prononcer son nom.

— J'aurais aimé m'adresser au groupe ce soir. Je vous serais reconnaissante si vous pouviez veiller à ce que tout le monde soit là.

Il posa sur elle un regard interrogateur.

— C'est au sujet de Peel ?

— Entre autres.

Il hocha la tête.

Le camp ayant retrouvé ses occupants à l'heure du crépuscule, Burleson sacrifia au rituel du soir en débouchant une bouteille de vin.

— Si vous voulez bien vous asseoir près du feu, annonça-t-il, l'agent Swanson souhaiterait vous parler.

Tous les yeux se tournèrent vers Corrie. Elle avala sa salive, s'efforçant de dompter sa nervosité.

— Je vous remercie. Demain, je souhaite interroger les trois personnes attachées au ranch Red Mountain, après m'être entretenue aujourd'hui avec les chercheurs.

Wiggett leva un doigt.

— Le shérif nous a déjà posé des questions. Il dit qu'il s'agit d'un accident, je ne vois pas de quoi on pourrait bien parler.

L'hostilité du groupe était palpable et Corrie sentit croître son malaise.

— Je ne suis pas sûre d'être d'accord avec le shérif.

— Vous ne croyez tout de même pas que Peel a été assassiné ? s'étonna Wiggett.

— Je me contente d'enquêter.

Après une hésitation, elle décida de partager ses soupçons avec le groupe.

— De ce que j'ai pu en voir, l'une des plaies à la tête de Peel était antérieure à sa chute.

Sa déclaration provoqua la consternation générale.

— Vous soupçonnez l'un d'entre *nous* ? s'étrangla Maggie.

— Je n'en suis pas au stade des conclusions, se défendit Corrie que cette mise sur le gril commençait à agacer.

— Mais vous le pensez, insista Maggie. Je le lis sur votre visage !

— Une minute, s'interposa Nora. Je ne suis pas plus satisfaite que vous tous de la situation, mais l'agent Swanson ne fait que son travail.

Merci, pensa Corrie, surprise de ce soutien inattendu.

— Qui aurait bien pu vouloir tuer Peel ? reprit Maggie. Quel serait le mobile du crime ?

— C'est ce que je cherche à découvrir. Les vingt millions de dollars cachés dans les environs pourraient suffire à expliquer un meurtre. Je note que le camp était vide quand j'y suis revenue cet après-midi. Je serais curieuse de savoir où vous étiez tous.

— Je vous arrête tout de suite, intervint Burleson. J'ai interdit à tout le monde de se lancer dans une course au trésor.

— Je vous demande de coopérer à l'enquête, rien de plus, rétorqua Corrie en refrénant son exaspération.

— Si vous croyez vraiment que c'est un meurtre, déclara Maggie, vous soupçonnez forcément l'un de nous. Comme dans les polars d'autrefois, quand tout le monde se retrouvait coincé sur une île ou ailleurs. Y'a personne d'autre que nous, dans le coin.

— Ne tirez pas de conclusion hâtive, se défendit Nora, consciente que tout le monde se rangeait au raisonnement de Maggie.

— À dire vrai, fit Burleson, on n'a aucune idée de qui traîne dans ces montagnes. Le coin est immense, il peut très bien y avoir des campeurs ou des espions. Qui sait si la présence de cet or n'a pas déjà fuité ?

— Vous soupçonnez l'un d'entre nous d'avoir un complice caché dans ces montagnes ? s'enquit Salazar.

— Je dis juste que mon équipe et moi n'étions pas au courant de l'existence de ce trésor avant d'arriver ici.

— Par élimination, vous accusez quelqu'un de l'Institut. C'est bien ça ?

— Je n'accuse personne, se justifia Burleson. D'ailleurs, même si l'agent Swanson a raison, rien ne prouve qu'il s'agit de quelqu'un d'ici. D'autres personnes étaient au courant à l'Institut.

— Uniquement la directrice et le conseil d'administration, et je les vois mal en parler à quiconque, précisa Nora.

— Je suis désolé, mais je ne comprends pas pourquoi on parle de tout ça, intervint Wiggett. L'idée qu'on ait pu assassiner Peel est débile.

— Peut-être, concéda Corrie, mais s'il s'agit bien d'un meurtre, quel qu'en soit l'auteur, je ne saurais trop vous conseiller de ne pas vous balader seul quand vous quittez le camp. En particulier la nuit.

À sa grande satisfaction, sa remarque les rendit muets.

Le dîner fut morne. Corrie avala son plat rapidement pour retourner relire ses notes dans sa tente. Elle trouvait le travail d'enquêteur beaucoup plus difficile qu'elle ne l'avait imaginé. Sans vraiment comprendre comment elle s'y était prise, elle avait trouvé le moyen de se mettre tout le monde à dos. Mais peut-être était-ce la loi du genre.

Allongée sur son sac de couchage alors que les autres étaient couchés depuis longtemps, préoccupée par la suite, elle entendit un hurlement terrifiant. Elle se leva d'un bond, saisit son holster au vol et sortit son Glock avant de sortir en trombe de la tente. Les lumières de plusieurs lampes de poche s'allumèrent dans la nuit à mesure que les occupants du camp imitaient son exemple.

Maggie Buck, la cantinière, debout devant sa tente en pyjama, sanglotait en tremblant de tous ses membres.

— Je l'ai vue ! Elle est venue dans ma tente !

— Qui ? lui demanda Burleson.

— À votre avis ? C'était horrible. Elle avançait en boitant, avec ses yeux tout blancs et son haleine de viande pourrie. Elle m'a expliqué qu'elle cherchait sa jambe et puis... *elle m'a touchée* !

Burleson lui posa sur l'épaule une main rassurante.

— C'est bon, Maggie. C'était un cauchemar, rien de plus.

Maggie posa sur lui des yeux exorbités.

— C'était pas un cauchemar du tout ! Elle était là, devant moi, et sa main était glacée !

36

16 mai

Le soleil de midi réchauffait agréablement la zone de fouilles dans laquelle s'activait Nora. Salazar et Adelsky avaient achevé de dégager le refuge et le foyer, ce dont ils n'étaient pas peu fiers.

À juste titre, ils avaient fait un excellent boulot. Le foyer, une tache noire de forme circulaire entourée de restes d'ossements, se trouvait au centre de la masure de fortune érigée par les pionniers en détresse. Après avoir récupéré les ridelles en bois des chariots, ils les avaient clouées ensemble, puis ils avaient complété le tout avec les rares troncs d'arbres dont ils disposaient. Nora eut le cœur serré à la vue de cette cabane pitoyable dans laquelle des êtres humains avaient tenté de survivre, en vain. Elle peinait à croire qu'un abri aussi minuscule ait pu accueillir autant de personnes.

En effectuant ces fouilles, Adelsky et Salazar avaient découvert, à quelques mètres de là, deux squelettes presque complets. Sans doute ceux des ultimes survivants, recroquevillés dans des positions grotesques qui trahissaient une mort douloureuse. Nora savait pourtant que mourir de faim ne provoquait pas de telles convulsions. Ce spectacle semblait accréditer la thèse que certains occupants du Campement perdu avaient succombé à des crises de folie furieuse.

Elle fit le compte dans sa tête : Samantha Carville, les deux assassins de Wolfinger, les trois squelettes découverts dans le dépotoir, les restes monstrueux découverts au fond de la marmite, Boardman qui s'était enfui lorsque sa femme avait voulu le tuer sous l'empire de la folie, et Chears qui était encore en vie à l'arrivée des secours. Avec les deux derniers squelettes retrouvés par ses assistants, cela faisait un total de onze personnes, le compte exact des pionniers prisonniers du Campement perdu.

Nora éprouva un profond sentiment de satisfaction. Si le crâne de Parkin manquait toujours à l'appel, ses équipes et elle avaient mené à bien ces fouilles. Il ne restait plus guère qu'une inconnue à ce stade.

— Les fouilles sont à peu près terminées, expliqua-t-elle à Clive. Nous n'avons plus qu'à récupérer l'ensemble des ossements et des vestiges pour les rapporter à l'Institut avant de reboucher les excavations.

Elle se tourna vers Salazar et Adelsky.

— Bravo pour votre travail.

Les voyant hésitants, elle poursuivit :

— Je suppose que vous avez envie de partir à la chasse au trésor ?

— Vous nous l'aviez promis, répliqua Adelsky.

La remarque amusa Nora.

— Je vous dois bien ça. Très bien, nous procéderons à l'emballage et l'étiquetage des ossements demain.

Après le déjeuner, Nora déplia son croquis des falaises. Elle avait poursuivi les recherches en compagnie de Clive chaque fois qu'ils en avaient l'occasion, si bien que deux secteurs restaient encore inexplorés.

— Vous croyez vraiment que l'or se trouve là ? demanda Adelsky en examinant les parois rocheuses.

— J'en ai la conviction, répliqua Clive. Je ne vois pas comment ils auraient pu dissimuler le coffre ailleurs, avec toute cette neige.

— À quoi correspond ce secteur ? interrogea Salazar en pointant du doigt une zone passée en rouge sur le croquis.

— Il s'agit de la partie qui se trouve sous cette congère en équilibre instable. Il nous faudra attendre qu'elle tombe ou qu'elle fonde.

— Une zone rouge, déclara Adelsky sur un ton emphatique. On se croirait dans un roman d'espionnage. Je suis prêt à parier que le trésor se trouve précisément là.

Le temps de réunir l'équipement d'escalade, ils rejoignirent le fond de la vallée. Nora enfila le harnais et entama les recherches avec l'aide de Salazar tandis que Clive et Adelsky fouillaient les anfractuosités situées au bas de la paroi rocheuse.

Nora décréta une pause peu après 16 heures. Elle détailla de loin les failles situées à l'intérieur de la zone rouge.

— Tout le reste a été fouillé ? s'enquit Salazar.

— Oui.

— Vacherie, remarqua Adelsky. Tant qu'à se trouver ici, autant terminer le boulot.

— Après toi, je t'en prie, rétorqua Salazar. J'ai déjà vu tomber une congère, je n'irais pas fouiller un endroit pareil pour cinquante millions.

Le regard de Nora s'attarda sur l'éboulis le plus proche. Aucun arbre n'y avait pris racine, preuve de la présence fréquente d'avalanches. Elle examina la congère à l'aide de ses jumelles. L'énorme masse de neige, en équilibre instable au niveau de la crête, pouvait s'effondrer à tout moment.

— Jason a raison, approuva-t-elle. C'est bien trop dangereux.

Les mines de ses assistants s'allongèrent, même Clive paraissait déçu, mais elle ne pouvait prendre un tel risque en sa qualité de chef d'expédition.

Prise d'une idée, elle se tourna vers ses assistants.

— Les gars, vous avez balayé le secteur entièrement avec le magnétomètre, non ?

Les deux jeunes gens se regardèrent.

— Bien sûr, répondirent-ils d'une même voix.

— Avant de tout remballer, je vous propose de procéder à un dernier examen de la zone où reposent Spitzer et Reinhardt.

Clive fronça les sourcils.

— Pourquoi donc ? Nous avons tout fouillé à plus d'un mètre de profondeur.

— Je sais, mais quitte à ne pas pouvoir explorer la dernière portion de falaise, autant s'assurer qu'ils n'ont pas dissimulé l'or un peu plus loin.

Salazar haussa les épaules.

— Je suis partant.

Il partit chercher le magnétomètre au QG et retrouva ses trois compagnons au refuge des deux assassins. Il mit la machine en route, procéda aux calibrages nécessaires, et entama ses recherches avec une attention particulière en décrivant une spirale.

Nora suivait chacun de ses mouvements sur l'écran de son iPad. La machine commença par signaler la présence de nombreux objets dans le sol, mais il s'agissait de ceux qu'ils avaient déjà découverts, et les résultats se faisaient plus rares à mesure que Salazar s'éloignait des deux corps.

Les espoirs engendrés par cette tentative de la dernière chance achevaient de s'évanouir lorsque la voix de Salazar s'éleva.

— Je viens de repérer une ombre.

— Il pourrait s'agir d'un coffre ? demanda Clive.

— Non. La tache n'est pas assez grande et il ne s'agit pas d'un objet métallique, mais il n'est pas enterré très profondément.

Il marqua l'emplacement et éteignit le magnétomètre pendant qu'Adelsky allait chercher des outils au pas de course. De retour quelques instants plus tard, il les tendit à Nora qui enfila des gants, s'agenouilla, et entreprit de creuser à l'endroit repéré par Salazar.

En moins de dix minutes, elle mettait au jour quelques ossements.

— On dirait une petite jambe, murmura Salazar. Mon Dieu !

Nora n'avait pas attendu d'avoir déterré les os pour comprendre.

— Il s'agit en effet de la jambe manquante de Samantha Carville. Plus exactement, son tibia et son péroné, ainsi que les os du pied. Si vous observez attentivement le tibia, vous verrez des traces de dents et des griffures de couteau.

— Seigneur ! balbutia Salazar.

— Vous êtes sûre qu'il s'agit de la petite Carville ? insista Clive.

— Qui d'autre ?

Une demi-heure plus tard, Clive repartait en direction du camp de base en compagnie de Salazar et d'Adelsky. Nora les regarda s'éloigner entre les arbres avant d'étaler les bâches et de les fixer au sol, puis elle entra dans sa base de données ses dernières découvertes.

Elle était en plein travail lorsqu'elle vit une silhouette sortir du bois. Elle reconnut Corrie Swanson. *Bon sang, elle ne nous laissera donc jamais en paix ?*

Elle se redressa et attendit que la jeune femme la rejoigne.

— Je vous dérange ?

Nora répondit par la négative d'un mouvement de tête.

— J'avais quasiment terminé. Quoi de neuf ?

— J'aurais quelques questions à vous poser.

— Très bien, soupira Nora.

Elle remarqua que Swanson ne sortait pas son téléphone pour enregistrer la conversation. Elle voulut y voir un signe encourageant.

— Allez-y.

— C'est au sujet du Pr Benton.

— Mais encore ?

— Je ne comprends toujours pas pourquoi il s'est adressé à vous pour ces fouilles au lieu de contacter l'université de Stanford, ou l'université de Californie.

— Il cherchait une archéologue, et l'Institut archéologique de Santa Fe est très réputé. Pas de quoi chercher midi à quatorze heures.

— C'est tout de même étonnant qu'il n'ait pas voulu s'adresser aux équipes de Stanford, alors qu'il y a soutenu sa thèse.

Nora s'efforça de masquer son agacement.

— Pourquoi vous montrer aussi soupçonneuse avec Clive ?

— Je ne suis pas soupçonneuse…

— Bien sûr que si, et j'aimerais savoir pourquoi.

— Parce que toute cette histoire tourne autour de lui. Le journal, les fouilles, le trésor.

Nora lui lança un regard assassin.

— Vous n'avez rien d'autre que de vagues intuitions que vous vous efforcez d'exploiter, sans raison aucune.

— Je me contente pour l'instant de réunir des éléments…

— Mettez-vous à ma place. Vous déboulez ici en proférant des accusations sans queue ni tête, vous affirmez notamment que Peel a été poussé dans ce ravin. Je *connais* Clive, c'est un garçon droit. Il aurait très bien pu venir ici seul et s'emparer de cet or, mais il ne l'a pas fait.

— Qu'en savez-vous ?

— S'il avait déjà découvert le trésor, pourquoi monter cette expédition ?

Corrie ne répondit pas.

— Et s'il n'a pas trouvé l'or, pourquoi s'adresser à l'Institut, sachant qu'il n'aura jamais l'occasion de profiter de cet argent ? Vous naviguez à vue, et vous nous mettez des bâtons dans les roues par-dessus le marché. La police locale ne se pose pas autant de questions. Il est clair que vous êtes une débutante qui cherchez la petite bête.

Corrie rougit jusqu'à la racine des cheveux. Nora, comprenant qu'elle l'avait profondément blessée, regretta sa phrase.

— Je vous remercie, finit par déclarer Swanson d'une voix tendue avant de repartir.

Le petit groupe installé autour du feu se tut à l'approche de Corrie. Burleson se leva en la voyant rejoindre directement sa tente.

— Un certain inspecteur Morwood a tenté de vous joindre sur le téléphone satellite. Il a demandé que vous le rappeliez. L'appareil se trouve dans la tente d'intendance.

Corrie rejoignit celle-ci et récupéra le coffret contenant le téléphone satellite avant de regagner sa tente afin d'y passer tranquillement son appel.

— Comment se déroule votre enquête ? lui demanda son chef en décrochant.

Corrie hésita.

— J'avance. J'ai interrogé tout le monde et réuni pas mal d'informations.

— Disposez-vous d'éléments permettant de relier le crâne de Parkin à l'affaire dont vous vous occupez ?

— Rien de concret, mais je n'ai pas terminé.

Morwood laissa s'écouler un temps de silence avant de réagir.

— Il faut que nous ayons une bonne discussion tous les deux, mais pas au téléphone. Je vous attends demain à Truckee, dans les bureaux du shérif.

— Mais je n'ai pas terminé mon…

— Agent Swanson, je vous demande de redescendre. Le shérif met à notre disposition une salle de réunion. En partant demain matin, vous pouvez rejoindre Truckee en début d'après-midi. Je vous propose de nous retrouver à 15 heures.

— Je… Bien, monsieur.

— Parfait. N'oubliez pas de remballer votre tente et tout votre équipement.

37

17 mai

Les bureaux du shérif se trouvaient dans un vilain immeuble à toit plat des années 1950, planté au milieu d'un parking. En levant le nez, Corrie constata que des nuages menaçants s'accumulaient dans le ciel. Elle avait le postérieur endolori et les genoux raides à la suite de son périple à cheval.

— L'inspecteur Morwood vous attend dans la salle de réunion, lui annonça le planton installé à l'accueil. Troisième porte à droite.

Corrie remonta le couloir d'un pas vif en baissant la tête dans l'espoir de ne pas être vue par le shérif Devlin dont la porte était grande ouverte. Morwood se leva en la voyant s'avancer dans la salle et il lui tendit la main.

— Il y a pire comme endroit pour mener une enquête, vous ne trouvez pas ? l'accueillit-il en refermant la porte. Du bon air pur et des montagnes magnifiques. Je regrette d'autant plus de souffrir de problèmes respiratoires.

Il ponctua sa phrase d'une quinte de toux.

— Merci d'avoir effectué le déplacement jusqu'ici, inspecteur.

— Allons au fait.

Corrie sortit son carnet et feuilleta ses notes avant d'évoquer la disparition du crâne de Parkin, d'exprimer ses soupçons au sujet de Benton, de révéler l'existence du trésor supposé, d'expliquer à son chef que Peel avait reçu un coup à la tête avant de basculer dans le vide. Elle conclut son exposé en résumant ses entretiens avec les membres de l'expédition.

Morwood, qui l'avait écoutée attentivement, se cala confortablement dans son siège en soupirant. Corrie n'aurait pas su dire s'il manifestait de la sorte sa désapprobation ou sa frustration.

Il tira de son attaché-case un dossier qu'il glissa sur la table en direction de Corrie.

— Voici le rapport d'autopsie de Peel. Le légiste conclut à une mort accidentelle, précisa-t-il avant même qu'elle ait pu l'ouvrir.

Elle consulta en diagonale les conclusions du médecin avant de répondre.

— Avec tout le respect que je vous dois, monsieur, il se trompe.

— Ce type est diplômé de pathologie judiciaire. Il n'a rien d'un débutant.

— Je suis moi-même diplômée de…

Morwood l'arrêta d'un geste.

— Corrie, lui dit-il avec douceur, si vous le permettez ?

Elle se tut.

— Revenons à l'essentiel. Un meurtre a-t-il été commis sur le site de fouilles ?

— Je crois que Peel…

— Je ne vous parle pas de Peel, qui est officiellement mort de façon accidentelle. Je vous demande s'il y a eu meurtre.

— Avant mon arrivée sur place, les corps de plusieurs héritiers Parkin disparaissent, et voilà que le crâne de Parkin s'évanouit à son tour. Nous savons aussi que vingt millions de dollars en pièces d'or sont cachés dans le coin. Je suis convaincue que tout est lié.

Morwood poussa un nouveau soupir.

— Je vous repose la question : est-on en présence d'un meurtre ? La réponse est non. Vous avez réuni de nombreux éléments et échafaudé différentes hypothèses, mais votre théorie ne tient pas debout. Le FBI n'enquête pas sur des rumeurs ou des crimes hypothétiques.

— Je reste convaincue qu'il existe un lien. Je ne crois pas aux coïncidences.

— Corrie, cela fait près de dix ans que je forme de jeunes recrues et ce n'est pas la première fois que j'assiste à ce genre de dérapage. Les agents qui sortent de Quantico soupçonnent tout le monde et voient des complots partout. Je vous ai donné l'autorisation de venir ici dans le cadre de l'enquête sur la famille Parkin. Vous savez combien j'étais sceptique, mais vous avez fait preuve de persuasion et le principe même de toute formation est de laisser les nouvelles recrues mener leurs propres expériences. Votre exposé m'apporte la preuve que nous sommes en présence d'une véritable expédition archéologique. Que l'existence de ce trésor soit avérée ou pas, il n'y a pas le moindre mystère.

Comme Corrie restait silencieuse, il enfonça le clou.

— Au passage, vous avez commis quelques faux pas.

— Lesquels ? s'écria-t-elle spontanément.

— Vous n'auriez jamais dû évoquer vos doutes au sujet de la mort de Peel. Vous espériez sans doute obtenir une réaction, mais la règle première d'une enquête est de toujours garder ses soupçons pour soi, surtout lorsqu'ils ne reposent sur rien de solide. Je ne devrais pas avoir à vous rappeler la procédure élémentaire au sein du Bureau : ne rien dire, ne pas acquiescer, ne jamais souffler mot des éléments dont on dispose. On n'évoque son enquête avec *personne.*

Corrie se sentit rougir, consciente que Morwood avait raison.

— De plus, vous n'avez pas travaillé en bonne intelligence avec la police locale.

— Vous parlez de Devlin et des types du service des Forêts ? Ils bafouaient ouvertement mon autorité, au point de m'obliger à leur rappeler qui dirigeait l'enquête.

— Je ne doute pas qu'ils se soient montrés difficiles, mais c'est systématiquement le cas. Les autorités locales détestent voir le Bureau marcher sur leurs plates-bandes. Vous allez devoir vous y habituer.

Ce connard de Devlin était donc allé se plaindre.

— J'ai fait preuve du plus grand respect à leur endroit.

— Vous avez sérieusement énervé Devlin. Un vieux de la vieille sexiste sur les bords et pas très futé, mais qui n'a rien d'un mauvais bougre. Vous croiserez des tonnes de Devlin au cours de votre carrière. Vous serez bien obligée de vous entendre avec eux.

— Oui, monsieur.

— Quoi qu'il en soit, je mets un terme à ce pan de votre enquête. Il s'agit d'une impasse et je vous demanderai de vous concentrer désormais sur le Nouveau-Mexique et l'Arizona.

— Oui, monsieur, répéta Corrie en retenant désespérément ses larmes.

Morwood tendit la main et lui tapota gentiment l'épaule.

— Vous ferez un excellent élément, Corrie. J'ai bien conscience d'énoncer une évidence, mais nous avons tous été des débutants au début de notre carrière.

— Je vous remercie, monsieur.

— Je vous ai réservé une chambre pour ce soir au Truckee Inn. Nous repartons à Albuquerque demain matin.

38

Nora, installée dans sa tente, profitait des dernières lueurs du jour pour mettre à jour son compte rendu quotidien. La journée était mémorable, à sa façon, puisqu'ils avaient achevé les fouilles. Et si le crâne de Parkin avait disparu, la découverte de la jambe de Samantha permettait de compléter son squelette. Quant au trésor, on annonçait une tempête au cours des jours suivants, celle-ci viendrait peut-être à bout de la congère. Sinon, ils en seraient quittes pour revenir en été.

— Champagne ! lança la voix de Clive à l'extérieur.

Elle sourit en refermant son journal et quitta la tente. L'historien, debout près du feu, agitait une bouteille avec enthousiasme.

— Nom d'un chien ! l'arrêta Burleson en se précipitant. Ne la secouez pas comme ça.

L'atmosphère s'était détendue depuis le départ de la jeune agente du FBI. Le moral des troupes était au plus haut et même Maggie, d'humeur maussade depuis quelque temps, avait retrouvé sa verve. Penchée au-dessus du feu, elle s'apprêtait à poser sur le gril une pile de steaks.

— Celui qui le rattrape a droit au premier verre !

Clive fit sauter le bouchon qui s'éleva haut dans le ciel avant que Wiggett ne le saisisse au vol avec adresse.

Le cow-boy tendit son gobelet en fer-blanc. Clive le remplit, fit le tour des convives et ouvrit une deuxième bouteille.

Il leva son verre.

— À l'expédition Donner. Aux morts et aux survivants !

Chacun vida son gobelet et Clive proposa une nouvelle tournée.

— Parlez-nous un peu de vos conclusions, Nora, demanda Burleson.

— Quatre-vingt-dix pour cent des découvertes effectuées lors d'une campagne de fouilles se déroulent en laboratoire, répondit l'archéologue, mais nous en savons déjà beaucoup.

— Nous sommes tout ouïe.

— Il ne fait aucun doute que le Campement perdu a souffert plus encore que les deux autres. Ses occupants ont commencé par construire un refuge, puis ils ont mangé leurs bœufs et leurs chiens. Ils ont attendu la dernière extrémité pour consommer de la chair humaine, à l'exception des deux assassins qui ont apparemment déterré le corps congelé de Samantha Carville pour dévorer sa jambe. À la fin du mois de février, la mort d'Albert Parkin a achevé de précipiter ses compagnons dans la folie.

— Pourquoi ont-ils perdu la boule ? voulut savoir Maggie.

— On sait que la faim, lorsqu'elle atteint des proportions extrêmes, peut engendrer des troubles neurologiques.

— Combien de morts avez-vous pu identifier jusqu'à présent ? s'enquit Burleson.

— C'est difficile à dire tant que nous n'aurons pas analysé en laboratoire les ossements cuits, mâchés, vidés et mijotés, mais nous avons déjà pu mettre un nom sur les restes de Samantha, de Spitzer et Reinhardt, et d'Albert Parkin.

— Et l'or ? demanda Wiggett.

— Je suis convaincue que nous finirons par le découvrir, répliqua Nora. Clive, je vous laisse la parole.

L'historien avala une gorgée de champagne en rassemblant ses pensées.

— Je tiens à vous exprimer ma reconnaissance. Cette expédition n'aurait pu aboutir sans chacun et chacune d'entre vous. Je tiens à rendre un hommage particulier à Nora, dont je loue la patience. Il était important, d'un point de vue historique, de comprendre ce qui s'est passé ici. Au-delà du cannibalisme, ces gens ont fait preuve d'un courage et d'un instinct de survie exceptionnels.

Les flammes avaient laissé place à un lit de braises et Maggie déposa sur le gril épis de maïs et steaks qui se mirent à chanter en cuisant. L'odeur de viande rôtie, en flottant jusqu'aux narines de Nora, lui rappela le drame qui s'était déroulé là près de deux siècles plus tôt. Pas très sûre d'être disposée à manger de la viande ce soir-là, elle se promit de se rattraper sur le maïs.

Le champagne aidant, ils se couchèrent légèrement éméchés. Nora, bercée par les craquements du feu et la stridulation des grillons, n'eut aucune peine à trouver le sommeil, mais elle se réveilla en pleine nuit au son de plusieurs voix. Ellc remonta la fermeture Éclair de sa tente et vit danser dans la nuit les faisceaux de plusieurs lampes. Maggie, massive dans son pyjama, s'exprimait de façon volubile. Tout indiquait qu'elle avait à nouveau été victime d'un cauchemar.

Nora enfila un blouson et rejoignit les autres dans la nuit froide.

— J'ai vu une lumière verte au milieu des arbres, déclara la cantinière d'une voix sonore.

— Une lampe de poche ? l'interrogea Burleson.

— Non, et je jurerais avoir entendu une voix. On aurait dit quelqu'un qui essayait de crier.

Burleson lui posa une main sur l'épaule.

— Vous êtes sûre qu'il ne s'agissait pas d'un autre cauchemar ? s'enquit-il d'une voix douce. D'autant qu'ils ont retrouvé la jambe de Samantha.

La cantinière fondit en larmes.

— Allons, allons, la consola Burleson.

— Où est Wiggett ? demanda soudain Clive.

— Il a un sommeil de plomb, répliqua Burleson. Je vais tout de même aller voir.

Il s'éloigna dans la nuit, précédé par l'éclat de sa lampe.

— Il n'est pas dans sa tente, annonça-t-il quelques instants plus tard en revenant. Il s'est débarrassé de son pyjama sur son lit et ses bottes ont disparu. Il a dû se rhabiller avant de sortir.

— C'est peut-être lui que j'ai entendu, suggéra Maggie.

— Il sera allé vérifier que les chevaux allaient bien, fit Burleson, agacé. Je vais m'en assurer.

— Je vous accompagne, réagit Nora.

Mais Wiggett n'était pas dans l'enclos.

— On ferait bien d'entamer une battue, proposa Burleson.

— Moi, je vous fiche mon billet qu'il est parti chercher l'or, décida Maggie. Il en parlait tout le temps pendant la journée, quand vous étiez pas là.

— Je vous propose de nous habiller et de nous retrouver dans cinq minutes, fit Burleson. Nous entamerons les recherches deux par deux, personne ne s'éloigne seul.

Clive se tourna vers Nora.

— On fait équipe ?

Elle accepta d'un mouvement de tête.

39

18 mai

Quelqu'un ranima le feu en jetant des branchages sur les braises et les flammes jaillirent, qui allumèrent des éclats dorés sur les visages. Une chouette hulula un glas sinistre dans un arbre voisin.

— Tout le monde a pris sa lampe frontale ? interrogea Burleson.

Ses compagnons lui répondirent par l'affirmative.

— Nora et Clive, vous explorez le site des fouilles. Bruce et Jason, allez jeter un œil du côté de l'étang. Pendant ce temps-là, Maggie et moi fouillerons les environs immédiats du camp. Ne vous éloignez pas inutilement et restez toujours ensemble. Il peut très bien y avoir un rôdeur dans le coin.

Il regarda sa montre.

— Il est 3 h 20. On se retrouve ici dans une heure pile.

Nora et Clive s'engagèrent d'un pas vif sur le sentier conduisant au Campement perdu, suivis par Adelsky et Salazar. La nuit était d'un noir d'encre, une épaisse couverture nuageuse empêchait de distinguer les montagnes. Ils avaient l'impression de nager dans une mer sombre que trouaient les faisceaux des lampes, accompagnés par le murmure du vent dans les arbres, la stridulation des grillons et les appels des crapauds le long du cours d'eau.

— Nous sommes maudits, déclara Clive avec amertume. On finissait à peine de fêter notre succès que cette histoire nous tombe dessus.

— Nous ne savons pas s'il est arrivé quoi que ce soit à Wiggett, rétorqua Nora. Il a très bien pu décider de déserter, comme Peel.

— Sans cheval ? Jamais de la vie.

— Ou alors il cherche le trésor, ainsi que le suggère Maggie.

— Si c'est le cas, Burleson va lui sonner les cloches.

Ils débouchèrent dans le pré où s'étaient réfugiés autrefois les pionniers. La tente du QG dessinait un rectangle grisé dans la nuit. Tout autour d'eux, les falaises dressaient leurs façades lugubres dans un ciel tout aussi sombre. Adelsky et Salazar s'éloignèrent en direction de l'étang.

— Commençons par visiter la tente, proposa Clive.

Nora y pénétra la première et ils constatèrent que rien n'avait bougé depuis la veille. Ils explorèrent ensuite la zone de fouilles dont les bâches étaient toutes intactes.

— Il ne reste plus que les falaises, déclara l'historien.

Ils longèrent les à-pics rocheux dont ils balayaient le pied de leurs lampes, en vain. La rosée était intacte, tout indiquait que le cow-boy n'était pas passé par là.

— Il ne cherchait donc pas le trésor, en conclut Nora en regardant sa montre. L'heure est pratiquement écoulée, on ferait bien de regagner le camp.

Elle terminait tout juste sa phrase lorsqu'un cri traversa le défilé en se répercutant contre la roche.

— Mon Dieu, murmura Clive.

Ils redescendirent au pas de course le sentier qui traversait la forêt. Ils arrivaient en vue du camp lorsque Nora entendit résonner des voix le long de la rivière. Un nouveau cri résonna dans la nuit et elle reconnut la voix de Maggie. Ils se précipitèrent en direction des lumières et découvrirent les autres réunis près d'un amas rocheux proche du camp. Maggie sanglotait contre l'épaule de Burleson.

— Là, déclara ce dernier en montrant avec le rayon de sa lampe une anfractuosité au pied de la paroi. Nora s'avança et distingua une botte avant de se pencher et de découvrir le corps détrempé de Wiggett.

— C'est quoi ce bordel ? fit la voix de Clive à côté d'elle. Qui l'a trouvé ?

— C'est Samantha, répondit Maggie entre deux hoquets.

— Allons, Maggie ! la reprit sèchement Burleson.

— J'ai aperçu une lueur verdâtre. Vous l'avez vue aussi, Burle !

— Il s'agissait du reflet d'une lampe sur un objet quelconque, s'énerva l'ancien avocat. Pour l'amour du ciel, il faut le sortir de là.

Tous s'employèrent à dégager les blocs de roche accumulés à la hâte par l'assassin au-dessus du corps. Nora saisit un bras glacé et le tira vers elle tandis que Clive et Burleson attrapaient l'autre bras et les jambes du mort. Après bien des efforts, ils parvinrent à extirper de la crevasse le corps qu'ils déposèrent dans l'herbe. Wiggett les observait de ses yeux sans vie, la bouche ouverte, et ils restèrent un moment cloués sur place, sous le choc.

— Comment… comment se fait-il qu'il soit tout trempé ? bredouilla Maggie.

Nora la première recouvra son sang-froid.

— Excusez-moi, mais nous allons devoir retourner au camp et…

Elle avala péniblement sa salive.

— … et signaler le meurtre.

40

Corrie fit un bond dans son lit en entendant la musique d'*Agents très spéciaux* s'échapper de son téléphone. Elle prit l'appareil à tâtons sur sa table de nuit.

— Oui.

— Nora Kelly à l'appareil. Je vous appelle parce que…

La connexion satellitaire était mauvaise, la voix de sa correspondante paraissait très lointaine.

— Que se passe-t-il ?

— Il y a eu… un meurtre.

La communication était hachée.

— Qui ? Comment ?

— Wiggett. On l'a retrouvé… crevasse près du…

Les dernières brumes de sommeil s'étaient dissipées dans la tête de Corrie.

— Je vous entends très mal, mais j'en sais assez pour le moment. Ne touchez à rien en m'attendant. Vous avez une idée du coupable ?

— Aucune… sommes suivis… Dieu sait…

— Réunissez tout le monde et restez groupés. Personne ne s'éloigne seul, même pour se rendre aux toilettes.

— D'accord.

Corrie consulta sa montre. Bientôt 5 heures. Le jour se levait une heure plus tard. Peut-être le shérif ou le service des Forêts disposaient-ils d'un hélico ?

— J'arrive dès que possible. En attendant, ne touchez à rien.

Un grésillement lui répondit et elle raccrocha avant d'appeler Morwood dans sa chambre.

L'hélicoptère du comté était en révision à Sacramento et les deux appareils du FBI dans les environs participaient à une opération avec le service des Stups, si bien que Corrie n'eut d'autre choix que de rejoindre le camp à cheval en compagnie du shérif Devlin, de son adjoint et des deux flics du service des Forêts. Morwood, du fait de son insuffisance pulmonaire, ne participait pas à l'équipée, mais il lui avait confié l'enquête tout en lui recommandant de ménager Devlin et les autres.

Il lui avait adressé une ultime recommandation avant le départ :

— Ce meurtre présumé n'est pas nécessairement lié à l'affaire Parkin. Ne vous emballez pas. Contentez-vous de réunir tous les éléments nécessaires à l'enquête sans laisser s'emballer votre imagination.

Génial.

Pour couronner le tout, l'orage menaçait. La presse locale annonçait l'arrivée d'une colonne d'air humide venue du Pacifique déversant son déluge sur les montagnes. Une dépression comparable à celle qui avait bloqué l'expédition Donner dans la Sierra Nevada, à ceci près qu'elle apportait pluie et grêle en lieu et place de la neige.

Corrie avançait en tête, juste derrière le guide, laissant le soin aux « vieux de la vieille » de fermer la marche. Ils parlaient fort et riaient beaucoup, ce qui eut le don de l'irriter. Mais après tout, qui obligeait les représentants de la loi à prendre leur métier au tragique ? À bien y réfléchir, le shérif d'un trou tel que Truckee ne devait pas avoir l'occasion d'échapper à la routine tous les jours.

Le médecin légiste du comté, le Dr Anand, restait silencieux. C'était un petit homme à qui son crâne chauve luisant et de petites lunettes rondes donnaient un air studieux. Corrie ne partageait pas l'avis de son chef quant à ses capacités professionnelles, tout en espérant qu'il se montre cette fois à la hauteur.

Ils arrivèrent vers 13 heures au camp, où les occupants les attendaient avec anxiété. Corrie descendit de cheval en voyant Nora se diriger vers elle.

— Montrez-moi le corps, déclara-t-elle en détachant les sacs de selle contenant son matériel. Je voudrais commencer par sécuriser le site.

Avant que les autres ne viennent tout piétiner, ajouta-t-elle intérieurement.

Nora l'entraîna vers le petit cours d'eau bordé de sapins avant de bifurquer en direction d'une paroi rocheuse au pied de laquelle gisait le corps de Wiggett.

— Vous l'avez découvert là ? s'enquit Corrie en désignant une anfractuosité.

— Oui. Il était coincé à la verticale, complètement trempé. Le meurtrier avait tenté de dissimuler le corps en entassant dessus les pierres que vous apercevez là.

— Qui l'a découvert ?

— Maggie et Burleson. Maggie prétend... elle affirme avoir été guidée par une lumière.

— Une lampe, vous voulez dire ?

— Non. Elle prétend que c'était le fantôme de Samantha Carville.

Corrie émit un ricanement qu'elle regretta aussitôt.

— Burleson a également vu la lumière en question ?

— Oui, mais il est persuadé qu'il s'agissait du reflet d'une lampe frontale.

Corrie observa les environs. Sur quoi aurait bien pu se réfléchir le rayon d'une lampe ? Peut-être un inconnu guettait-il le groupe, après tout ?

— Quelle était la température du corps lorsque vous l'avez découvert ?

— Il était glacé.

Corrie tira de son sac un rouleau de bande jaune qu'elle déroula autour des arbres les plus proches afin de délimiter la scène du crime. Elle enfilait ses chaussons de protection, son masque et son filet à cheveux lorsque le shérif Devlin la rejoignit avec ses collègues.

— Dites-moi, shérif. Vous serait-il possible de me donner un coup de main pendant que j'examine les lieux ? demanda-t-elle d'une voix qu'elle voulait aimable.

— Bien sûr, répliqua Devlin en remontant sa ceinture, les yeux fixés sur le corps. Vous avez remarqué les traces au niveau du cou ?

— Ah non, je ne les avais pas vues, mentit Corrie qui les avait repérées d'emblée. Merci d'avoir attiré mon attention sur ce point.

Le shérif acquiesça d'un air satisfait.

— Si vous pouviez surveiller les environs avec nos trois collègues de façon à ce que les archéologues ne viennent pas nous déranger, je vous en serais très reconnaissante.

— Pas de souci.

Corrie se glissa sous la bande jaune et s'approcha du corps en examinant les alentours. L'herbe couverte de rosée avait été foulée par ceux qui avaient découvert le corps, ce qui ne l'empêcha pas de photographier le sol avant de s'intéresser au cadavre. Il avait été tué ailleurs avant d'être transporté là et poussé dans la crevasse. Les traces, bien visibles dans le pré, n'étaient plus repérables sur le sol compact du sous-bois.

Tirer un corps aussi lourd sur une telle distance nécessitait une force physique que ne possédait pas Nora. Quant à Maggie, c'était une femme mais on la sentait vigoureuse, en dépit de son embonpoint. Peut-être même son poids constituait-il un atout.

Corrie s'agenouilla près du corps et appuya avec force sur le sternum du mort. Du liquide s'échappa de sa bouche, preuve que les poumons de Wiggett étaient remplis d'eau.

Il était donc mort noyé, peut-être après avoir été étranglé par son agresseur pour le rendre inoffensif. Mais où ? Sans doute dans l'étang voisin, la rivière n'était pas assez profonde. Tout indiquait que l'assassin avait improvisé son geste, poussé par les circonstances.

Un coup d'œil par-dessus son épaule lui indiqua que ses collègues et le médecin légiste attendaient derrière la bande jaune. Elle acheva l'examen des lieux et les rejoignit.

— Merci de votre patience. Docteur Anand ? Le corps est à votre disposition.

Le légiste la remercia et franchit à son tour la bande jaune avec sa mallette. Corrie se tourna vers le shérif.

— Une fois que le Dr Anand en aura terminé, j'aurais aimé que vous procédiez à votre tour à l'examen de la scène du crime, au cas où un détail m'aurait échappé, déclara-t-elle avec un sourire faussement humble.

Pour toute réponse, Devlin hocha gravement la tête.

41

La jeune femme regagna le camp où elle récupéra le téléphone satellite. Elle s'isola dans sa tente, montée à la hâte, et appela son chef à Truckee.

— Corinne Swanson à l'appareil, inspecteur.

— Quelles nouvelles ?

— Il s'agit bien d'un meurtre. La victime a été étranglée, puis noyée.

— Savez-vous par qui ?

— Très probablement par un homme. Il est possible que l'assassin soit un membre de l'expédition, mais deux des occupants du camp ont aperçu de la lumière près de l'endroit où avait été dissimulé le corps. On ne peut pas écarter la possibilité d'un individu venu de l'extérieur.

— Où la victime s'est-elle noyée ?

— Je ne sais pas. Peut-être dans le petit cours d'eau s'il avait déjà perdu connaissance, mais je pencherais plus volontiers pour l'étang qui se trouve à l'écart. Je n'ai pas encore eu le temps de m'y rendre.

— Quelle est la prochaine étape ?

— Je préconise d'envoyer les occupants du camp à Truckee le temps de procéder à une enquête en règle.

Morwood laissa s'écouler un long silence avant de répondre.

— C'est pour le moins radical.

— J'en ai bien conscience, mais si le coupable est l'un d'eux, on trouvera peut-être des indices dans une tente. Des vêtements mouillés, par exemple, ou bien du sang.

— D'accord, accepta Morwood après une nouvelle pause. C'est vous qui menez l'enquête.

— Je vous remercie, monsieur.

— Vous ne manquez jamais une occasion de me rappeler que vous êtes diplômée en études criminelles. C'est l'occasion ou jamais d'en profiter, en attendant l'arrivée des collègues de Sacramento.

— Vous avez fait appel au bureau de Sacramento ?

— Je leur transmets l'enquête, vous voulez dire.

— Mais pour quelle raison ? s'étonna Corrie, piquée au vif.

— Parce que ce meurtre n'a aucun rapport avec l'affaire Parkin. Je suis prêt à parier que ce crime est lié au trésor. Laissez à Sacramento le soin de s'en occuper et concentrez-vous sur votre enquête.

— Bien, inspecteur.

— Bonne chance.

Elle raccrocha, la mort dans l'âme. En dépit des circonstances, elle restait persuadée que Morwood avait tort.

Sa déception céda rapidement le pas à l'inquiétude. Nora Kelly n'accepterait jamais de quitter le camp sans livrer bataille.

Le shérif et ses collègues arrivaient au camp lorsqu'elle émergea de sa tente et elle leur fit signe de la rejoindre.

— Avez-vous découvert des éléments intéressants ?

Le shérif brandit un sachet hermétique.

— Nous avons trouvé quelques trucs, mais rien de probant. Peut-être les analyses seront-elles plus parlantes.

— Je vous remercie, répondit Corrie en déposant le sac dans la boîte contenant les autres indices.

Elle prit sa respiration.

— Je viens d'avoir mon chef au téléphone, j'ai l'intention d'ordonner la fermeture du camp.

Devlin ouvrit de grands yeux.

— Ils vont avoir une attaque.

— Je n'ai pas le choix.

Le shérif adressa un regard à son adjoint et aux deux collègues du service des Forêts.

— C'est vous qui décidez, laissa-t-il tomber.

En clair, tu t'en laves les mains, pensa Corrie qui se contenta de sourire à son interlocuteur avant de retrouver Nora Kelly et les autres membres de l'expédition.

— Qu'avez-vous découvert ? s'enquit l'archéologue.

— Désolée, mais vous comprendrez que le détail de l'enquête est confidentiel.

— À votre avis, qui…

— Nora, la coupa Corrie. Puis-je vous parler ? Vous aussi, monsieur Burleson.

Le trio s'éloigna de quelques mètres.

— De quoi s'agit-il ?

— Je vais vous demander d'évacuer le camp, répliqua Corrie.

— Évacuer le camp ? Je ne comprends pas.

— Les tentes, la zone de fouilles, tout est fermé jusqu'à nouvel ordre. Je vous demanderai de laisser vos affaires sur place et de rejoindre Truckee en attendant que nos équipes aient procédé à une fouille en règle des lieux.

— Vous êtes folle ? C'est impossible ! Je ne peux pas laisser en plan tous ces ossements.

— C'est hélas nécessaire.

— Des conneries, oui ! Shérif ?

Putain d'emmerdeuse, grinça Corrie intérieurement.

Devlin et son adjoint s'approchèrent.

— L'agent Swanson me dit que nous avons ordre de quitter les lieux en abandonnant tout sur place. Je lui explique qu'une telle mesure met en péril notre travail. En tant que représentant de la loi dans ce comté, j'en appelle à vous.

Devlin, gêné, sortit de la poche de son gilet un paquet de cigarettes. Il en glissa une entre ses lèvres et l'alluma avant de rejeter un nuage de fumée.

— C'est-à-dire que c'est la règle en pareil cas.

Corrie qui retenait son souffle, respira à nouveau.

— Mais enfin ! Il ne s'agit pas d'une scène du crime ! explosa Nora. Le corps de Wiggett a été découvert à deux cents mètres d'ici. Laissez-nous au moins la possibilité de travailler dans la zone de fouilles. Il ne s'est rien passé là-bas.

— Nous n'en savons rien, rétorqua Corrie. À ma connaissance, le site est entièrement bâché et sécurisé. Nos équipes veilleront à ne rien déranger.

Nora était rouge de colère.

— Quand sommes-nous censés partir ?

— Maintenant.

— Vous voulez dire, *tout de suite* ?

— Absolument. Personne n'est autorisé à regagner sa tente et à prendre quoi que ce soit.

— C'est dément ! Mes notes, mes papiers, mes cartes bancaires, mon téléphone et tout le reste se trouvent dans ma tente !

— Vous ne prendrez que le strict nécessaire. Nous veillerons sur vos affaires.

— Vous avez donc le droit d'agir sans mandat ?

— Je vous l'ai déjà expliqué, Nora. Nous sommes en territoire fédéral. J'ai relu vos autorisations, il est bien précisé que la police fédérale peut intervenir à tout moment sans prévenir.

Nora lui jeta un regard assassin, les mains sur les hanches.

— Qui a pris cette décision ? Je suis sûre que c'est vous. Qu'en dit votre chef ?

— L'inspecteur Morwood est d'accord avec moi. Je suis en charge de l'enquête, point barre.

Corrie avait réussi l'exploit de ne pas élever la voix depuis le début de la discussion. Elle se tourna vers Burleson.

— Je vous demanderai de seller les chevaux et de redescendre tout le monde à Truckee. Vous y resterez jusqu'à nouvel ordre, tous tant que vous êtes.

— Vous déconnez, ou quoi ? s'étrangla Nora. Pendant combien de temps ?

— Le temps qu'il faudra.

L'archéologue se tourna vers le shérif.

— Vous trouvez ça normal ?

Devlin se racla la gorge, tira longuement sur sa cigarette, fit la moue et recracha un brin de tabac.

— Peut-être qu'on pourrait fixer un délai. Qu'en pensez-vous, agent Swanson ?

Corrie musela son énervement. Sans être heureuse de voir s'interposer Devlin, elle ne trouvait pas sa suggestion inepte.

— Soixante-douze heures, décréta-t-elle.

— Vingt-quatre, rétorqua Nora.

L'archéologue commençait à chauffer les oreilles de Corrie.

— Quarante-huit heures, et pas question de revenir ici sans mon autorisation.

Un silence interminable conclut son verdict.

— D'accord, finit par accepter Nora.

— Vous pensez probablement que l'un de nous est le meurtrier de Wiggett ? s'enquit Burleson.

— Je n'ai rien à dire à ce sujet.

— Très bien, répliqua l'ancien avocat avec un sourire désabusé. En tout cas, il faut partir le plus rapidement possible si nous voulons atteindre le ranch avant la nuit. Êtes-vous prête, Nora ?

L'archéologue, blême de colère, laissa échapper un juron avant de tourner les talons.

— Que faites-vous de la tempête ? s'inquiéta Burleson en se tournant vers Corrie.

Elle fut prise d'une hésitation. Putain ! Avec toutes ces histoires, elle avait oublié l'alerte météo.

— Je me débrouillerai comme je peux. Mais orage ou pas, j'ai besoin de quarante-huit heures ici.

42

19 mai

À 21 heures le lendemain, Nora s'efforçait de chasser son spleen en buvant une bière dans le décor faussement pittoresque du Truckee Inn, avec ses vieilles affiches de cinéma et ses outils de chercheur d'or accrochés au mur. Elle avait rongé son frein toute la journée, obnubilée par l'image sinistre de Wiggett qui l'observait de ses yeux sans vie. Son frère, alerté par les rumeurs qui commençaient à circuler, lui avait passé un coup de fil inquiet et elle avait mis une demi-heure à le convaincre de ne pas tout laisser tomber pour la rejoindre.

Elle sentit une présence derrière elle et Clive se percha sur le tabouret de bar voisin du sien.

— Un gin Hendrick's avec un zeste de citron, commanda-t-il avant de se tourner vers Nora : Comment vous sentez-vous ?

— Pas terrible.

— Je sais. Cette histoire survient au mauvais moment, mais j'essaie de positiver. Cette campagne de fouilles est une réussite. Nous avons découvert le Campement perdu avec tout ce qu'il propose de richesses archéologiques, et nous pourrions bien finir par mettre la main sur l'or.

— Sans ces meurtres, je vous accorde que ce serait un succès.

— Pourquoi *ces* meurtres ? Vous pensez que Peel a également été assassiné ?

— Je vois mal un type aussi expérimenté tomber dans un précipice alors qu'il disposait d'une lampe frontale.

— J'ai entendu dire que le médecin légiste comptait procéder à un nouvel examen du corps.

— Tant mieux. S'il n'avait pas merdé au moment de l'autopsie, Wiggett serait encore vivant.

Nora vida son verre et commanda une autre bière.

— La fille du FBI est persuadée que le coupable est l'un d'entre nous.

Clive haussa les épaules.

— On peut difficilement lui en vouloir. Qui ça pourrait être ?

— C'est toute la question. Moi ? Maggie ? Vous ? Burleson, Adelsky ou Salazar ? L'idée même qu'il s'agisse de l'un de nous six est ridicule.

Elle eut un instant d'hésitation avant de poursuivre.

— Je n'ai rien voulu dire, mais j'en arrive à me demander si quelqu'un ne nous espionnait pas.

— Je crois entendre Maggie.

Nora fit la moue.

— Pourquoi nous aurait-on surveillés ? insista l'historien.

— Tout nous ramène à l'or. Peel et Wiggett ont très bien pu être tués parce qu'ils l'avaient découvert. Ou bien alors la nouvelle a fuité et on aura voulu nous chasser pour chercher tranquillement le trésor.

— Avec des si…, répliqua Clive en portant son verre à ses lèvres. Burleson est persuadé que l'agent Swanson nous passera au gril demain à son retour.

— Il ne manquait plus que ça.

Clive adressa un signe au barman en montrant son verre vide.

— J'aurais voulu vous dire un mot au sujet de Burleson.

Nora fronça les sourcils.

— J'ai effectué des recherches à son sujet. Il affirme avoir renoncé à sa carrière d'avocat parce qu'il en avait assez du rythme de fou qu'il menait. En vérité, il a eu des ennuis après avoir engagé un détective privé à la réputation douteuse pour le compte d'une jeune femme mariée à un abruti plein aux as. Le privé s'est fait prendre en s'introduisant dans la maison du mari, et il a tout collé sur le dos de Burleson, qui s'est retrouvé inculpé. Notre ami a préféré renoncer à son métier en s'installant ici pour échapper à la prison et à la radiation du barreau.

— Waouh ! Il avait fait allusion à un désaccord avec ses confrères, mais je ne me doutais pas que c'était allé aussi loin.

— Quand on y réfléchit bien, Nora, vous remarquerez que tous nos problèmes sont liés aux employés de Burleson, et pas à nous.

— Vous croyez qu'il avait des arrière-pensées en acceptant de nous conduire là-haut ?

— Je n'en sais rien. Je sais juste qu'il a un fichu caractère, qu'il boit beaucoup, qu'il est capable de s'entourer de gens malhonnêtes et de mentir. N'oubliez pas qu'il y a vingt millions de dollars à la clé.

Nora médita ces informations. Clive n'avait pas tort.

— On a tout intérêt à le surveiller de près, décida-t-elle.

— Professeur Kelly ? Professeur Benton ? s'éleva une voix dans leur dos.

Ils se retournèrent et découvrirent Jill Fugit, la directrice de l'Institut.

— Je vous cherchais, déclara-t-elle sèchement. J'aurais besoin de vous parler, nous serons plus tranquilles dans ma chambre.

43

Fugit avait réservé la plus belle suite du Truckee Inn, une grande chambre sous les toits équipée d'une kitchenette et d'un salon. Une rangée de lucarnes donnait sur les montagnes. Fugit fit signe à ses visiteurs de prendre place dans les fauteuils disposés de part et d'autre d'une cheminée à gaz tandis qu'elle s'installait face à eux, sur le canapé.

— Vous vous doutez des raisons de ma présence ici, déclara-t-elle. La situation m'inquiète au plus haut point. J'aimerais comprendre comment cette campagne de fouilles a pu donner lieu à un tel scandale.

Elle se cala dans le canapé, bras croisés, en cherchant le regard de Nora. Cette dernière sentit monter en elle une bouffée de colère. Elle avait déjà sur le dos cette fille arrogante du FBI, et voilà que Fugit s'en mêlait. Elle ravala sa fierté en comprenant que se prendre de bec avec sa directrice n'était pas de bonne politique.

— Je tiens tout d'abord à préciser que cette expédition est un immense succès d'un point de vue archéologique, répondit-elle d'une voix qu'elle voulait neutre. Nous avons retrouvé l'intégralité du campement et découvert une mine d'informations et de vestiges que nous aurons tout le loisir d'étudier au cours des années à venir.

— À l'exception des ossements qui ont disparu.

— Je ne vois pas comment il aurait été possible de les sécuriser en cours de fouilles. Qui aurait pu se douter que

Peel les volerait ? Nous avons d'ailleurs retrouvé tous les ossements dérobés, à l'exception d'un crâne et de quelques vertèbres.

— Qu'en est-il du meurtre de ce Wiggett ?

— Le FBI enquête actuellement et refuse de nous communiquer la moindre information.

— Je compte bien m'entretenir avec l'enquêtrice dès son retour ici. Je lui ai parlé une fois et elle ne m'a pas semblé à la hauteur de sa tâche. Elle portait des accusations à tort et à travers.

Cette pauvre Swanson n'est pas au bout de ses peines, pensa Nora avec une certaine satisfaction.

Fugit se tourna vers Clive.

— Et vous, qu'en dites-vous ?

— Je suis d'accord avec Nora. Cette expédition est une réussite. Je ne vois pas comment nous aurions pu anticiper ou éviter les problèmes que nous avons rencontrés. Ce n'est en rien la faute de Nora. Pour m'exprimer crûment, les difficultés sont le fait des accompagnateurs engagés par l'Institut.

— Puisque vous parlez de l'Institut, avez-vous idée de ce que nous a coûté cette campagne jusqu'à présent ? Vous devez impérativement retourner sur place, achever les fouilles et mettre la main sur cet or.

— L'agent Swanson a fermé les lieux pendant quarante-huit heures.

— Ce délai n'est pas tenable avec la tempête qui se prépare. Si celle-ci est aussi violente que l'affirme la météo, vous risquez fort de rester bloqués ici pendant plusieurs jours.

— Nous verrons comment procéder dès que Swanson nous aura donné son feu vert, répliqua Clive. Je suis convaincu que l'or se trouve là-haut. Il ne nous reste plus qu'un seul secteur à explorer.

— J'ose espérer que vous avez raison. En ce qui concerne le FBI, j'ai cru comprendre qu'ils allaient procéder à des interrogatoires. Veillez scrupuleusement à présenter l'Institut sous un jour favorable. Vous l'avez dit vous-même, tous ces ennuis sont liés au ranch Red Mountain et à ses équipes. Nous n'avons rien à voir là-dedans. Nous sommes d'accord ?

— Nous sommes d'accord, acquiesça Clive.

— Je vous remercie. À présent, si cela ne vous dérange pas, j'aurais voulu dire deux mots à Nora en tête à tête.

À peine l'historien avait-il quitté la pièce que les traits de Fugit s'adoucissaient.

— Je suis désolée de me montrer aussi critique, j'ai bien conscience des difficultés que vous avez rencontrées. Cette visite impromptue a dû vous surprendre désagréablement.

Nora ne s'attendait nullement à une telle volte-face.

— Je n'ai pas voulu le dire en présence du Pr Benton, poursuivit Fugit, mais, à la lumière des événements récents, je me devais d'effectuer ce déplacement.

— Vous avez bien fait, mentit Nora.

— Parlons un instant de la façon de communiquer. Pour l'heure, la presse n'a eu vent de rien, mais cela ne durera pas et vous devez vous y préparer.

— Que suggérez-vous ?

— On vous posera des questions désagréables. Je vous conseille d'en dire le moins possible sans paraître évasive pour autant. Préparez vos arguments à l'avance : cette campagne est une réussite, vous avez accompli la mission que vous vous étiez fixée, vos découvertes sont d'un intérêt historique primordial. Des événements regrettables sont survenus, c'est vrai, mais l'Institut n'y est en rien mêlé.

Nora hocha la tête. Fugit avait d'ailleurs raison.

— J'aimerais savoir si vous partagez l'optimisme du Pr Benton au sujet de cet or, poursuivit la directrice.

— Oui, absolument.

Le visage de Fugit se détendit légèrement, elle ébaucha même un sourire.

— Je ne voulais pas vous gêner en sa présence, mais je tiens à noter que vous effectuez un travail remarquable, eu égard aux circonstances. Vous êtes une archéologue de premier plan, Nora. Le meilleur élément de l'Institut. J'entends veiller personnellement à ce que cette enquêtrice du FBI ne vous empêche pas de terminer ces fouilles. J'ai des amis haut placés à Washington, je compte bien modérer les ardeurs de cette débutante un peu trop zélée.

— Je vous remercie, réagit Nora avec gratitude.

— Dès que le FBI aura quitté les lieux, veillez à sécuriser le site et préparez en priorité le transport des ossements, au cas où les enquêteurs auraient l'intention de revenir. Et surtout, trouvez cet or. L'Institut ne peut se permettre de payer les frais de ce chantier.

— Nous ferons de notre mieux.

Fugit lui posa une main sur l'épaule.

— Si vous avez besoin de quoi que ce soit, n'hésitez pas.

44

20 mai

À l'heure de reprendre le chemin de Truckee, Corrie n'était pas mécontente d'échapper à la tempête. D'un autre côté, la fouille du camp n'avait rien donné. Si l'assassin faisait partie de l'expédition, il était beaucoup plus prudent qu'elle ne l'avait imaginé.

En compagnie du shérif et des autres enquêteurs, elle avait pourtant fait une découverte d'importance en obtenant la preuve que Wiggett avait été noyé dans les eaux du petit lac glaciaire. Loin de résoudre l'affaire, cela posait d'autres questions. Que pouvait bien fabriquer Wiggett au bord du lac en pleine nuit ? Avait-il rendez-vous avec quelqu'un, ou bien alors l'avait-on attiré là par ruse ? Il avait pris la précaution d'enfiler des vêtements chauds et des chaussures de randonnée avant de quitter sa tente, preuve qu'il entendait s'aventurer dans la montagne.

Corrie en arrivait à privilégier l'hypothèse d'une personne extérieure espionnant le groupe. Elle avait demandé à Devlin et ses collègues de fouiller les bois voisins, sans résultat.

Les membres de la police locale étaient repartis à midi, mais Corrie avait tenu à rester, persuadée d'être passée à côté d'un indice essentiel, jusqu'à ce que l'approche du mauvais temps la contraigne à redescendre à son tour dans la vallée. Même en se hâtant, il était peu probable qu'elle arrive à Truckee avant la nuit. La tempête était annoncée pour l'aube du lendemain et le vent commençait déjà à forcir.

Tout en guidant sa monture, elle réfléchissait à l'enquête. Après tout, Morwood avait peut-être raison d'affirmer qu'il s'agissait d'un crime sordide lié au trésor. Il bénéficiait de longues années d'expérience alors qu'elle débutait dans le métier. À l'école du FBI, on lui avait suffisamment répété que la solution la plus évidente était généralement la bonne. *Évitez de chercher midi à quatorze heures*, lui avait expliqué l'un de ses profs. *La plupart des criminels sont bêtes et se comportent de façon banale, contrairement aux coupables des romans d'Agatha Christie.*

Elle releva la tête et constata qu'elle ne reconnaissait pas le paysage. Elle n'avait jamais vu cet épicéa géant, fendu en deux par la foudre. Quelle idiote. À force de s'apitoyer sur son sort, elle s'était perdue.

Elle sortit son téléphone et vérifia sa position grâce au GPS. Elle avait pris la précaution de télécharger une carte de la région, sachant que la géolocalisation fonctionnerait même en l'absence de réseau. Elle s'aperçut qu'au lieu de bifurquer au niveau du Hackberry Creek, elle avait continué tout droit sur près d'un kilomètre.

Il était 16 heures, d'épais nuages noirs s'accumulaient dans le ciel et il y avait de l'électricité dans l'air.

— Allez, Sierra ! dit-elle en obligeant son cheval à rebrousser chemin. Plus vite !

Mais l'animal, de nature lymphatique, refusait d'accélérer.

— Allez, bon sang ! s'énerva-t-elle en agitant les rênes sans succès.

Son attention fut brusquement attirée par les restes d'un feu. Et s'il s'agissait du campement de la, ou *des* personnes qui suivaient l'expédition ?

— Holà, Sierra !

Le cheval s'immobilisa à regret. Corrie sauta à terre, noua les rênes autour d'un tronc et s'approcha en veillant à ne toucher à rien. Sa déception n'en fut que plus grande lorsqu'elle s'aperçut que les restes du feu n'étaient pas récents. Feuilles mortes et aiguilles de pin s'étaient accumulées sur les restes de bois brûlé, preuve que ce campement remontait sans doute à l'automne précédent.

L'emplacement n'en était pas moins particulièrement isolé et sinistre. Elle ramassa un morceau de bois, remua les cendres, et découvrit de vieux restes qu'elle glissa dans un sachet hermétique. Elle détacha la longe de son cheval, se remit en selle et repartit dans la bonne direction. Le vent faisait trembler les sapins en sifflant et il lui restait une vingtaine de kilomètres à parcourir avant la tombée de la nuit. Elle talonna les flancs de Sierra qui daigna enfin se mettre au petit trot. Elle préférait encore avoir mal aux fesses que de se perdre en pleine montagne à la veille d'une tempête.

Les dernières lueurs du jour s'éteignaient à l'horizon lorsqu'elle parvint enfin au ranch Red Mountain où l'attendait Morwood.

— Bon sang, Swanson ! Je commençais à m'inquiéter ! lui dit-il alors qu'elle sautait à terre et le rejoignait d'une démarche douloureuse après avoir confié sa monture à l'un des cow-boys. Tout va bien ?

— Rien de grave, je suis simplement meurtrie après avoir passé la journée sur ce canasson, répondit Corrie.

— Vous n'auriez jamais dû rentrer seule.

— Je tenais à fouiller les lieux une dernière fois.

— Et alors ?

Elle secoua la tête.

— L'affaire a été confiée à l'inspecteur Nick Chen, lui expliqua Morwood en l'entraînant vers le parking. Il arrive de Sacramento demain matin. Il a des états de service impeccables et bénéficie surtout d'une réputation de grande gentillesse. Vous n'aurez aucun mal à travailler avec lui au moment de lui transmettre le dossier.

— Très bien.

— Je m'envole tout à l'heure pour Albuquerque, je vous laisse le soin de communiquer à Chen tous les éléments. Je vous ai réservé une chambre au Truckee Inn pendant quelques jours. Vous allez devoir attendre la fin de la tempête, mais j'aimerais que vous l'emmeniez ensuite jusqu'au camp afin de lui présenter les membres de l'expédition avant de rentrer au bureau.

— Très bien.

— Des questions ?

— Non, monsieur.

Quelques minutes plus tard, il la déposait devant le Truckee Inn. Il lui tendit la main.

— Si je ne prenais pas l'avion, je vous aurais volontiers offert un bon steak. Vous avez fait du bon boulot, Swanson. N'hésitez pas à m'appeler en cas de besoin.

Alors que Corrie traversait le hall de l'établissement en direction de la réception, une élégante femme blonde s'approcha d'elle à grands pas, faisant tinter la fine chaîne à lunettes en or qu'elle portait autour du cou.

— Agent Swanson ?

— C'est moi.

— Je suis le Pr Fugit, directrice de l'Institut archéologique de Santa Fe. Nous nous sommes déjà entretenues au téléphone.

Elle serra la main de Corrie et chaussa ses lunettes en examinant la jeune femme comme s'il s'agissait d'un spécimen archéologique.

— Auriez-vous une minute à me consacrer ?

— C'est-à-dire…, commença par refuser Corrie avant de se souvenir des recommandations de Morwood sur la nécessité de ménager tout le monde lors d'une enquête. Oui, bien sûr. En quoi puis-je vous aider ?

Fugit la conduisit vers un petit salon situé dans un recoin du hall d'accueil. Les deux femmes prirent place sur un canapé orange et Fugit se pencha vers son interlocutrice.

— J'ai cru comprendre que vous soupçonniez mon expédition d'abriter un meurtrier, déclara-t-elle sur un ton glacial. Est-ce le cas ?

Corrie réfléchit à la conduite à tenir. *Reste neutre, ne t'offusque surtout pas.*

— Je n'ai accusé personne à ce jour, je me contente de mener une enquête de routine.

— Une enquête de routine ? En fermant un site archéologique ?

— Nous en avons terminé. Dès que je la verrai, j'annoncerai à Nora qu'elle est libre de retourner sur place avec son équipe.

— Juste au moment où s'annonce une tempête ?

Elle s'était exprimée sur un ton sarcastique et Corrie ne répondit pas. En plus de se taper Nora, il fallait que sa patronne soit une connasse de première.

— Avez-vous des suspects ? Un mobile ? Un indice *quelconque ?*

— Je suis désolée, mais je ne suis pas autorisée à vous répondre. Je peux uniquement vous dire que la suite de l'enquête a été confiée à notre antenne de Sacramento.

— Que dois-je en déduire ?

— Que mon collègue Chen reprend l'affaire en main et que je retourne au Nouveau-Mexique. Je vous invite à vous adresser à lui.

Corrie accompagna sa réponse d'un grand sourire.

Et il se fera un plaisir de vous dire où tu peux te carrer ta campagne de fouilles.

Fugit retira ses lunettes.

— Tout laisse à croire que cette enquête a été conduite jusqu'à présent de façon incompétente et inconsidérée. Je compte me plaindre en haut lieu.

— C'est votre droit le plus strict, mais on pourra vous confirmer que je me suis tenue au règlement.

— Nous verrons.

— Je puis vous assurer en tout cas que le FBI a la ferme intention de mener à bien cette enquête et d'appréhender le coupable.

Fugit se leva.

— Je l'espère pour vous.

Elle laissa s'écouler un battement avant de reprendre.

— Je suppose que vous êtes au courant de la présence d'un trésor là-haut ?

— On me l'a expliqué.

— Est-ce le mobile du crime, à votre sens ?

— Je vous l'ai dit, professeur, je ne suis pas autorisée à vous répondre.

— Dans ce cas, qu'êtes-vous *autorisée* à me dire ?

— Rien. Je vous l'ai expliqué.

Fugit fronça les sourcils, puis elle tourna le dos à Corrie et s'éloigna en martelant le plancher avec les talons de ses slingbacks.

Corrie poussa un soupir exaspéré. Elle allait devoir apprendre à ne pas se laisser intimider par les brutes de cour d'école du genre de cette Fugit. Elle en avait croisé suffisamment à l'adolescence, c'était même un sujet sensible chez elle[1].

1. Voir *Les Croassements de la nuit, op. cit.*

45

21 mai

Burleson se montra inflexible.

— Il est hors de question de vous fournir des chevaux et des hommes. Je refuse de retourner là-haut avec cette tempête, répéta-t-il pour la énième fois à Nora qui venait de le tirer du lit en sonnant à sa porte à 7 heures du matin. Je serais incapable d'assurer votre sécurité.

— Je ne vous demande pas de nous accompagner, mais de…

— C'est hors de question, la coupa l'ancien avocat. Je suis désolé, Nora, mais vous allez devoir prendre votre mal en patience.

Sur le chemin de l'hôtel où elle comptait prendre un café dont elle avait le plus grand besoin, Nora croisa par hasard l'agent Swanson.

L'archéologue, agacée, s'empressa de baisser la tête afin d'éviter son regard, mais Corrie l'arrêta au passage.

— Nora, auriez-vous un moment ?

Nora n'était pas d'humeur à lui parler.

— Quoi encore ?

— Je souhaitais vous signaler que l'enquête a été confiée à notre antenne de Sacramento. L'inspecteur Chen arrive tout à l'heure, c'est lui qui prend le relais.

Nora accueillit la nouvelle avec un mouvement de tête sec et reprit son chemin. Avec un peu de chance, ce Chen serait plus commode.

— Je retourne à Albuquerque dans quelques jours après l'avoir mis au courant du dossier, poursuivit Corrie en lui emboîtant le pas.

Bon débarras, pensa Nora.

— Hélas, la tempête risque fort de m'empêcher de me rendre sur place avec l'inspecteur Chen.

— *Hélas*, vous n'avez pas respecté votre engagement. Vous étiez censée me donner l'autorisation de reprendre les fouilles hier à 14 heures et vous n'êtes rentrée qu'à la nuit tombée, de sorte que me voici bloquée à mon tour par le mauvais temps, grinça Nora en poussant la porte de l'hôtel où Corrie Swanson la suivit.

— J'étais en retard, c'est vrai, mais vous savez très bien que vous n'auriez pas pu rejoindre le site hier après-midi alors que la tempête menaçait.

Nora n'était pas d'humeur à reconnaître que la jeune femme avait raison.

— J'aurais une dernière question à vous poser, insista Corrie. Auriez-vous une idée de qui a pu camper dans les environs du site de fouilles l'été ou l'automne derniers ?

— Non, désolée, répondit distraitement Nora en cherchant désespérément des yeux la machine à café mise à disposition de la clientèle.

— Je vous pose la question parce que j'ai découvert hier les restes d'un feu de camp dans un canyon voisin.

— Je n'ai appris l'existence de ce lieu qu'au mois de décembre, comme vous le savez. Un campeur, probablement.

— D'accord, acquiesça Corrie, le front barré d'un pli.

Nora s'approchait de la machine à café lorsqu'elle s'arrêta, intriguée.

— Vous êtes certaine que ce feu de camp n'était pas plus récent ?

— Comme il était recouvert d'aiguilles de pin et de feuilles mortes, j'ai pensé qu'il datait au plus tard de l'automne.

Nora la laissa poursuivre.

— Drôle d'endroit pour camper. Pas d'endroit où pêcher, aucun panorama. Rien qu'un défilé en cul-de-sac et un arbre fendu en deux.

Un arbre fendu en deux. Ce détail évoqua un souvenir chez Nora, sans qu'elle puisse mettre le doigt dessus.

— Un chasseur, peut-être ?

— La saison de la chasse ne débute qu'en novembre, quand les feuilles sont déjà tombées.

Cette histoire était étrange, en effet.

— Vous n'avez rien trouvé d'autre sur place ?

— Uniquement quelques déchets. Un papier de chewing-gum, un mégot de cigare, un emballage en cellophane.

Nora se tétanisa.

— Un mégot de cigare. De quelle marque ?

— Je n'ai pas fait attention, mais je peux vérifier.

— Vous l'avez ramassé ?

— Bien sûr.

Non, il ne pouvait s'agir que d'une coïncidence. Il suffisait qu'elle en parle à Swanson pour que celle-ci en fasse toute une histoire.

— Où se trouve ce canyon, précisément ?

— Euh… à l'endroit où le Poker Creek rejoint le Hackberry, vous prenez le défilé situé juste en face au lieu de redescendre. La carte ne précise pas son nom.

Nora eut un éclair : le premier jour où elle remontait le cours du Hackberry, avant même la découverte du Campement perdu, Clive lui avait parlé d'un épicéa géant frappé par la foudre.

— Où se trouve ce mégot de cigare ?
— Dans ma chambre.
— Ça vous ennuierait de me le montrer ?
Corrie posa sur Nora un regard perplexe.
— Pour quelle raison ?
— Je voudrais juste vérifier un détail. Je vous expliquerai.
— Très bien.
Les deux femmes montèrent à l'étage. Swanson déverrouilla sa porte et entraîna sa compagne jusqu'à sa valise dont elle sortit un sachet hermétique contenant quelques déchets.
Nora examina attentivement le mégot et son cœur se serra.
— Un cigare Dunhill, murmura-t-elle.
— C'est important ? demanda Corrie.
Nora, prise d'une hésitation, s'entendit spontanément répondre :
— Clive fume des Dunhill.
— Vraiment ?
— Oui. Il prétend que ça le calme quand il est nerveux. Sinon…
Elle eut peur d'éveiller inutilement les soupçons de Corrie, au risque de le regretter.
— Vous avez parlé d'un arbre fendu en deux par la foudre.
— Oui, juste à côté du feu de camp. Personnellement, jamais je n'aurais campé à côté, j'aurais eu trop peur qu'il me tombe dessus pendant mon sommeil.
— La première fois que nous avons remonté le Hackberry Creek, à la recherche du Campement perdu, Clive m'a parlé d'un épicéa fendu en deux.
— Dans quel contexte ?
— Je ne m'en souviens pas exactement. Il plaisantait sur les dangers des orages en montagne, me semble-t-il.

L'arbre en question… l'aperçoit-on depuis la piste principale ?

— Non.

Nora resta silencieuse.

— Dunhill, c'est une marque de cigare courante, non ? s'enquit Corrie.

Nora s'en voulut d'avoir abordé le sujet. Connaissant Corrie, elle allait monter cette histoire en épingle.

— Aucune idée, mais ce mégot a pu être laissé par n'importe qui. Il ne peut pas s'agir de Clive. Qu'aurait-il bien pu fabriquer dans le coin l'an dernier ? Il l'a découvert en même temps que moi.

Corrie prit le temps de réfléchir.

— Il cherchait le trésor.

— Ah oui ? Dans ce cas, pourquoi ne l'a-t-il pas emporté, au lieu de solliciter l'Institut ?

— Parce qu'il ne l'a pas découvert. Il avait besoin d'une archéologue telle que vous pour retrouver le Campement perdu.

— Ça n'a pas de sens. Comment aurait-il pu se l'approprier le jour où nous aurions mis la main dessus ? Il l'aurait volé ?

— Ou bien alors il a *déjà* découvert cet or, ce qui expliquerait que vous n'ayez pas pu le retrouver.

Nora éclata d'un rire forcé.

— Tout ça à partir d'un vieux mégot.

— Et d'un arbre fendu en deux.

— Comme il doit y en avoir des dizaines dans le coin.

Corrie reprit le sachet des mains de Nora.

— Il suffit de procéder à un test ADN sur ce cigare, mais le plus simple serait de poser la question à Clive.

— Il niera s'être rendu sur place.

— Évidemment, mais il sera intéressant d'observer sa réaction quand nous lui poserons la question.

— Quand *vous* lui poserez la question. Je n'ai aucune intention de l'interroger à ce sujet. Clive est un collègue… et un ami.

— Très bien, je comprends, fit Corrie en entraînant l'archéologue hors de la pièce.

46

Les deux femmes frappèrent à la porte de l'historien, sans résultat.

— Vous pensez qu'il dort ? demanda Corrie dans un chuchotement.

— Je l'ai toujours vu se lever tôt.

— En tout cas, il n'était pas au petit-déjeuner ce matin.

Corrie toqua plus fort et le battant s'écarta légèrement.

— Rien ne marche correctement dans ce bouge, maugréa Corrie. Les serrures sont visiblement dans le même état que la plomberie.

— Clive ? appela Nora en passant la tête par l'entrebâillement.

Valises et tiroirs étaient ouverts, des vêtements dans tous les coins, mais le lit était intact.

— On dirait qu'il ne s'est pas couché la nuit dernière. Tout indique qu'il est parti à la hâte, remarqua l'archéologue en s'avançant dans la pièce.

— Attendez ! voulut l'arrêter Corrie. Nous n'avons pas de mandat.

— Qui vous parle de mandat ? répliqua Nora. Je suis une amie à qui Clive a emprunté un objet. En voulant le lui réclamer, j'ai trouvé la porte ouverte.

— Quel objet ?

— Je ne sais pas. Je le saurai en le voyant.

— Je vous attends dans le couloir, si ça ne vous dérange pas.

Nora balaya du regard la pièce en désordre, s'expliquant mal le spectacle qui l'attendait. Tout indiquait que Clive était parti sans emporter de vêtements, ni même son appareil photo, posé sur la table de nuit. Elle s'approcha du bureau, couvert de documents : des photocopies de lettres anciennes, des coupures de journaux, des tirages de microfilms jaunis par le temps, de vieux magazines populaires consacrés à l'expédition Donner.

— Vous voyez son manteau ? demanda Corrie.

— Non, j'imagine qu'il est sorti.

Nora s'empara d'une liasse de photocopies agrafées entre elles. Elle reconnut aussitôt le journal de Tamzene, dont Clive avait déposé l'original à Santa Fe. Elle feuilleta le document et une feuille volante s'en échappa.

Elle la ramassa, intriguée. Il s'agissait d'une photocopie d'un document rédigé d'une écriture en pattes de mouche sur lequel figurait une longue liste de noms, de dates et de citations de la Bible, le tout ponctué de petits dessins apocalyptiques figurant des tombes, des anges éplorés et des langues de feu. Des annotations de la main de Clive avaient été griffonnées dans la marge.

Il s'agissait à l'évidence d'un texte historique de première importance dont Clive n'avait jamais parlé à Nora.

— Il s'est absenté, insista Corrie. Ne restons pas là.

— Une minute, la tempéra Nora en la rejoignant, la photocopie à la main.

— De quoi s'agit-il ? On dirait les gribouillages d'un fou.

— Peut-être est-ce le cas, répliqua Nora en fourrant la feuille dans sa poche. Allons-y.

L'employé de la réception confirma aux deux femmes que Clive avait quitté l'hôtel peu avant l'aube, armé d'un sac à dos, sans préciser où il se rendait.

Corrie sortit son téléphone et composa le numéro de l'historien. Elle tomba aussitôt sur sa messagerie. Elle appela dans la foulée le ranch Red Mountain, s'entretint pendant quelques minutes avec son propriétaire, et raccrocha.

— L'un des chevaux du ranch avait disparu ce matin, expliqua Corrie à sa compagne. Burleson a pensé que vous l'aviez pris.

— Ce n'est pas moi, se défendit l'archéologue.

— Je le sais bien, mais qui ? dit-elle d'un air entendu.

— Clive, voler un cheval ? Jamais de la vie, surtout par ce temps.

Comme Corrie ne disait rien, elle prit la défense de l'historien.

— Pas de conclusions hâtives. Clive n'a rien d'un criminel.

— Nous sommes tous des criminels en puissance, à condition d'avoir de bonnes raisons, rétorqua Corrie.

47

Burleson s'avança dans la véranda afin d'accueillir ses visiteuses, une tasse de café à la main, rouge de colère.

— C'est la première fois qu'on a un souci de ce genre, fulmina-t-il. Quelqu'un s'est introduit dans les écuries pour prendre un cheval, une selle, et tout le nécessaire.

— À quel moment ? voulut savoir Corrie.

— L'un de mes gars a nourri les bêtes et les a sorties dans le pré aux alentours de 6 heures, à peu près au moment où il a commencé à pleuvoir. Peut-être une heure avant que Nora ne vienne me réveiller. À 8 heures, j'ai remarqué que la barrière de l'enclos était mal refermée, et c'est là que j'ai constaté la disparition de Blaze. Sans parler de mon fusil .30-06 Springfield, accroché au-dessus de la cheminée dans le cabanon. Bande de salopards.

Corrie adressa un coup d'œil à Nora avant de reporter son attention sur Burleson.

— Blaze était bien le cheval du Pr Benton, non ?

— Absolument. Vous croyez que c'est Clive ?

— Oui.

— Mais pourquoi ? Je lui aurais *prêté* Blaze à la première éclaircie, pourquoi voler un cheval qu'il aurait pu emprunter gratuitement ?

— Parce qu'il ne souhaitait avertir personne, répliqua Corrie. A-t-il emporté des munitions, en plus du fusil ?

— Non, je ne laisse pas traîner mes munitions et le fusil n'était pas chargé.

Burleson secoua la tête d'un air incrédule.
— Vous croyez vraiment que Clive m'a volé un cheval ? Pour aller où ? Au Campement perdu ?
Corrie opina.
— Je vais devoir m'y rendre également. J'espère que vous accepterez de me fournir une monture.
— Je l'ai déjà expliqué à Nora, il est hors de question de laisser sortir mes bêtes par…
— C'est déjà le cas. Je compte vous ramener Blaze. Ne m'obligez pas à réquisitionner Sierra.
Burleson étouffa un juron.
— Si vous le prenez comme ça, l'un de mes gars peut…
— Je ne veux pas de votre gars, le coupa Corrie, qui ne pouvait se permettre d'impliquer un civil dans une telle aventure.
— Vous n'êtes pas en capacité d'y aller seule. Je vous accompagne.
— Non.
— C'est *moi* qui l'accompagne, s'interposa Nora.
Corrie se tourna vers l'archéologue.
— Si vous voulez bien nous excuser quelques instants, dit-elle à Burleson.
Elle entraîna Nora à l'écart et s'adressa à elle à mi-voix :
— Vous ne pouvez pas m'accompagner. Je suis en mission officielle.
— Et moi je suis responsable d'un site de fouilles. Ce serait folie de votre part de vous aventurer seule là-haut. Il pleut déjà, et regardez un peu le ciel. Si vous refusez de me prendre avec vous, sollicitez au moins le shérif et ses hommes.
— Je n'ai pas le temps. Je dois partir au plus vite.
— Pourquoi tant de hâte ?
— Je suis convaincue que Clive a découvert l'or, et qu'il est parti le chercher.
— Vous croyez vraiment ? fit Nora d'un air dubitatif.

— C'est la seule hypothèse acceptable. Comme il n'avait pas réussi à localiser le Campement perdu, il vous a recrutée. Il aura profité des fouilles pour chercher l'or, et il l'a découvert. Le site étant actuellement déserté, c'est le moment ou jamais de récupérer le magot.

Elle poussa un long soupir.

— Si je le prends la main dans le sac, il est fait. Sinon, je n'aurai pas la moindre preuve pour le coincer.

— Et ce type du FBI dont vous m'avez parlé ? Il vous suffit de l'attendre.

— Clive a deux heures d'avance sur moi. Le temps que l'agent Chen arrive, il sera probablement trop tard.

— Raison de plus pour m'emmener. Vous ne pouvez pas y aller seule.

— Impossible, vous ne faites pas partie de la police.

— Peut-être, mais je suis excellente cavalière alors que vous montez comme une patate.

— Vous perdez votre temps, s'énerva Corrie.

Elle rejoignit Burleson.

— Préparez Sierra, je pars tout de suite.

— Et préparez-moi Stormy, déclara Nora.

Burleson dévisagea longuement les deux femmes, puis il posa son regard sur Corrie.

— Je vais seller deux chevaux, décida-t-il d'une voix ferme. Le premier pour vous et le second pour Nora. Je vous rapporte également des vêtements de pluie. C'est à prendre ou à laisser.

Le ciel virait au noir lorsque les deux femmes s'engagèrent sur la piste. La pluie était relativement éparse, mais le fond de l'air était glacial. Grâce à Dieu, Burleson leur avait fourni des pantalons et des blousons imperméables. Corrie avançait au trot derrière Nora, agrippée au pommeau de sa selle, secouée dans tous les sens.

Elle avait emporté son Glock ainsi qu'un chargeur de rechange. Clive possédait un .30-06 Springfield, le tout était de savoir s'il disposait de munitions. Le plus sage était de considérer que c'était le cas. En cas de confrontation, le Glock ne ferait pas le poids face à un fusil pareil.

Restait à savoir si ses soupçons au sujet de Clive et de l'or étaient justifiés, et si elle ne tirait pas de conclusions hâtives, une fois de plus. Le départ précipité de l'historien et, plus encore, le vol du cheval semblaient confirmer son intuition.

Que dirait Morwood de cette escapade ? Elle n'avait pas réussi à le joindre. Peut-être aurait-elle été mieux inspirée d'attendre Chen. Ou de solliciter le shérif. Elle n'aurait jamais dû emmener Nora avec elle, en tout cas, tout en reconnaissant que l'archéologue était intelligente, débrouillarde, et coriace.

Les sabots de Blaze étaient clairement visibles sur la piste boueuse. Clive avait pris de l'avance, mais elles le rattrapaient, à en juger par la fraîcheur des empreintes laissées par le cheval. Au moment de quitter la piste en longeant le cours du Hackberry Creek, Corrie héla sa compagne.

— Nora ? Arrêtez-vous une seconde.

L'archéologue tira sur les rênes de Stormy et fit volte-face.

— Le fusil de Clive est capable d'atteindre sa cible à mille mètres. Il serait suicidaire de ne pas prendre un minimum de précautions.

— C'est exactement ce que je pensais. Cela dit, je n'arrive pas à croire que ce soit un voleur et un assassin. Comment pouvez-vous être certaine de sa culpabilité ? Il ne s'agirait pas de commettre une erreur tragique.

— Je n'ai aucune certitude, répondit prudemment Corrie, mais il est clair que Benton n'a pas la conscience tranquille. S'il a volé un fusil, c'est qu'il compte s'en servir.

— Le mieux serait encore de l'observer à distance avant de décider de la suite.

— D'accord. Comment pourrait-on s'y prendre ?

Nora sortit de sa poche un GPS portable dont elle consulta l'écran.

— Je vous propose de suivre le Sugarpine Creek et de grimper en haut de la crête qui domine le défilé du Poker Creek.

— C'est faisable à cheval ?

— Il nous faudra sans doute effectuer la dernière partie à pied.

— Alors allons-y, décida Corrie.

Elles longèrent les eaux du Hackberry jusqu'à la confluence avec le Sugarpine et remontèrent l'étroit défilé. Un fin crachin continuait de s'échapper d'un ciel noir comme de l'encre. Le vent s'était renforcé, faisant ployer les cimes des résineux au milieu d'une forte odeur de sève.

Le mince cours d'eau les conduisit jusqu'à un pré bordé de murailles granitiques. Elles attachèrent leurs montures et s'engagèrent sur la pente escarpée, parsemée de rochers couverts de mousse. Parvenues au sommet, elles s'accroupirent et glissèrent un œil au-dessus de la crête.

Bingo, pensa Corrie en constatant qu'elles disposaient d'un poste d'observatoire idéal.

La zone de fouilles, entièrement bâchée, s'étendait en contrebas. Le petit chemin menant au camp de base serpentait le long du cours d'eau avant de disparaître sous les arbres et d'émerger près des tentes. Rien n'avait bougé depuis qu'elle était redescendue.

Elle scruta la zone à l'aide de ses jumelles et se figea en reconnaissant Blaze, attaché à un arbre à cinq cents mètres de la zone de fouilles. En explorant les alentours, elle finit par repérer l'historien au pied de la muraille rocheuse. Elle le vit ramasser deux blocs de roche qu'il disposa de façon à dissimuler l'ouverture d'une faille.

— Je le vois, dit-elle en tendant les jumelles à Nora qui observa la scène à son tour.

— Il cache quelque chose.

— C'est bien ce que je pensais, répliqua Corrie avec animation. Il aura voulu dissimuler l'or dans une cachette plus sûre.

— Il se trouve dans la zone rouge, ce secteur que nous n'avons pas fouillé du fait de cette congère menaçante.

Corrie leva les yeux et constata que l'énorme masse neigeuse n'avait pas bougé.

— C'est logique. Il sait que personne n'osera s'aventurer là. Je veux bien les jumelles, s'il vous plaît.

Nora les lui rendit et Corrie regarda l'historien parachever son œuvre en dispersant des feuilles mortes et des aiguilles de pin devant la crevasse.

— Alors, agent Swanson ? Que proposez-vous ? s'enquit Nora.

— Laissons Clive repartir à présent que nous connaissons sa cachette. Nous n'aurons plus qu'à récupérer le trésor.

— En passant sous la congère ?

— Elle se trouve là depuis des semaines, remarqua Corrie, et ça n'a pas refroidi les ardeurs de Clive. Nous n'avons besoin que de quelques minutes pour récupérer l'or.

— Clive en profitera pour s'enfuir.

— À l'école du FBI, on nous répète constamment qu'il faut des preuves pour confondre un coupable. Celles dont nous avons besoin se trouvent derrière ces rochers.

Elle porta les jumelles à ses yeux et vit Clive s'éloigner, détacher la longe de Blaze, longer la zone de fouilles et s'éloigner sur le petit chemin avant de disparaître dans la forêt.

Les deux femmes attendirent un quart d'heure avant de descendre dans la vallée du Campement perdu en s'efforçant de ne pas glisser dans la boue. Un roulement de tonnerre se répercuta entre les montagnes et une violente rafale de vent coucha l'herbe dans le pré tandis que la pluie gagnait en puissance.

Quelques minutes leur suffirent pour rejoindre l'anfractuosité où était caché l'or.

— Commençons par prendre quelques photos, décida Corrie, son appareil à la main.

Sa tâche terminée, elle s'agenouilla près de Nora et entreprit de dégager l'ouverture de la faille, le cœur battant.

Un coup de feu retentit dans le lointain.

— Couchez-vous ! cria Corrie instinctivement.

Les deux femmes s'aplatirent dans l'herbe et plusieurs détonations espacées traversèrent l'air. Curieusement les coups de feu ne semblaient pas leur être destinés.

— Ce n'est pas nous qu'il vise, déclara Corrie. Il se trouve trop loin. Sans compter qu'il n'a pas pu nous voir.

— Dans ce cas, à quoi joue-t-il ? demanda Nora.

Un grondement sourd se fit entendre au-dessus de leurs têtes, suivi par une vibration sourde et un souffle puissant. Corrie comprit d'un seul coup quelle était la cible de Clive.

48

L'énorme masse de neige bascula lentement dans le vide avant de s'abattre sur les deux femmes à une vitesse effrayante. Nora bondit sur ses jambes à la même fraction de seconde que Corrie, mais il était trop tard. L'avalanche frappa l'archéologue de plein fouet et elle se trouva emportée par une vague solide d'une force inouïe. Incapable de respirer, elle se souvint avoir lu quelque part que le seul moyen d'échapper à une avalanche consistait à nager le crawl en direction de la surface. Mais comment savoir où se trouvait l'air libre ? Complètement désorientée, à moitié écrasée, elle se débattit machinalement sous l'effet de la panique sans savoir si elle ne s'enfonçait pas dans sa sépulture glacée.

La masse qui l'enveloppait se figea soudain et son corps tout entier s'immobilisa, comme gelé sur place. Les sons, assourdis par la neige, lui parvenaient dans un murmure lointain. Nora resta un moment sans bouger, sidérée, puis elle ouvrit les yeux et distingua une légère lueur grisée. En voulant reprendre sa respiration, elle avala de la neige fondue qu'elle s'empressa de recracher. Ses poumons bloqués l'empêchaient de crier, c'est tout juste si un gémissement s'échappa de ses lèvres. Paniquée à l'idée de mourir enterrée vivante, elle sentit son cœur s'emballer.

Elle tenta d'agiter ses membres et s'aperçut que l'un de ses bras était libre de ses mouvements. Sans doute dépassait-il de la masse neigeuse. Elle s'efforça de dégager à pleines poignées le manteau glacé qui lui compressait les poumons. Au moment où elle allait perdre connaissance, à la limite de l'asphyxie, ses doigts repoussèrent la neige qui lui bloquait la gorge et elle aspira goulûment une bouffée d'air délicieuse.

Elle prit le temps de souffler et de reprendre quelques forces tandis que s'évaporait la douleur qui lui brisait la poitrine. Son corps devait être couvert d'hématomes, mais il était apparemment intact. Elle commença par dégager son visage avant de se libérer péniblement du carcan glacé qui l'emprisonnait. L'entreprise était plus ardue qu'elle ne l'aurait imaginée, mais au terme de cinq minutes de lutte, elle achevait de dégager son torse et parvenait à se hisser à la surface.

— Corrie ! hurla-t-elle en jetant autour d'elle un regard inquiet. Corrie !

L'avalanche avait recouvert plus d'un tiers de l'étroite vallée au pied de la muraille. La neige immaculée était truffée de brindilles, de branches et autres débris, mais nulle part l'archéologue n'apercevait la jeune femme.

Elle s'élança sur la neige molle dans laquelle elle s'enfonçait à chaque pas en criant le nom de sa compagne, à l'affût du moindre signe – une main, un pied, un pan de vêtement.

Avisant un bâton dans la neige, elle l'enfonça au hasard de son avancée dans l'immense champ glacé.

— Corrie ! *Corrie !*

Le bâton peinait à traverser la neige trop tassée et il finit par se briser. Nora le jeta au loin en jurant et se mit en quête d'un autre branchage.

— Un bel exemple de courage ! s'éleva une voix derrière elle.

Nora pivota d'un bloc.

Clive la menaçait de son fusil.

— C'est *votre* faute ! Vous avez volontairement provoqué cette avalanche !

Clive acquiesça.

— Je savais que vous me suiviez, alors je vous ai tendu un piège. Dommage que je n'ai pas réussi à vous éliminer toutes les deux. Allez ! Descendez de ce tas de neige.

— Mais enfin, Corrie est…

— Elle est forcément morte. La congère s'est effondrée il y a une dizaine de minutes, elle s'est étouffée depuis longtemps.

— Espèce de salaud.

Clive haussa légèrement le canon du fusil et fit feu au-dessus de la tête de Nora.

— Taisez-vous, ou je vous tue sur place, gronda-t-il en rabaissant l'arme. À présent, descendez de ce putain de tas de neige.

Nora obtempéra en pensant au calvaire qu'avait enduré sa compagne avant de mourir asphyxiée, écrasée dans des conditions horribles.

Corrie ne s'était donc pas trompée. Le coupable était Clive. Elle remarqua la présence, attachée à son sac à dos, d'une boîte bleue.

— L'or vous a donc rendu fou, dit-elle d'une voix amère.

Clive éclata de rire.

— L'or ?

Il montra la boîte bleue du menton.

— Si vous saviez ! Je me fous éperdument de cet or. Ce foutu trésor m'a même sérieusement compliqué la tâche depuis que tout le monde est au courant de son existence. Maggie avec son ouïe digne d'un extraterrestre, Wiggett qui passait ses nuits à se balader ! À propos de Wiggett, je n'en reviens pas de la facilité avec laquelle vous avez retrouvé son corps. C'est à se demander si un fantôme ne vous a pas indiqué sa cachette. En fin de compte, cet or m'aura servi à vous attirer jusqu'ici puisque vous êtes tombée dans le même piège que votre petite copine.

Il lui montra la vallée avec le canon du fusil.

— Assez discuté. Avancez !

— Où m'emmenez-vous ?

— On va rejoindre la zone de fouilles.

Il avait décidé de la tuer, c'était certain. Restait à comprendre pourquoi il ne l'avait pas déjà abattue. Sans doute avait-il trouvé le moyen de maquiller sa mort en accident.

Elle crut distinguer une ombre du coin de l'œil. Elle tourna la tête et vit apparaître un cavalier à l'orée du bois. Son cœur fit un bond dans sa poitrine. Il ne pouvait s'agir que de Burleson.

— Attention ! Il est armé ! hurla-t-elle.

Clive la gratifia d'un sourire méprisant.

— Quelle pauvre conne tu fais, laissa-t-il tomber sans se soucier de la silhouette qui traversait le pré.

Le vent soufflait en rafales et une pluie drue fouettait les sapins. Nora, secouée par des tremblements incontrôlables sous l'effet de l'hypothermie, vit le cavalier s'approcher. Stupéfaite, elle reconnut Jill Fugit.

— Professeur ! balbutia Nora, abasourdie. Je ne comprends pas…

Fugit stoppa sa monture en adressant à Nora un sourire sans joie.

— Vous êtes une excellente archéologue, Nora, mais lorsqu'il s'agit de percer la réalité du monde, vous n'êtes pas à la hauteur. Clive n'a pas tort de vous traiter de conne.

Elle tira un six coups de l'étui qu'elle portait à la ceinture et le pointa en direction de Nora. Cette dernière, hébétée, remarqua que Fugit portait des gants de caoutchouc.

— Vous étiez censé vous occuper d'elle, reprocha la directrice à Clive.

— Elle a réussi à sortir vivante de l'avalanche. La fille du FBI est morte, en revanche.

— Vous pouvez baisser votre fusil. Je surveille Nora. Et donnez-moi la boîte.

Clive retira son sac à dos et détacha le coffret bleu qu'il tendit à sa complice. Celle-ci glissa le six coups sous son aisselle et souleva brièvement le couvercle, le temps de s'assurer du contenu de la boîte. Elle glissa celle-ci dans l'une de ses fontes et reprit en main le revolver avec lequel elle visa Nora.

— Vous comptez l'abattre ? s'étonna Clive. Je pensais la noyer dans l'étang, histoire d'accréditer la thèse d'un accident. Comme avec Wiggett.

— Tu parles d'un accident ! Vous avez merdé sur toute la ligne avec cet abruti de cow-boy. Mais ne vous inquiétez pas, je vais m'occuper d'elle.

— L'argent a bien été viré sur mon compte, comme promis ?

— Vous serez payé en temps et en heure, professeur Benton. C'est-à-dire tout de suite.

Le canon du six coups pivota brusquement en direction de l'historien. Un coup de feu retentit et la tête de Clive bascula brutalement en arrière. Il resta un instant comme suspendu en l'air avant de s'écrouler sur le dos avec un bruit sourd. L'un de ses doigts tressauta à plusieurs reprises avant de se figer définitivement.

— Pauvre imbécile, marmonna Fugit.

L'instant suivant, elle visait Nora et appuyait sur la détente.

49

Deux détonations retentirent presque simultanément. La première balle égratigna Fugit en la déstabilisant, le six coups lui échappa des mains et le projectile destiné à Nora se perdit dans la nature. La balle suivante atteignit la directrice de l'Institut au niveau de l'épaule. Le cheval, terrifié, se cabra en envoyant voler la cavalière qui s'écrasa au sol en poussant un cri terrible, ses doigts crispés autour de la plaie.

Corrie, le visage couvert de sang, son Glock au poing, tomba à genoux. Elle tenta vainement de se relever, refusant de lâcher son arme, et Nora eut tout juste le temps de la retenir avant qu'elle ne s'effondre.

— À l'aide, gargouilla la voix de Fugit.

Nora, ignorant son appel, allongea doucement Corrie sur le sol.

— Vous êtes blessée, dit-elle.

— Je suis vivante, répondit Corrie.

— Comment… ?

— Une poche d'air. Et tout juste assez d'espace pour bouger et me sortir de là. Grâce à vous.

— Je vous croyais morte.

— Si vous ne m'aviez pas agrippé la main et tirée vers la surface, je serais morte pour de bon.

Nora écarquilla les yeux.

— Mais… je ne vous ai pas agrippé la main.

— Bien sûr que si. J'allais perdre connaissance quand j'ai senti vos doigts se refermer sur les miens et…

Corrie battit des paupières, au bord de l'évanouissement, et Nora préféra ne pas la contredire. Sans doute était-elle en proie à des hallucinations, suite au manque d'oxygène.

— À l'aide, répéta Fugit d'une voix désespérée.

Nora s'approcha d'elle. La directrice de l'Institut gisait sur le dos, ses vêtements tachés de sang au niveau de l'épaule. Nora déboutonna sa chemise et découvrit une vilaine plaie. Grelottante de froid, elle déchira un pan de sa propre chemise qu'elle roula en boule avant de le tendre à Fugit.

— Essayez de comprimer la blessure, lui recommanda-t-elle.

— J'ai froid, gémit la directrice.

— Nous avons tous froid, rétorqua Nora, qui claquait des dents.

Elle retourna près de Corrie, s'agenouilla et lui prit la main. Les paupières de la jeune femme papillotèrent.

— Nora ?

— Oui ?

— Allez… allez voir ce que contient la boîte bleue.

Nora se retourna. Le cheval de Fugit, à une vingtaine de mètres, tremblait toujours, mal remis de sa frayeur. La boîte bleue dépassait de l'une des fontes.

— Il n'y a pas d'urgence. Je dois impérativement vous mettre à l'abri.

Corrie serra les doigts de Nora entre les siens.

— *Je vous en prie, regardez le contenu de la boîte.*

Nora, connaissant l'entêtement de Corrie, se releva et s'approcha du cheval auquel elle murmura des paroles apaisantes. L'animal commença par reculer instinctivement avant de laisser l'archéologue saisir sa longe.

Elle lui caressa l'encolure, détacha les fontes qu'elle posa sur son épaule, puis elle attacha le cheval et retourna près de Corrie qui avait trouvé la force de se mettre en position assise.

Nora tendit la boîte à Corrie qui en souleva le couvercle. L'ombre d'un sourire étira ses lèvres.

— Je le savais.

— Quoi ?

— Il s'agit du crâne de Parkin, dit-elle en tendant à sa compagne le coffret bleu.

— Je ne comprends pas… Comment ce crâne peut-il avoir davantage de valeur que l'or ?

— C'est toute la question, répondit Corrie. Une question à vingt millions de dollars.

50

Tout en réfléchissant au meilleur moyen de s'en sortir, Nora serra sa compagne contre elle dans l'espoir de la réchauffer.

— J'ai tellement froid, grelotta Corrie.

Nora la saisit sous les aisselles afin de l'aider à se relever, mais la jeune femme laissa échapper un cri et tomba à genoux en se tenant le bras douloureusement.

— Je crois qu'il est cassé, hoqueta-t-elle.

— Essayez de le maintenir avec l'autre bras. La tente du QG se trouve à moins de cent mètres.

Elle souleva Corrie en la prenant par les épaules afin d'épargner son bras meurtri. Cette fois, la jeune femme trouva la force de rester debout et elles rejoignirent péniblement la tente où Nora enveloppa sa compagne dans des bâches, faute de couverture. Elle se mit ensuite en quête d'un réchaud et de sachets de cacao.

— Il faudrait aller chercher Fugit, déclara Corrie.

— Elle attendra, répliqua Nora en allumant le réchaud sur lequel elle posa une casserole d'eau.

Les rafales de vent secouaient violemment la tente sur laquelle tambourinait la pluie.

Corrie secoua la tête.

— On ne peut pas la laisser mourir. Témoin capital.

— Je vais commencer par nous préparer du chocolat chaud parce que nous sommes toutes les deux en hypothermie.

Elle versa le contenu des deux sachets dans la casserole, touilla le tout et attendit que le liquide frémisse pour le verser dans deux mugs. Elle en glissa un dans la main glacée de Corrie.

— Merci.

L'archéologue aida sa compagne à porter le mug à ses lèvres, puis elle avala elle-même de petites gorgées brûlantes qui la réchauffèrent progressivement en ranimant son esprit engourdi par le froid.

Elle tira d'une trousse à pharmacie deux comprimés d'ibuprofène pour Corrie, avala la même dose, et remplit à nouveau les mugs vides.

— Je voudrais jeter un coup d'œil à votre blessure.

Corrie lui tendit le bras gauche en grimaçant et Nora découpa la manche à l'aide d'une paire de ciseaux. L'avant-bras de la jeune femme, d'une vilaine couleur violette, était tordu dans une position anormale. Elle souffrait d'une mauvaise fracture, mais du moins celle-ci n'était-elle pas ouverte.

— Vous devez avoir très mal.

— Vous n'imaginez même pas, répliqua Corrie dont la voix avait récupéré en force. Je ne voudrais pas vous embêter, mais Fugit va mourir si vous ne l'aidez pas.

— C'est bon, je vais la chercher, acquiesça Nora.

Elle se serra dans ses vêtements de pluie détrempés et souleva l'ouverture de la tente. Une rafale pluvieuse s'engouffra dans le QG en lui giflant le visage et elle s'élança dans la tempête.

Les yeux de Fugit n'étaient plus que deux fentes, et une flaque d'eau rougie s'étalait sous elle. Nora crut un instant qu'elle était morte avant de s'apercevoir que son pouls battait encore lorsqu'elle posa un doigt sur sa carotide.

— Je vais vous transporter jusqu'à la tente, déclara Nora sans savoir comment s'y prendre puisque l'épaule de Fugit était en miettes.

La directrice tourna la tête vers elle en gémissant, à peine consciente. Nora saisit les deux bottes de Fugit au niveau des chevilles, s'arma de courage, et tira son fardeau sur l'herbe glissante. Elle s'arrêta, reprit des forces, et recommença, mètre par mètre, jusqu'à la tente sans que la directrice de l'Institut émette le moindre son.

Enfin à l'abri, elle allongea la blessée sur une bâche afin d'examiner la plaie de plus près en découpant son imperméable, son manteau, sa chemise et sa bretelle de soutien-gorge. La première balle avait provoqué une simple éraflure, mais la seconde avait traversé l'épaule de part en part en laissant dans son sillage une bouillie de chair et d'os.

Nora étala de la crème antiseptique sur une compresse qu'elle déposa sur l'épaule de Fugit, banda la blessure et recouvrit la directrice d'une bâche avant de retourner s'occuper de Corrie.

— Comment vous sentez-vous ?

La jeune femme lui adressa un sourire timide.

— Mieux.

Elle tourna son regard vers Fugit.

— Il faudrait appeler les secours. Où se trouve le téléphone satellite ?

— Il est resté dans le camp de base.

Corrie hésita.

— Ça m'ennuie de vous demander ça...

— J'y vais, mais vous allez devoir surveiller Fugit, au cas où elle se réveillerait.

Corrie glissa son bras indemne hors de la bâche et Nora vit qu'elle tenait le Glock serré dans son poing.

— Je suis désolée de ne pas pouvoir vous accompagner, mais je ne voudrais pas qu'elle meure.

— Moi non plus. Je tiens à ce qu'elle réponde de ses crimes.

Quelques instants plus tard, Nora disparaissait à nouveau dans la tempête et rejoignait péniblement le cheval de Fugit. Elle monta en selle et s'éloigna, le visage fouetté par les intempéries.

Le camp de base, désert, formait un tableau piteux sous la pluie battante. Nora attacha sa monture, s'engouffra dans la tente d'intendance, récupéra le téléphone satellite et composa le numéro que lui avait confié Corrie.

La voix de l'inspecteur Morwood résonna dans son oreille.

— Agent Swanson ?

— Nora Kelly à l'appareil. Je me trouve au camp de base avec l'agent Swanson…

— Le camp de base ? Par ce temps ?

— C'est une longue histoire. Corrie souffre d'une mauvaise fracture. Clive Benton est mort et le Pr Fugit a été grièvement blessée à la suite d'une fusillade. Vous allez devoir mettre sur pied une équipe de secours.

— Comment est-ce arrivé ? Puis-je parler à Swanson ?

— Elle est restée sur le site des fouilles. Ce serait trop long à vous expliquer.

— Très bien, je m'occupe des secours, restez à côté du téléphone.

Nora replia l'appareil qu'elle enferma dans sa poche, prit deux sacs de couchage et retourna affronter la tempête.

Lorsqu'elle parvint au QG dix minutes plus tard, elle tremblait de tous ses membres. Elle attacha le cheval à l'extérieur, pénétra dans la tente et étala l'un des sacs de couchage au-dessus de Fugit avant de s'agenouiller près de Corrie.

— Vous croyez pouvoir vous déshabiller ? Vous aurez bien plus chaud dans ce duvet.

— Je vais essayer.

Nora l'aida à retirer ses vêtements détrempés. Elle eut un choc en découvrant le corps de Corrie couvert d'hématomes à cause de l'avalanche. Sans doute se trouvait-elle dans le même état. Quelques instants plus tard, Corrie se glissait à l'intérieur du sac de couchage.

— Qu'a dit Morwood ? demanda Corrie en serrant le duvet contre son menton.

— Il organise les secours.

Le téléphone sonna au même instant. Nora décrocha en branchant le haut-parleur.

— Agent Swanson ? Vous êtes là ?

— Je suis là.

— J'ai cru comprendre que vous étiez blessée.

— J'ai un bras cassé et des hématomes, mais rien de grave. Fugit risque en revanche de mourir si les secours n'arrivent pas au plus vite.

— Ce n'est pas facile avec cette tempête. Deux hélicos doivent décoller de Sacramento. Ils devraient arriver sur place dans une heure et demie. Vous pensez pouvoir tenir jusque-là ?

— Aucun souci pour Nora et moi, mais je ne suis pas certaine pour Fugit. À propos, inspecteur, elle est en état d'arrestation.

— Pour quelle raison ?

— Meurtre et tentative de meurtre.

— Seigneur ! Je demande à un marshal fédéral de monter dans l'hélico.

Morwood laissa s'écouler un court silence avant de poser la question qui lui brûlait les lèvres.

— Corrie ? Au nom du ciel, à quoi rime cette histoire ?

La jeune femme fut prise d'une hésitation avant de répondre.

— Tout est lié au crâne de Parkin, inspecteur. Mais ne me demandez pas pourquoi. Je n'en ai aucune idée.

51

L'appel terminé, Nora prépara du thé.

— Il me faudrait d'autres comprimés d'ibuprofène, réclama Corrie.

— Je vous en ai déjà donné…

— S'il vous plaît.

Nora préleva un cachet dans le flacon et le tendit à Corrie qui l'avala avec une gorgée de thé.

Fugit émit un gémissement. Nora constata que son pansement était gorgé de sang. Elle appliqua une compresse par-dessus et serra le tout à l'aide d'un bandage.

Au terme d'un long silence, Corrie prit la parole.

— Comment le crâne de Parkin peut-il avoir plus de valeur qu'un coffre rempli d'or ?

— Nous aurons tout le temps d'y réfléchir plus tard.

Corrie grimaça.

— Je préfère m'y intéresser tout de suite.

— Pour quelle raison ?

— C'est important pour moi. J'ai le sentiment…

Elle laissa s'écouler un battement avant de poursuivre.

— J'ai l'impression de disposer de tous les éléments sans être capable de trouver la solution. Je n'ai pas envie de dire à Morwood : « Désolée, chef. Plusieurs personnes sont mortes et je ne sais pas pourquoi. »

Nora ne répondit pas immédiatement. La question était complexe.

— Qui sait s'ils n'ont pas agi à la demande d'un collectionneur dingue, prêt à débourser une fortune pour s'approprier un crâne chargé d'histoire ? Il suffit de voir le prix que peuvent atteindre certaines cartes de base-ball.

Corrie secoua la tête.

— Non, ce crâne n'est pas suffisamment vieux. Il ne s'agit pas de l'enfant de Taung ou de l'homme de Cheddar.

— C'est vrai, concéda Nora. Ou bien alors quelqu'un a besoin de l'ADN de ce crâne pour récupérer un héritage.

Corrie afficha une nouvelle fois ses doutes.

— Je suis persuadée que ce n'est pas une question d'argent. Une organisation écume la planète à la recherche de restes du clan Parkin. Ces gens ont été jusqu'à organiser un enlèvement, Clive a tué deux personnes pour récupérer ce crâne, Fugit l'a abattu à son tour et elle s'apprêtait à vous assassiner.

Corrie ferma les yeux pendant un long moment.

— J'en arrive à la conclusion que Parkin et ses descendants possèdent une caractéristique génétique infiniment précieuse.

— Laquelle ?

— Je ne sais pas.

— Le problème avec la génétique, c'est que tout est possible. Il pourrait s'agir d'un gène capable de résister au cancer, ou de prolonger la vie, ce qui vaudrait des milliards.

Le regard de Nora se posa machinalement sur le boîtier bleu dans lequel était enfermé le crâne.

— Auriez-vous observé un trait spécifique chez les descendants de Parkin auxquels vous vous êtes intéressée ? Une intelligence hors du commun, une longévité hors norme, la résistance à la maladie ?

— J'avoue que je ne me suis pas penchée sur la question. De votre côté, que savez-vous exactement d'Albert Parkin ?

— Presque rien. Il a abandonné sa femme et ses gosses dans le Missouri pour se rendre en Californie. Il a été blessé par une flèche en Utah lors d'une attaque indienne, et il a fini par mourir de faim au mois de février 1847. Il est le premier à avoir été cannibalisé par ses compagnons d'infortune.

— Vous dites que Parkin a été mangé, réagit Corrie. Sait-on précisément comment ?

— Ils ont rôti son crâne avant de consommer sa cervelle. Tout indique que le reste du corps, découpé en morceaux, a ensuite été cuit.

Une rafale plus violente que les précédentes fit trembler la tente.

— Qu'est-il advenu des autres occupants du Campement perdu ?

— Ils ont tous sombré dans la folie avant de mourir et d'être dévorés à leur tour, à l'exception de deux d'entre eux. Le premier a réussi à rallier le campement Donner, le second a été secouru, mais il est mort peu après en ayant perdu la raison.

— Vous voulez dire que tous ont été atteints de folie ?

— C'est relativement courant. La faim, sous une forme aiguë, peut provoquer des effets délétères sur le cerveau.

— De quel type de folie souffraient-ils ?

— Boardman, celui qui s'est échappé, a expliqué que sa femme avait cherché à le tuer pour le manger. Il a parlé d'hallucinations.

— Qu'est-il devenu par la suite ?

— Il est mort de faim dans le campement Donner.

— Boardman avait-il mangé Parkin ?

Nora rassembla ses souvenirs.

— Il a prétendu à Tamzene Donner n'avoir jamais « cédé » au cannibalisme. Boardman était pasteur, il considérait une telle pratique comme un péché mortel. Du moins est-ce ce qu'elle raconte dans son journal.

— On n'en sait pas davantage ?

— Non, à part…

Nora plongea la main dans l'une des poches de son manteau dont elle tira la feuille découverte dans la chambre de Clive. Elle la déplia afin d'en déchiffrer l'étrange contenu, essentiellement composé de noms et de dates accompagnés de commentaires en latin :

MORS COMMENTARIUS

Dans ce lieu lugubre, oublié de Dieu et des hommes
à la suite du blizzard du 23 oct. 1846 :

La veuve Morehouse, âgée de 50 ans,
emportée par la flèche empoisonnée de Cupidon
le 20 déc. 46

Sam. Carvil, âgée de 6 ans,
morte le 25 déc. 46.
« Aussi bien ne peuvent-ils mourir ;
ils sont semblables aux anges,
et sont enfants de Dieu. »

Spitzer et Reinhardt non potuerunt incipere
Aug. Spitzer, mort le 21 janv. 47 sans se repentir ;
Joseph Reinhardt, âgé de 35 ans, qui s'est confessé
de son crime avant d'expirer le 28 janv. 47.
Tous deux emportés par la faim.
« À chacun je demanderai compte
de la vie de l'homme, son frère. »

‡ Nobis maledictum ‡

Albert Parkin, âgé de 38 ans, mort le 20 fév. 47.

Coeperunt malis festum
« Je détruirai vos lieux sacrés, ferai disparaître vos images,
entasserai vos cadavres sur les cadavres
de vos idoles immondes et vous prendrai en aversion. »

† Jul. Carvil †, anthropgs., âgé de 27 ans,
mort le 23 fév. ex insania

† Leander Widnall †, anthropgs., âgé de 17 ans,
mort le 24 fév. ex insania

† Mme Jul. Carvil †, anthropgs., âgée de 30 ans,
morte le 24 fév. ex insania

« Détourne-toi du mal, fais le bien,
et habite à jamais ta demeure. »
25 fév. 1847
Ainsi en est témoin Asher Boardman
Époux de † Edith Boardman †
Regrettée et regrettable
Et anthropgs.

— De quoi s'agit-il ? s'enquit Corrie.

— D'une liste des victimes du Campement perdu retrouvée parmi les affaires de Clive. Au regard des citations bibliques, on imagine qu'elle a sans douté été établie par Boardman.

— Vous connaissez le latin ?

— Si vous aviez suivi autant de cours de zoologie, vous le comprendriez aussi bien que moi.

— Continuez, l'encouragea Corrie.

— On apprend donc que la veuve Morehouse est morte la première, empoisonnée par « la flèche de Cupidon ». Cette formule désignait autrefois les maladies vénériennes. Viennent ensuite Samantha Carville, puis les deux assassins, Spitzer et Reinhardt. Il est précisé à leur sujet : *non potuerunt incipere*. En gros, cela signifie « qui n'ont fait que commencer ». Mais ne me demandez pas ce qu'ils ont uniquement commencé, je n'en sais rien.

— Ils avaient commencé à manger Samantha Carville, expliqua Corrie. N'oubliez pas l'endroit où vous avez retrouvé la jambe.

— Seigneur ! Vous avez raison.

Nora se plongea à nouveau dans l'examen du document.

— Les deux tueurs meurent au mois de janvier 1847. Boardman précise que Spitzer ne s'est jamais repenti, contrairement à Reinhardt, qui a avoué son crime. Le meurtre de Wolfinger, à l'évidence.

— Ensuite ?

Nora fronça les sourcils.

— Ensuite, le rédacteur change de ton. Boardman inscrit tout d'abord la mention *nobis maledictum*. « Notre malédiction ». Il fait suivre la mort de Parkin, à la fin du mois de février, par une longue citation biblique accompagnée d'une phrase que l'on peut traduire de la façon suivante : « Ils commencèrent le terrible festin. »

— On peut en déduire que le cannibalisme a vraiment débuté après la mort de Parkin.

— À compter de ce moment, les décès s'enchaînent, acquiesça Nora. Julius Carville, Leander Widnall, la femme de Carville. Boardman note qu'ils ont tous les trois sombré dans la folie avant de rendre l'âme. Vous remarquerez la présence de petits poignards de part et d'autre de leurs noms respectifs, avec l'abréviation *anthropgs.*, pour anthropophage. On retrouve les mêmes caractéristiques concernant la femme de Boardman en date du 25 février.

Nora se pencha sur la feuille dans l'espoir de déchiffrer les annotations de Clive. Il avait notamment écrit le mot *poignard !* en l'entourant.

— C'est étrange, murmura-t-elle.

— Dites-moi.

— Clive accordait visiblement de l'importance aux noms entourés de petits poignards dessinés.

Corrie s'agita dans son sac de couchage.

— Pour quelle raison, à votre avis ?

— Boardman affuble les trois premiers de la même mention : *ex insania*. C'est-à-dire fou. Ce n'est pas le cas de sa femme, dont le nom est pourtant entouré de ces poignards.

— Tout simplement parce qu'il n'était pas là quand elle est morte, puisqu'il s'était réfugié dans le campement Donner lorsque sa femme, frappée de folie, avait tenté de le tuer pour le manger.

Sous la tente que continuaient de secouer de violentes rafales, Corrie se concentra longuement avant de poursuivre.

— Voilà qui expliquerait tout..., murmura-t-elle. Les inconnus qui déterrent les descendants de Parkin ne cherchent pas une qualité génétique particulière, mais au contraire le microbe d'une *maladie* !

Nora secoua la tête.

— Les maladies infectieuses ne se transmettent pas génétiquement. De même que les maladies génétiques ne se transmettent pas par ingestion.

Corrie serra les paupières.

— Putain, j'espère qu'ils auront de la morphine...

Nora regarda sa montre.

— Ils seront là d'une minute à l'autre.

Corrie continuait de serrer les paupières.

— Boardman n'est pas devenu fou, pas plus que Samantha Carville. Les deux tueurs qui ont pourtant mangé sa jambe n'ont pas davantage sombré dans la folie. Parkin n'est pas mort fou, mais c'est le cas de tous ceux qui ont mangé des parties de son corps. S'il ne s'agit pas d'une maladie, de quoi peut-il être question ?

La question, toute rhétorique, rappela un souvenir à Nora. Lorsqu'elle était à l'université, elle avait étudié le cas d'une tribu de Nouvelle-Guinée.

— Mon Dieu..., dit-elle d'une voix blanche.

Les paupières de Corrie se soulevèrent aussitôt.

— Quoi ?

— Tous les étudiants en anthropologie ont entendu parler du peuple Fore, en Nouvelle-Guinée, dont les membres sont morts après être devenus fous il y a un siècle. Il a fallu attendre les années 1960 pour que les chercheurs finissent par identifier les causes de l'épidémie. Celle-ci était liée au cannibalisme. Les défunts étaient mangés par leurs proches en signe d'amour, et les scientifiques se sont aperçus qu'ils souffraient d'une maladie à prions.

— Une maladie à prions ?

— Oui, comme la maladie de la vache folle ou la maladie de Creutzfeldt-Jakob chez les humains. Les prions ne sont pas des microbes, ils s'apparentent à un parasite ou un virus. Cette protéine possède des propriétés très particulières. Il suffit de l'ingérer pour qu'elle se dissémine à travers le corps et que les protéines avec lesquelles elle entre en contact deviennent mortelles. Les prions s'attaquent en priorité aux protéines du cerveau, et les malades sombrent dans la folie.

— Comment l'épidémie a-t-elle pu se propager ?

— Aux alentours de 1900, un individu du peuple Fore s'est mis à produire des prions à la suite d'une mutation. On estime qu'il a été le premier porteur de la maladie. Le mal a commencé à se disséminer lorsqu'il a été mangé après sa mort.

Corrie acquiesça d'un grognement.

— Vous pensez qu'Albert Parkin aurait pu être porteur d'une maladie inconnue ?

— C'est possible. La maladie de Creutzfeldt-Jakob est mortelle, la médecine ne possède ni vaccin ni traitement, et les prions sont résistants aux désinfectants comme aux processus de stérilisation.

Nora fronça les sourcils au moment de poursuivre.

— Cela dit, le prion met un demi-siècle à tuer, alors que les occupants du Campement perdu sont morts en l'espace de quelques semaines.

— Cela signifierait que Parkin était porteur d'une forme virulente de la maladie.

— C'est une possibilité, reconnut Nora.

Corrie, sourde à la douleur, se mit en position assise.

— Réfléchissez, Nora. Nous sommes en présence d'une maladie mortelle incurable qui tue en l'espace de quelques jours. À quoi vous fait penser une telle description ?

— À un mal terrible, démoniaque.

— Je pense surtout à *une arme imparable*.

— Vacherie…

— Vacherie est le terme adéquat. Une telle arme biologique ramène l'anthrax, le virus Ébola ou la variole au rang de rhumes de cerveau. Pas étonnant qu'une telle bombe bactériologique soit plus précieuse que de l'or et attise les instincts meurtriers de ceux qui en connaissent l'existence. Imaginez les dégâts que pourraient provoquer ces prions s'ils étaient pulvérisés au-dessus d'une ville, placés dans une bombe, ou introduits dans l'eau courante…

Les deux femmes furent interrompues par un hoquet étrange. Elles se tournèrent vers Fugit, et celle-ci laissa échapper un rire mauvais, un filet de sang s'échappant de ses lèvres.

— Nous avons raison ? l'interrogea Corrie.

Les lèvres de Fugit s'écartèrent sans que Nora et Corrie puissent savoir si elle allait leur répondre ou leur rire au nez car le grondement d'un hélicoptère noya au même instant le rugissement de la tempête.

52

27 mai

Corrie Swanson rangea sa vieille Toyota Camry le long du trottoir et coupa le moteur. Un soleil torride brillait dans un ciel sans nuages et l'habitacle se transforma en fournaise en l'espace d'une minute.

Elle scruta la façade de l'immeuble. Si ce n'est la présence d'une BMW série 3 garée dans l'allée, rien n'avait changé depuis sa visite précédente, moins d'un mois plus tôt.

Corrie, en revanche, se sentait différente.

Au moment de débrancher de l'allume-cigare le fil du GPS fixé sur son pare-brise, elle s'aperçut qu'elle se trouvait tout près du terrain de golf de Troon North, qu'elle connaissait bien pour y avoir joué des dizaines de fois de façon virtuelle sur son PC, à l'époque où elle était interne à la Phillips Exeter Academy. Elle rêvait alors de jouer un jour pour de vrai, peut-être réaliserait-elle son rêve...

Elle eut brusquement conscience de temporiser. À sa sortie de l'hôpital, Morwood l'avait obligée à prendre des congés dont elle n'avait nul besoin, mais cela n'expliquait pas cette escapade. Pourquoi diable avait-elle décidé de se rendre aussi loin ? Par souci de conclure son enquête, ou pour un autre motif ?

Assez de psychanalyse de bazar, s'admonesta-t-elle. *Descends de voiture et sonne à cette putain de porte.*

Une silhouette sortit de l'immeuble au même moment, qu'elle identifia aussitôt. Elle sortit péniblement de la Camry à cause de son plâtre et s'approcha. Jean usé et tee-shirt passé, il n'avait pas changé. Un simple coup d'œil confirma à Corrie qu'il ne s'était pas scarifié récemment. Il s'était même coiffé et rasé. Plus ou moins.

Il fronça les sourcils en la voyant, sans la reconnaître. Il est vrai qu'elle ne portait pas la tenue stricte de la fois précédente.

La boule qu'elle avait au ventre tout au long du trajet jusqu'à Scottsdale se dénoua.

— Vous n'êtes pas cette fille du FBI ? L'agent...

Jamais il n'arriverait à se souvenir de son nom, le mieux était encore de l'aider.

— Swanson. Mais appelle-moi Corrie.

Il hocha machinalement la tête, ouvrit la portière de la BMW et jeta le sac rempli de vêtements sur la banquette arrière.

— Je passais te dire un petit bonjour, se lança-t-elle avant qu'il puisse lui poser la question. Au cas où tu aurais des questions. Ça fait partie du boulot.

Un pieux mensonge.

— Je n'ai pas de question, j'en sais déjà plus que je n'aurais voulu.

Le corps sans tête de Rosalie Parkin avait été retrouvé cinq jours plus tôt dans les égouts de Gary, dans l'Indiana. Le jeune frère de la victime avait été blanchi, de même que cet enfoiré d'avocat marié, Damon, qui sautait Rosalie en douce, mais Corrie avait tenu à prendre des nouvelles de l'adolescent. Si elle avait été frappée par un drame équivalent à son âge, elle aurait apprécié qu'on s'intéresse à elle. Personne ne s'était jamais penché sur son cas, jusqu'au jour où[1]...

1. Dans *Les Croassements de la nuit, op. cit.,* Corrie, alors adolescente rebelle, croise pour la première fois la route de l'inspecteur Pendergast, du FBI, qui lui tend la main et suscite sa vocation.

Une chemise glissa sur le trottoir. Le jeune homme la ramassa et la jeta dans la voiture dont il claqua la portière.

— Tu as une minute ? lui demanda Corrie.

Il haussa les épaules.

— Bien sûr.

Ils s'assirent l'un à côté de l'autre sur les marches de l'immeuble, de façon presque amicale.

— C'est la voiture de ta sœur ?

Il acquiesça.

— Tu t'en vas ?

— Je vais à Tucson.

— Ah oui ? Et pourquoi ?

— J'ai des copains qui ont une maison.

La réponse se suffisait à elle-même, mais Corrie garda le silence dans l'espoir qu'il poursuive.

— Ils adorent les vieux vinyles, comme moi, se décida-t-il enfin. L'un de mes potes bosse pour le musée minéralogique du Sud-Ouest, il m'a trouvé du taf là-bas.

— C'est super, réagit Corrie en le regardant.

Nouveau haussement d'épaules.

— C'est un job à temps partiel. On verra bien.

Il montra le plâtre de Corrie du menton.

— Qu'est-ce qui vous est arrivé ?

— Je me suis coupée en me rasant, répondit la jeune fille en regardant les pelouses manucurées, de l'autre côté de la rue. En fait, je voulais te dire que j'étais désolée au sujet de ta sœur, ajouta-t-elle d'une voix sourde. Vraiment désolée. Je me doute que ce n'est pas une consolation, mais il paraît qu'elle n'a pas souffert.

— Porter, le flic d'ici, m'a dit pareil. Merci quand même.

Corrie reprit sa respiration.

— Tu crois que ça va aller ?

Putain, si c'était pour s'emmêler les pinceaux comme ça, elle aurait mieux fait de ne pas venir.

— Je suppose, finit par répondre Ernest. Oui, je crois bien.

Il laissa s'écouler un silence.

— En même temps, je sais que ça peut paraître zarbi, mais sa mort m'a sorti du trou. À force de m'apitoyer sur mon sort, je m'enfonçais. Maintenant…

Il n'acheva pas sa phrase.

— Sa mort me fait un mal de dingue. En permanence. Mais au moins, je peux me raccrocher à cette souffrance. Avant, j'avais rien.

Corrie opina. La vie l'avait entraîné dans un cercle de chagrin, il s'en tirerait avec un peu de chance.

— Je t'ai apporté un truc.

— J'espère que c'est pas une convocation quelconque.

Corrie sourit et sortit de sa poche une clé USB.

— Quand j'étais au lycée, on préparait des compiles de nos chansons préférées pour les potes, ou pour soi-même en fonction de l'humeur du moment.

Elle lui tendit la clé.

— Je t'en ai fait une. À l'époque, on gravait des CD. Aujourd'hui, c'est encore plus facile.

Ernest tourna et retourna la clé entre ses doigts.

— Vous avez fait ça pour moi ?

— Oui. Tu te souviens du cours que je t'ai fait au sujet de *The Ocean* ? Disons que c'est la suite logique. J'ai mis mes titres de hard préférés : Led Zep, Guns N' Roses, Aerosmith, AC/DC. J'espère que ça te plaira. Quand tu auras assimilé la leçon, fais-moi signe et je t'enverrai une compile de mon autre péché mignon, le dark ambient.

Le gamin glissa la clé dans sa poche de chemise.

— Vous avez fait une déclaration de droits d'auteur en bonne et due forme, agent Swanson ?

— C'est ta parole contre la mienne, sourit Corrie en se levant avant de regagner sa Camry.

Elle démarra, saisit le volant d'une main et fit demi-tour.

— Hé, Corrie ! la héla Ernest au passage.

Elle tourna la tête dans sa direction et le vit tapoter sa chemise au niveau de la poche.

— Merci !

Corrie leva le pouce, enfonça la pédale d'accélérateur et prit la direction d'Albuquerque.

ÉPILOGUE

Une semaine plus tard

Nora Kelly recula d'un pas afin d'examiner le squelette qu'elle achevait de reconstituer. La campagne de fouilles avait enfin reçu l'autorisation de reprendre au terme d'une interruption interminable. Tous les ossements découverts lors des fouilles avaient été soigneusement empaquetés et expédiés au laboratoire de l'Institut à Santa Fe, à l'exception de ce squelette, celui de Samantha Carville. La petite fille retrouvait son intégrité physique pour la première fois depuis cent soixante-quatorze ans.

Nora s'était fixé une dernière tâche avant de remballer son matériel et d'abandonner la vallée aux cerfs et aux corbeaux, à la neige et à la pluie. Elle transféra les ossements de Samantha dans le petit cercueil fabriqué par ses soins avec de simples planches, sans le moindre ornement, conformément à la religion des Carville. À sa connaissance, ceux-ci n'avaient pas laissé de descendance.

— Toc, toc ?

Nora se retourna et reconnut l'agent Swanson.

— Salut, Corrie. Entrez, vous arrivez juste à temps pour la mise en bière.

Corrie s'avança, son bras en écharpe en avant.

— J'aurais voulu vous présenter quelqu'un qui compte énormément dans ma vie.

Elle releva le pan de toile afin de laisser entrer à sa suite un personnage élancé au teint blafard, tout de noir vêtu, ses traits fins éclairés par deux yeux aussi brillants que des diamants. Nora crut avoir la berlue en reconnaissant l'inspecteur Pendergast.

— Toutes mes salutations, ma chère Nora, déclara le policier, la main tendue.

— Inspecteur ! Mais... que faites-vous ici ?

— Attendez une minute, s'écria Corrie en observant ses deux compagnons alternativement. Vous vous *connaissez* ?

Pendergast lui adressa un sourire espiègle.

— Nora et moi avons eu l'occasion de collaborer lors de certaines enquêtes intéressantes à New York.

— *Quoi ?* Mais vous ne m'en avez jamais rien dit alors que je vous envoyais des rapports hebdomadaires !

— Veuillez me pardonner. Lorsque j'ai appris que le hasard vous avait rapprochées, j'avoue ne pas vous avoir alertées, ni l'une ni l'autre. Vous connaissez mon penchant théâtral.

— Je suis désolée de ma réaction, s'excusa Nora. C'est un plaisir de vous revoir, mais comment connaissez-vous Corrie ?

— J'ai eu la chance de lui servir de guide dans sa vie précédente, je continue d'agir en cette qualité à présent qu'elle a intégré le FBI. Elle m'a éclairé de ses lumières lors d'une affaire assez singulière, il y a quelques années, au Kansas et nous nous sommes retrouvés plus récemment dans le Colorado[1]. Je l'ai encouragée à se lancer dans une carrière d'enquêtrice et la voir croiser votre route à l'occasion de sa première enquête est une coïncidence charmante.

Nora éclata de rire.

— Vous êtes décidément plein de surprises. Je n'oublierai jamais la première fois où vous avez pénétré

1. Voir *Tempête blanche*, des mêmes auteurs, L'Archipel, 2014.

subrepticement dans mon bureau du muséum d'Histoire naturelle en mon absence[1]. J'ai cru avoir une attaque.

— Je ne saurais cautionner l'adverbe *subrepticement*, se défendit Pendergast. Il n'y a rien de subreptice chez moi. Je me contente de *glisser*.

Il s'approcha du cercueil dont il examina le contenu.

— Qui est la chère disparue ?

— Vous découvrez là le squelette reconstitué de Samantha Carville, une enfant de six ans décédée dans ce campement. J'ai souhaité lui offrir une sépulture décente.

— Vraiment ? réagit Corrie. Vous ne comptez pas examiner ses ossements dans votre laboratoire ?

— Non. Elle a pu être identifiée de façon certaine et j'ai pensé qu'il était préférable de la laisser reposer en paix.

— Ici ?

— Oui. Aujourd'hui même.

— Sans prêtre ? s'étonna Corrie.

— Samantha était issue d'une famille de quakers. Ces derniers enterrent leurs morts sans cérémonie, musique, prêtre, ou pierre tombale. Juste un cercueil de bois brut mis en terre par des proches.

Elle se remit à sa tâche.

— Quelles nouvelles de l'enquête ?

Corrie eut une hésitation.

— Je suis désolée, c'est confidentiel.

— Bien sûr, sourit Nora en haussant les sourcils d'un air interrogateur.

Le visage de Corrie se détendit.

— Bon d'accord, je fais une exception pour vous. Fugit a accepté de parler dans l'espoir de sauver sa peau. Nous n'étions pas loin de la vérité, une organisation internationale obscure souhaitait utiliser ces prions comme arme bactériologique.

---

1. Voir *La Chambre des curiosités, op. cit.*

— Ah ! intervint Pendergast. L'insaisissable « organisation internationale obscure ».

Nora n'aurait pas su dire s'il était sérieux ou s'il plaisantait.

— Le FBI n'en sait pas davantage, reprit Corrie. Les coupables ont soigneusement veillé à brouiller les pistes. Le degré de sophistication de l'opération suggère le soutien d'un gouvernement étranger.

— Pourquoi avaient-ils besoin du crâne de Parkin ?

— Ils souhaitaient séquencer son génome afin d'étudier la protéine tueuse, mais ils avaient également besoin d'échantillons pour parvenir à leurs fins, si bien qu'ils ont monté l'opération sur deux fronts : la récupération du crâne de Parkin d'une part, le prélèvement de tissus cervicaux prélevés sur ses descendants, morts ou vivants, d'où les exhumations de cadavres et l'enlèvement de Rosalie Parkin.

— Quel rôle a joué Clive dans cette histoire ?

— Les commanditaires l'ont engagé pour sa connaissance de l'histoire de l'expédition Donner. Tout indique qu'ils lui ont fait miroiter l'éventualité d'une découverte majeure qui ferait de lui un historien de renom. Sans oublier de lui promettre une énorme somme d'argent qu'ils n'ont probablement jamais eu l'intention de lui verser. Il a commencé par se mettre en chasse du Campement perdu seul – d'où le feu de camp que j'ai retrouvé – avant de s'adresser à vous.

— Et Fugit ? Comment l'ont-ils recrutée ?

— Elle était censée leur servir d'assurance quand ils ont compris que Clive avait des états d'âme. Fugit était infiniment plus souple et vénale.

— Reste la question de l'or, déclara Nora.

— Simple épiphénomène, à ceci près que Wiggett effectuait des recherches en secret. La nuit de sa mort, il a eu la mauvaise idée de fouiller l'étang au fond duquel était caché le crâne dans une boîte étanche, et Clive l'a tué.

— Mais comment Clive était-il entré en possession du crâne ?

— Il a surpris Peel au moment où il s'enfuyait avec les ossements. Il l'a suivi et l'a assassiné avant de déverser les ossements dans le ravin en conservant le crâne par-devers lui.

Nora afficha une mine désolée.

— Tant de morts dans un but aussi atroce ! Sans même retrouver l'or.

— Le trésor a sans doute disparu depuis belle lurette, répliqua Corrie.

— Cette enquête est remontée très haut dans la hiérarchie de la Sécurité intérieure, expliqua Pendergast. Je doute qu'on en sache un jour davantage. Les restes de Parkin font désormais l'objet d'une surveillance renforcée. Quant à la carrière de Corrie au sein du Bureau, elle démarre sous les meilleurs auspices.

— C'est déjà ça, conclut Nora en déposant un dernier os dans le cercueil. J'aurais besoin de votre aide pour fixer le couvercle.

L'inspecteur s'exécuta et Nora acheva de le visser.

— Eh bien, allons-y, décida-t-elle.

Les deux femmes chargèrent la bière sur leurs épaules et gagnèrent l'extérieur de la tente où les attendait un grand soleil. La fosse creusée par Nora se trouvait à quelques centaines de mètres, enserrée entre les parois de roche, près d'un bosquet d'arbres morts.

Aidées par Pendergast, les deux femmes déposèrent le cercueil au fond du trou avec des cordes, puis Nora proposa à ses compagnons de prononcer quelques paroles, conformément au rituel des quakers.

Corrie s'exprima la première :

— Je ne sais pas qui nous a conduits jusqu'au corps de Wiggett, ou qui m'a tendu la main dans la neige, mais s'il s'agissait de toi, Samantha, je te remercie. Je te souhaite de reposer en paix.

— Ta vie aura été courte, ta fin tragique, enchaîna Nora, mais ton courage et ton cœur seront toujours des inspirations pour moi, dans cette vie comme dans l'au-delà. Je me devais de te rendre ton corps dans son intégrité, en souhaitant que tu rejoignes les tiens dans un monde meilleur.

Les deux femmes se tournèrent vers Pendergast. Ce dernier releva la tête et s'éclaircit la gorge.

— *Samantha Carvillae ossua heic. Fortun spondat multa multis, praestat nemini, vive in dies et horas, nam proprium est nihil.*

Corrie posa sur lui un regard interrogateur.

— Cela signifie : « Ci-gisent les ossements de Samantha Carville. Le destin multiplie les promesses, mais il ne les tient pas, vivons pleinement chaque jour et chaque heure, car rien ne nous appartient à jamais. »

— Ce n'est pas très gai, commenta Corrie.

— Il s'agit de l'une des citations favorites de ma pupille, Constance. Et puis un lieu d'inhumation n'offre guère un cadre propice aux aménités.

Ils se relayèrent pour combler la fosse, chaque pelletée venant frapper le cercueil avec un bruit creux. Nora tassa la terre et replaça les carrés d'herbe découpés quelques heures plus tôt.

— Il faut le savoir pour deviner qu'une tombe se trouve là, dit Corrie.

— J'ai noté ses coordonnées GPS précises au cas où il serait nécessaire d'ouvrir à nouveau la sépulture.

Ils rejoignaient la tente lorsque Pendergast se tourna vers Nora.

— J'aimerais en savoir un peu plus au sujet de cet or, si vous le voulez bien.

Nora lui dressa un résumé des pérégrinations du trésor qu'il écouta avec attention.

— Une bien curieuse histoire. Où précisément avez-vous effectué des recherches ?

— Nous avons fouillé les anfractuosités des falaises, du sol jusqu'à près de quatre mètres de hauteur.

— Pourquoi avoir circonscrit vos efforts dans cette zone ?

— Nous sommes partis de l'hypothèse que les deux assassins avaient caché l'or avant de démolir leur chariot pour construire un refuge. Nous savons que l'épaisseur de la neige atteignait près de deux mètres à ce moment-là. Nous avons pensé en toute logique que le coffre serait caché dans une crevasse située jusqu'à deux mètres au-dessus de ce niveau. Il était hors de question pour eux de creuser le sol qui était gelé.

— C'est logique en effet, approuva Pendergast.

— Nous avons cherché partout, de part et d'autre de la vallée. Je suis même retournée hier dans le secteur situé sous la congère qui a failli nous être fatale. Sans succès.

Pendergast hocha lentement la tête une nouvelle fois.

— Vous possédez donc le détail des chutes de neige cet hiver-là ?

— Nous nous sommes appuyés sur les détails fournis par Tamzene dans son journal.

— À quelle date sont décédés les deux voleurs ?

— Spitzer est mort le 21 janvier et Reinhardt le 28.

— Combien y avait-il de neige le 1er janvier ?

— J'aurais besoin de consulter le journal pour vous répondre. Il se trouve dans la tente.

Nora alla quérir la liasse de photocopies qu'elle feuilleta, à la recherche de la page consacrée à l'enneigement du campement Donner.

— Le 1er janvier, la neige s'accumulait sur cinq mètres cinquante.

— Et le 15 ?

— Voyons un peu... Six mètres quarante.

— Et le 28.

— Toujours six mètres quarante. Le niveau de neige est monté jusqu'à près de huit mètres au début du mois de mars avant de redescendre.

— Voilà qui est curieux...

— Je ne suis pas certaine qu'il faille s'intéresser au niveau de neige aussi tard. Spitzer et Reinhardt ont forcément caché le coffre en novembre, lorsque les chutes de neige étaient nettement moins importantes.

Pendergast, pour toute réponse, s'approcha des murailles rocheuses.

— Vous m'avez expliqué tout à l'heure que le campement se trouvait sous un amas de roches dessinant un profil de vieille femme, écroulé depuis. Où se trouvait-il précisément ?

Nora tendit le doigt.

— Vous voyez ces roches plus claires au sommet de cette falaise ? C'est là.

— Disposeriez-vous de jumelles, par le plus grand des hasards ?

— Elles sont là, répondit Nora en les sortant de son sac à dos.

Pendergast les lui prit des mains et scruta longuement la muraille sombre avant de les tendre à l'archéologue.

— Voyez-vous ces trous sous les roches plus claires dont vous me parliez ?

Nora porta les jumelles à ses yeux.

— Oui.

— Descendez de cinq crevasses.

Nora s'exécuta.

— J'y suis.

— Le trésor se trouve dans cette anfractuosité.

Nora baissa les jumelles, perplexe.

— Mais cette faille se trouve au moins à six mètres de hauteur.

— C'est bien mon estimation.

— Pourquoi l'or se trouverait-il aussi haut ?

Corrie pouffa.

— Il se moque de vous, Nora. Il sera le premier à rire si nous grimpons là-haut et que nous ne trouvons rien.

Pendergast se tourna vers la jeune fille.

— Agent Swanson, sachez que j'exècre les mauvaises plaisanteries à l'humour douteux. Je puis vous assurer que l'or se trouve là-haut. Ou bien dans l'une des crevasses situées juste en dessous ou juste au-dessus.

— Comment pouvez-vous en être aussi sûr ?

— Je m'expliquerai lorsque le trésor sera en notre possession.

Nora regarda Corrie.

— Le matériel d'escalade se trouve encore dans la tente. Accepteriez-vous de m'assurer pendant que je grimpe ?

— Pourquoi pas ?

Nora récupéra le nécessaire et le porta au pied de la falaise concernée avant de s'harnacher et de s'encorder. Corrie, en position d'assureur, s'équipa à son tour.

Nora se lança à l'assaut de la muraille rocheuse et parvint jusqu'au trou sans grande difficulté. Elle planta un dernier piton autour duquel elle enroula la corde et regarda à l'intérieur de la crevasse.

— Mon Dieu ! s'exclama-t-elle en découvrant dans la pénombre un coffre métallique.

— Excellent, commenta Pendergast en contrebas. Tout à fait excellent.

Nora sortit de son sac à dos un filet dont elle entoura le coffre qu'elle tira ensuite jusqu'au bord du trou. Elle attacha une poulie au filet, fixa celle-ci sur le piton et fit passer dans la gorge une corde dont elle fit descendre l'extrémité jusqu'à terre.

— Tenez-la bien, cette vacherie de coffre pèse au moins vingt-cinq kilos.

Pendergast obtempéra et Nora sortit lentement le coffre de sa cachette en le maintenant dans le vide.

— Je vais lâcher, avertit-elle l'inspecteur. Préparez-vous à le descendre.

Nora attendit que le trésor soit arrivé à bon port avant de redescendre à son tour en retirant ses pitons l'un après l'autre.

Le coffre, posé dans l'herbe, était fortement rouillé, mais il paraissait intact. Il était équipé d'un cadenas en laiton.

— Il faudrait le forcer, suggéra Corrie.

Pendergast s'agenouilla et tira de la poche intérieure de sa veste un outil de forme curieuse qu'il introduisit dans la serrure.

Nora sentit son cœur s'emballer en voyant l'inspecteur écarter les mâchoires du cadenas et soulever le couvercle. Des sachets de cuir usé apparurent à la vue, desquels s'échappaient des piles entières de pièces d'or.

Le trésor de Wolfinger.

— Je n'arrive pas à y croire, balbutia Nora. Ces falaises sont truffées de crevasses, nous cherchons cet or depuis des semaines et vous nous indiquez la cachette en quelques minutes sans vous tromper. Comment avez-vous procédé ?

Pendergast referma le coffre et se releva.

— Tout est lié à l'épaisseur de la neige. Vous aviez raison de déduire que Spitzer et Reinhardt avaient caché le coffre nettement plus bas, mais les semaines s'écoulaient, la neige ne cessait de tomber, et ils entendaient garder l'or en vue au cas où l'on viendrait les secourir. À chaque fois que la neige menaçait d'enterrer leur cachette, ils déplaçaient le coffre jusqu'à ce qu'ils n'en aient plus la force. Sachant qu'ils sont décédés à la fin du mois de janvier, j'ai estimé qu'ils devaient être à bout de forces dès le début de ce mois-là, lorsque la couche de neige était épaisse de six mètres. J'ai donc cherché une crevasse deux mètres plus haut.

— Le calcul était malin, mais ces roches sont traversées de failles sur toute leur longueur. Pourquoi là en particulier ?

— Je me suis demandé quel point de repère ils avaient bien pu choisir, et ce profil de vieille femme auquel vous aviez fait allusion m'a paru idéal. Je me suis donc intéressé aux anfractuosités situées sous ce visage avant qu'il disparaisse. Trois trous, étagés en hauteur, pouvaient correspondre à mes critères. J'ai jeté mon dévolu sur celui du milieu et ma prédiction était la bonne.

— Seigneur ! s'exclama Corrie en se tournant vers Nora. Pourquoi n'y avez-vous pas pensé ?

— Nora a tout simplement négligé de conduire la logique jusqu'à son terme naturel, répondit Pendergast à la place de l'archéologue. Une erreur fort courante, y compris chez les individus intelligents.

Il souleva le coffre.

— Cet or pèse un joli poids, ma foi ! À présent que votre mission est terminée, je ne saurais trop vous conseiller d'évacuer ce coffre le plus rapidement possible. Par hélicoptère, peut-être, en attendant qu'un fourgon blindé prenne le relais.

— Bonne idée, acquiesça Nora.

— Je vous félicite toutes les deux d'avoir résolu cette affaire. J'ai cru comprendre que l'inspecteur Morwood allait être félicité pour son excellent travail.

Il ponctua la phrase d'un sourire cynique.

— Pas Corrie ? s'étonna Nora.

L'intéressée afficha un sourire contrit.

— Aloysius prétend que c'est une excellente façon pour moi de découvrir le fonctionnement du Bureau.

— En effet, mais votre tour viendra.

Pendergast dévisagea longuement les deux femmes.

— Une spécialiste d'anthropologie criminelle et une archéologue. C'est à se demander si vous ne devriez pas faire équipe une prochaine fois.

— Professionnellement, vous voulez dire ? ricana Corrie en lançant à Nora un coup d'œil amusé. C'est peu probable. Nora est une emmerdeuse de première quand elle s'y met.

— C'est une morveuse dotée d'un caractère de chiotte qui me traite d'emmerdeuse ? réagit Nora. On passerait notre temps à s'engueuler.

— Sans doute est-ce la raison pour laquelle une telle équipe pourrait fonctionner, conclut Pendergast d'un ton placide.

DES MÊMES AUTEURS
CHEZ LE MÊME ÉDITEUR

RIVIÈRE MAUDITE

Une effroyable découverte, doublée d'une énigme insoluble…

Pourquoi des dizaines de pieds mutilés, revêtus de chaussures vertes, sont-ils venus s'échouer sur l'île paradisiaque de Sanibel, en Floride ? Ce phénomène inexplicable et les questions qui en découlent aiguisent la curiosité de l'inspecteur Pendergast, du FBI, qui décide d'interrompre ses vacances.

Pour le commun des mortels, peut-être...
Pas pour l'inspecteur Aloysius X. L. Pendergast !

Nul ne sait d'où viennent ces pieds sectionnés. Ni même si leurs propriétaires sont toujours en vie. Débute alors une enquête qui mènera notre héros aux sources d'une rivière maudite... Confronté au complot le plus diabolique qu'il ait jamais eu à déjouer, l'agent spécial Pendergast va devoir redoubler de sagacité s'il ne veut à son tour servir de cobaye...

« Un inspecteur aussi inclassable qu'irrésistible.
Et des auteurs au sommet de leur art ! »
Kirkus Reviews

978-2-8098-2852-8 / IF 738625-2006 / 22 €

Cet ouvrage a été composé
Par Facompo, Lisieux (Calvados)

Impression réalisée par
CPI France
en octobre 2020
pour le compte des Éditions de l'Archipel
département éditorial
de la S.A.S. Écriture-Communication.

Imprimé en France
N° d'impression : 3039450
Dépôt légal : novembre 2020